KB055875

로크미디어가
유혹하는
재미있는 세상

아크 더 레전드 Ark the legend 19

2015년 10월 29일 초판 1쇄 인쇄
2015년 10월 26일 초판 1쇄 발행

지은이 유성
발행인 이종주

기획 팀 이주현 이기헌
책임 편집 백승미

발행처 (주)로크미디어
출판등록 2003년 3월 24일
주소 서울시 용산구 원효로97길 46 5층
Tel (02)3273-5135 Fax (02)3273-5134
홈페이지 rokmedia.com E-mail rokmedia@empas.com

ⓒ 유성, 2014

값 8,000원

ISBN 979-11-255-9269-3 (19권)
ISBN 978-89-257-9880-6 04810 (세트)

ARK THE LEGEND
아크 더 레전드

19

| 유성 게임 판타지 장편소설 |

ROK
MEDIA
로크미디어

차례

SPACE 1. 나타나다

애니메이션이 대체로 그렇다.

주인공이 갖은 고생을 하며 적의 보스를 해치운다.

그리고 주인공은 영웅으로 칭송받고 평화가 찾아오지만 그것도 잠시, 보스는 뭔가 되도 않는 이유를 대며 뻔뻔하게 되살아난다. 뭔가 되도 않는 이유로 뻔뻔하게 더 강해져서!

정말 욕 나오는 상황이다.

'빌어먹을!'

그래서 현우도 욕이 나왔다.

뉴월드 시절에 갖은 고생 끝에 해치운 최강의 인공지능 루시퍼. 애니메이션에서 보스를 해치운 주인공처럼 현우도 루시퍼를 해치운 덕분에 고생 끝 행복 시작!

잘 먹고 잘 살고 있었다.

그런데 놈이 되살아났다. 그것도 잘나신 정부 요인들께서 요모조모에 써먹을 요량으로 주물러거린 덕분에 한층 업그레이드까지 돼서. 얼마나 업그레이드됐냐 하면, 원자력발전소의 제어 시스템을 장악하고 정부를 협박할 정도란다.

뭐랄까, 정말이지 기도 차지 않는다.

어쨌든 그게 현우가 갤럭시안을 시작하게 된 이유다.

물론 현우는 애니메이션의 주인공처럼 세계 평화를 위해 살신성인할 생각은 눈곱만큼도 없었다. 덧붙여 루시퍼의 부활도 현우의 잘못은 아니다.

'알 게 뭐야! 니들이 싸지른 똥은 니들이 치워!'

정말이지 이런 대사가 목구멍까지 치밀어 올라왔었다.

그러나 차마 뱉지는 못했다.

이 역시 현우 입장에서는 억울한 일이지만…….

ー아크라는 유저는 필히 갤럭시안에 참가해야 한다. 만약 아크가 갤럭시안에 참가하면 원전의 통제권은 돌려주겠다.

루시퍼는 현우를 콕 짚어 지목한 것이다.

아니, 뭐 따지고 보면 원수니 당연하다면 당연한 일일지도 모르지만. 어쨌든 현우는 수천수만의 인명이 죽어 나갈지도 모르는 사태를 모른 척할 만큼 굳건한 심지(?)를 가진 인간은 되지 못했다.

그래서 GAME START!

이때 현우는 그 나름의 계산이 있었다.

'분명 루시퍼에게 나는 원수다. 인공지능이 원수라는 개념을 어떤 식으로 받아들일지는 알 도리가 없지만, 일부러 나를 지목해 불러들였다면 적어도 특별한 존재로 인식하고 있기는 하다는 뜻이겠지. 아니, 루시퍼가 스스로 인간보다 우월하다는 것을 증명하기 위해서는 나를 넘어설 필요가 있어. 돌려 말하면 빠르건 늦건 놈은 스스로 내 앞에 나타날 수밖에 없다는 말이다.'

그리고 진짜 나타났다.

붉은학살자!

놈이다! 현우는 놈이 루시퍼라고 믿어 의심치 않았다.

좀 이해하기 힘든 부분이 없던 것은 아니었다. 루시퍼가 현우 앞에 나타난 시기—예상보다 너무 빨랐다—도 그렇고, 대화할 때도 뭔가 현우가 기억하는 루시퍼와 미묘하게 다른 —이건 감이다— 느낌도 들었다.

그러나 그간의 정황으로 미루어 80% 이상 확신하고 있었다. 놈은 루시퍼다! 놈이 지금까지 보여 준 모습은 그 외에는 생각할 수 없어! ⋯⋯라고 말이다. 그런데⋯⋯.

―저는⋯⋯ 가인, 김가인이라고 합니다.

몇 시간 전에 현우가 받은 전화의 내용이다.

처음 들어 보는 이름이었지만 목소리는 낯익었다.

최근에도 들어 보았다. 바로 그 점이 현우를 혼란스럽게 만들었다. 귀가 잘못된 게 아니라면 그 목소리는 분명…….

"붉은학살자?"

현우가 눈매를 좁히며 물었다.

전화기에서 흘러나온 목소리는 '그'! 붉은학살자의 목소리였던 것이다.

현우가 모처럼 화창한 휴일에 어두침침한 카페에 앉아 있는 이유가 그것이다.

있을 리 없는 일이 벌어졌기 때문이다.

인공지능이 전화를 걸어오다니? 있을 리가 없지 않은가!

아니, 루시퍼라면 맘먹기에 따라 전화회선을 재킹해서 만든 목소리를 전송하는 것쯤은 가능할지도 모른다. 그래, 차라리 그편이 낫다.

그러나…….

-자세한 얘기는 만나서.

그리하여 불려 나온 곳이 바로 이 카페였다.

그리고 약속 시간에 맞춰 현우의 앞자리를 차지하고 앉은 것은 당혹스럽게도(?) 컴퓨터가 아니었다. 사람. 혹시나 싶

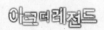

어 뒤통수를 훔쳐봤지만 콘센트 따위는 보이지 않는다.

그러니까 멀쩡한 사람. 평범한 20대 청년이었다.

'&$%&$^^!^!$%!$!!!#&.'

덕분에 현우의 머릿속은 문자 그대로 패닉!

힘들게 끼워 맞춰 놓은 직소퍼즐이 한순간에 와르르 무너지는 기분이었다. 너무 갑작스럽고, 어이없고, 황당하고, 기가 막혀서 무슨 말을 해야 할지도 생각나지 않았다. 현우가 허탈한 목소리로 입을 연 것은 한참이 지난 뒤였다.

"사람이었군."

"사람이었습니다."

"혹시나 해서 묻는 건데 어찌어찌하다가 정체불명의 집단에 납치되었다가 깨어나 보니 머리에 메모리 칩이 박혀 있었다거나, 혹은 밥 대신 건전지를 먹는다거나……."

"전혀."

쌈박하게 고개를 저으며 대답하는 청년.

현우는 머리를 긁적이며 한숨 섞인 목소리로 재차 물었다.

"그런데도 네가 붉은학살자라는 말이지?"

"네."

정말 시원시원하게도 대답한다.

그러니까 정리하자면 이렇다. 붉은학살자는 루시퍼가 아니었다. 그런데도 루시퍼인 척 속이면서 지금까지 몇 번이나! 그렇다! 몇 번이나! 현우를 괴롭혀 왔다는 말이다.

……치민다!

성질 같아서는 아무렇지도 않은 표정으로 대꾸하는 면상을 일단 한 방 갈기고 시작하고 싶다.

그러나 아쉽게도 대한민국은 법치국가였다.

이유 없이, 아니, 이유가 있어도 패면 안 된다. 뭣보다 당장은 폭력보다 우선하는 욕구가 있었다.

현우가 눈매를 좁히며 훑듯이 그를 바라보았다.

"누구냐, 너는?"

"말했지 않습니까? 김가인이라고."

"들었지. 하지만 내가 알고 싶은 건 그런 게 아니라는 것쯤은 알 텐데?"

"남의 이름을 두고 그런 거라니……."

청년, 김가인이 피식 웃으며 중얼거렸다.

웃어? 이 자식이 지금까지 사람을 바보로 만들어 놓고 지금 웃음이 나와? 빈정거리는 거냐? 아니, 빈정거리는 거지!

그게 결정타였다.

꾹꾹 눌러 오던 현우가 마침내 폭발했다.

"느물거리지 마, 이 자식아!"

현우가 벌떡 몸을 일으키며 소리쳤다.

뒤로 밀린 의자가 넘어지고 거친 소음이 실내에 울렸다.

"네놈 이름이 가인인지 나인인지 따위는 관심 없어! 내가 알고 싶은 건 네 정체다! 대체 왜? 루시퍼인 척했지? 루시퍼는 어떻게 알고 있냐? 그리고 지금 와서 내 앞에 나타난 이유는 또 뭐고? 내 전화번호는 어떻게 알아낸 거야?"

"이런 반응일 거라고 예상은 했지만……."

김가인이 짐짓 곤혹스러운 표정으로 주위를 둘러보았다.

"일단 진정하고 앉으시죠. 공공장소에서 이건 좀 민폐 아닙니까?"

"민폐? 그게 네놈이 할 말이냐? 너! 네놈 때문에 그동안 내가 얼마나……."

현우가 적개심이 활활 타오르는 눈으로 김가인을 노려보며 이를 갈아붙였다. 그러나 뒤늦게 이쪽 테이블을 기웃거리는 사람들의 시선을 의식하고 크게 숨을 들이켜며 앉았다.

그러나 노려보는 눈빛만은 거두지 않았다.

김가인은 그 눈빛을 피하지 않고 그대로 마주 보았다.

그렇게 1분, 5분, 10분…… 오히려 노려보는 현우가 어색해질 정도로 긴 시간 동안 침묵을 유지하며 마주 보던 어느 순간, 김가인이 왠지 쓸쓸한 표정을 지으며 입을 열었다.

"저를 모르시는군요."

"뭐?"

현우가 고개를 갸웃거리며 되물었다.

김가인의 말은 단순히 '너는 나를 모른다.'라는 의미보다는 '알아야 하는데 모른다.' 쪽에 가까운. 아니, 더 나아가 왠지 실망했다는 감정까지 느껴졌기 때문이다.

'그러고 보니……'

문득 떠오르는 장면이 있었다.

아타마스에서 붉은학살자와 처음 만났을 때였다.

당시 붉은학살자는 아크에게 갚아야 할 빚이 있다는 말을 한 적이 있었다, 갤럭시안의 아크가 아닌 뉴월드의 아크에게.

돌이켜 생각하면 그게 붉은학살자를 루시퍼로 착각하게 된 계기였다. 그러나 그가 루시퍼가 아니라면 그 말의 의미는?

'이 녀석도 나를 만난 적이 있다는 의미다. 그때 내가 뉴월드의 아크인지를 먼저 물었으니 뉴월드에서 만난 적이 있다는 거겠지. 그럼 이 녀석은 뉴월드 시절에 나에게 원한을 품은 유저 중 하나인가? 그렇다면 용의자는……'

……좁아지지 않았다.

새삼스럽지만 현우는 자타공인 뉴월드의 최강자다.

그런 칭호가 저절로 붙을 리가 없다. 최강을 자칭하는 수많은 유저를 밟고 올라서야 비로소 얻을 수 있는 칭호다.

다시 말해 최강이란 그만큼 많은 적을 가지고 있다는 의미도 되었다.

순간적으로 머릿속에 스쳐 지나가는 유저만 100여 명!

실제로 현우가 최강자의 칭호를 받은 이후로도 그런 유저들의 도전을 몇 번이나 받았다. 그리고 현우는 그런 유저들에게 신—뉴월드 한정이지만—의 힘을 발휘하기를 주저하지 않았다.

뭐 꾹꾹 밟아 줬다는 말이다.

그리고 그때마다 아크에게 원한을 품은 유저는 바퀴벌레처럼 기하급수적으로 늘어나 일일이 기억하지도 못하는 지경에 이르러 버린 것이다.

그러니 뉴월드 시절의 빚이 있다고 한들.

'하지만 붉은학살자 정도의 실력을 가진 유저라면 기억에 남을 만도 한데…….'

기억을 탁탁 털어 봐도 딱히 짚이는 유저가 없었다.

잠시 기억을 더듬던 현우가 확인차 물었다.

"일단 한 가지만 짚고 넘어가지. 그 원한이라는 게 뉴월드 시절의 얘기냐?"

"그 대답을 하기 전에…….."

김가인이 슬쩍 치켜 뜬눈으로 현우를 바라보며 말했다.

"나를 기억하지 못한다면 우리는 초면인 셈이군요. 그런 것치고는 말이 짧지 않습니까? 전 나름 예의를 갖추고 있다고 생각합니다만."

김가인의 태도가 처음과는 미묘하게 달라졌다.

그는 스스로 밝힌 것처럼 붉은학살자다. 지긋지긋하게 현우를 따라다니며 시비를 걸었던 적이다. 게다가 루시퍼는 아니라고 하지만 들어 보니 뭔가 원한이 있는 모양이다.

그런데 현실에서 만난 김가인에게서는 딱히 그런 원한의 감정을 느끼기 힘들었다.

현우의 레이더(?)가 혼란을 일으킨 이유가 그것이다.

붉은학살자는 매번 현우를 만날 때마다 무슨 불구대천의 원수인 것처럼 승부욕을 활활 태우고 있었다. 그런데 자칭 붉은학살자라는 김가인은 처음 얼굴을 봤을 때부터 지금까지 그런 감정의 편린片鱗조차 느껴지지 않았다.

때문에 이 둘이 동일인이라는 것을 실감하기 힘들었던 것이다. 그러나 현우가 알아보지 못한다는 말을 하는 순간 분위기가 180도로 변했다. 아니, 이제야 붉은학살자의 분위기로 돌아왔다고 해야 할까?

뭐 그냥 그렇다는 거다.

굳이 말할 필요는 없지만 현우는 이미 붉은학살자를 밟았다. 게임 속에서의 일이지만 지금 이 자리에서 시비를 걸어와도, 그러니까 놈이 현피—현실에서 보복하는 것—를 하기 위해 불러냈다고 해도 딱히 겁날 게 없었다.

현실의 현우는 뉴월드에서처럼 무적은 아니라도 어디 가서 맞고 다닐 정도로 약한 사람도 아닌 것이다.

움찔할 이유 따위는 없다는 말이다.

현우는 눈빛을 같잖다는 듯이 마주 보며 대답했다.

"우리가 어떤 사이지? 비록 게임 속이지만 서로 피를 본 사이다. 밖에서 만났다고 새삼 예의를 갖추는 게 더 우습지 않아? 꼬우면 너도 짧게 하든가."

"그러지."

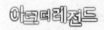

김가인이 바로 반말로 대답했다.

막상 이렇게 나오니 이건 이것대로 열 받는다. 그렇다고 이제 와서 민증 까라고 하면 찌질해 보일 테니 일단 넘어가고. 어쨌든 김가인은 싸가지없이 반말로 말을 이었다.

"하던 말을 계속하자면…… 원한. 그래, 뭐 그렇다고 해 두지."

"뭐? 그렇다고 해 둬?"

"나를 기억하지 못한다면 그걸로 됐다는 말이다."

"되긴 뭐가 돼? 장난하냐! 그럼 여기는 왜 나온 거야? 대체 나를 왜 불러냈는데?"

"약속을 지키기 위해서다. 아마타스에서 만났을 때, 네가 나에게 질문했지. 내가 루시퍼냐고. 그때 대답했었다. 실력으로 알아내 보라고. 그리고 아마타스와 임펠투스, 생명의 나무 모험, 거기에 얼마 전의 쉬라바스티까지 총 네 번……."

"밟혔지, 나에게."

현우가 도발적인 미소를 지으며 덧붙였다.

그러나 김가인은 그저 슬쩍 흘겨봤을 뿐, 별다른 반응을 보이지 않았다.

"천만에. 난 진 적이 없다. 아니, 제대로 된 승부도 아니었지. 번번이, 그래, 너는 번번이 나와의 정면 승부를 피하고 도망쳤으니까."

"뭐? 이 자식이 또……."

"됐어. 이제 와서 그런 것을 따질 생각은 없으니까. 그리고 내가 진 적이 없다고 한 것도 앞의 세 번째까지다. 네 번째는…… 그래, 인정하지. 그건 분명 나의 패배였다. 그래서 연락한 거다. 약속을 지키기 위해서. 그러기로 했으니까."

"뭐야? 뭐가 그리 당당해? 졌잖아? 졌다며? 그럼 좀 더 말이지. 져서 분하다던가, 아니면 패배자답게 비굴해진다던가 해야 하는 거 아냐? 그리고 이제 패배를 인정하고 약속을 지키겠다며? 그런데 모르면 모르는 대로 됐다니? 네놈 멋대로 쫓아다니며 시비를 걸다가 이제 와서 이렇게 얼렁뚱땅 넘어간다는 게 말이 돼?"

"그때 받은 질문은 내가 루시퍼냐는 거였지. 그리고 그 대답은 이미 충분히 했다고 생각하는데? 내가 이 자리에 나와 있는 것, 그게 무엇보다 확실한 답이니까."

"그걸 지금 말이라고……."

현우는 정말이지 터지기 일보 직전까지 화가 치밀었다.

그러나 화를 내면 낼수록 김가인이라는 놈에게 말리는 느낌이 들었다.

사실 이런 식의 화법은 현우의 특기였다.

상대를 열 받게 만들어 자신의 뜻대로 움직이게 만드는.

실제로 김가인은 의도적으로 현우를 긁어 대는 느낌이 없지 않았다. 그게 사실이라면, 그건 김가인이 다른 목적을 가지고 있다는 의미도 되었다.

아니, 머리를 식히고 생각하면 당연하다.

붉은학살자는 루시퍼가 아니다. 김가인은 약속대로 그 사실을 밝히기 위해서 연락했다고 말했다. 그러나 단순히 그뿐이었다면 전화로 얘기해도 그만이다.

그럼에도 굳이 현우를 불러내 직접 마주 앉았다면 다른 목적이 있다고밖에는 생각할 수 없었다.

그게 뭔가? 먼저 그것을 알아보는 게 순서다.

'하지만 그 전에⋯⋯.'

현우가 김가인을 바라보며 입을 열었다.

"네가 나에게 어떤 원한이 있는지는 묻지 않겠다. 물어봤자 제대로 대답해 줄 것 같지도 않고, 뭐 원래 그런 얘기는 막상 까 보면 진부하기 짝이 없는 법이니까. 하지만 몇 가지는 확실하게 짚고 넘어가야겠다. 일단 첫 번째, 너는 처음 만났을 때부터 내가 갤럭시안을 하고 있다고 확신하고 있었어. 내가 갤럭시안을 하지 않는다는 것은 글로벌엑서스에서 공식적으로 발표했는데도. 어떻게 알게 된 거지?"

"의외로 느리군."

"뭐?"

"지금까지 네가 루시퍼에 대해 얘기할 때 내가 되물은 적이 있나? 그게 뭐냐고? 없지. 그렇다면 이미 답은 나와 있지 않나? 나도 루시퍼가 어떤 존재인지 알고 있다는 말이니까."

'⋯⋯역시 그런 건가?'

새삼스럽지만 루시퍼에 대해 알고 있는 사람은 현우만이 아니다.

루시퍼를 주물럭거리다가 결국 사태를 이 지경으로 만들어 놓은 정부 관계자들, 그리고 그들이 부랴부랴 사태를 수습하기 위해 조직한 국정원 조직 루시퍼 헌팅 요원들도 알고 있다. 그리고 거기에 한 그룹이 더 존재한다. 바로…….

'국정원에 고용된 게이머들!'

일개 게이머가 루시퍼의 존재를 안다면 그 외에는 생각할 수 없었다. 그 역시 국정원에 고용된 게이머 중 하나!

"나머지는 굳이 설명하지 않아도 알겠지? 달가운 제안은 아니었지만 나도 피치 못할 사정이 있어 참가했다. 그리고 어차피 물을 테니 미리 말해 주지. 네 전화번호를 알아낸 것도 그쪽이다. 누구인지는 말할 수 없지만 루시퍼 헌팅에 나와 친분이 있는 사람이 있거든."

"그거 좋은 생각이군."

김가인의 말에 현우가 씨익 웃으며 말했다.

"공교롭게도 나 역시 루시퍼 헌팅에 아는 사람이 있거든. 네가 국정원에 고용된 게이머라면, 그리고 김가인이라는 이름이 네 본명이라면, 나도 마음만 먹으면 네 신상 정보쯤은 탈탈 털어 낼 수 있다는 말이야."

"그렇겠지."

김가인이 피식 웃으며 끄덕였다.

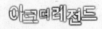

"뭔가 착각하는 모양인데, 나는 딱히 정체를 숨길 생각이 없다. 숨길 생각이었다면 이름을 밝히지도 않았을 거고, 애초에 이 자리에 나오지도 않았겠지. 하지만 지금 네가 궁금한 건 내 전화번호나 주소 따위는 아니지 않나? 내가 왜 너와 승부를 내고 싶어 했는지, 그게 알고 싶은 거겠지. 루시퍼 헌팅의 누구와 아는 사이인지는 모르겠지만 그 사람이 그런 의문까지 풀어 줄 수 있으리라고는 생각되지 않는군."

"끝까지 말하지 않겠다는 건가?"

"화났나?"

"너는! 이런 상황에서 화가 안 나겠냐? 빌어먹을! 네 멋대로 원한을 품고 루시퍼인 척 나를 속인 것도 모자라 갑자기 툭툭 튀어나와서 방해하고! 네놈 때문에 내가 받은 시간적! 금전적! 정신적! 손해가 얼마나 되는지 알아? 그런데 그게 무슨 원한인지도 말할 생각이 없다면서 화났냐고? 지금 시비 거는 거냐? 한판 뜨자는 거야? 그런 거냐? 그런 거지?"

"다행이군. 나와 같은 기분이라니."

"뭐야?"

현우가 와락 인상을 구기며 노려보았다. 그러자 김가인이 날카롭게 치켜뜬 눈으로 마주 보며 입을 열었다.

"나는 '그날' 이후로 한순간도 너를 잊어 본 적이 없다. 내가 루시퍼를 연기했던 이유가 그것이다. 너도 나를 잊어 본 적이 없을 거라는 기대 따위는 하지 않았다. 하지만 적어도 나를 보면 기억해 내리라고 생각했지. 그래, 적어도 방금 전까지는 그렇게 생각했지. 그러니 승부를 낼 때까지는 얼굴을 숨겨야 한다고. 하지만 너는 내 얼굴을 보고서도 기억하지 못하고 있다. 그게 어떤 기분인지 아나? 나에게는 그날 당한 치욕보다 그 사실이 더 치욕적으로 느껴진다. 그런데! 그런 네 앞에서! 내가 무슨 이유로 너와 승부를 내기 위해 찾아다녔는지 시시콜콜 설명하라는 말이냐?"

"그, 러, 니, 까! 그게 뭔지 알아야……."

"됐다. 기억해 낸다면 기억해 내는 대로, 기억해 내지 못하면 못하는 대로."

"되긴 뭐가 돼? 지금까지 졸졸 따라다니며 갖은 방해를 하다가 이제 와서 너만 '!' 처리하면 다냐? 나는? 나는 이전보다 더 '?' 투성이란 말이야! 찜찜하다고!"

"그야 내 알 바 아니지."

"이……."

현우는 목구멍까지 치미는 욕을 꿀꺽 삼켰다.

젠장! 또 이 자식의 페이스에 말려 들어갔다. 그 때문에 또 대화가 겉돌고 있는 것이다. 놈이 무슨 의도로 이러는지는 모르겠지만 뻔히 알면서 말려 들어갈 수는 없다.

아니, 애초에 말릴 이유가 없었다.

왜냐고? 이겼으니까! 게다가 일부러 전화까지 해서 이 자리로 불러낸 사람도 현우가 아니다. 찜찜은 하겠지만 이대로 헤어져도 현우는 딱히 아쉬울 것이 없었다.

"좋아. 나도 됐다. 내게 원한이 있다면 나한테 발린 적이 있다는 말이겠지. 그리고 복수하겠답시고 쫓아다니다가 이번에도 발려 버렸지. 생각해 보니 그런 놈을 내가 일일이 기억해야 할 이유가 없잖아. 네 말대로 모르면 모르는 대로. 오케이. 됐다고. 난 이겼어. 그러니 아쉬울 것 없다고. 따라서 내가 열 받을 이유도 없다 이거지. 그러니 너는 '!' 달고 집에 가. 나도 '?' 달고 집에 갈 테니까. 그럼 이제 볼일 없지?"

"잠깐."

아니나 다를까.

현우가 일어나자 김가인이 얼른 제지했다.

애써 숨기려고 하지만 살짝 당황하는 기색이 엿보인다.

"나에 대해서 정말 몰라도 괜찮나?"

"말할 생각이 없다며?"

"음, 내 입으로 말할 생각은 없지만……."

"그럼 됐어. 난 남이 말하고 싶은 걸 꼬치꼬치 캐묻고 막 그런 사람 아니야. 그러니 너만의 비밀로 고이고이 간직해 두라고. 뭐 패배뿐인 슬픈 추억이 되겠지만 거기까지는 내 알 바 아니지."

현우가 아예 몸을 돌리자 김가인이 벌떡 일어나며 말했다.

"내가 이대로 물러나리라고 생각하나?"

"다시 해보자는 거냐?"

"물론이다."

"너 말이지……."

현우가 울컥한 표정으로 몸을 돌렸다.

그러자 김가인이 천천히 고개를 저으며 대답했다.

"하지만 지금은 아니다."

"뭐?"

현우가 눈살을 찌푸리자 김가인이 한숨을 불어 내며 말을 이었다.

"그래, 솔직히 말하지. 내가 루시퍼를 연기했던 것은 그래야 네가 전력으로 상대해 주리라고 생각했기 때문이었다. 그런 승부가 아니면 싸워도 의미가 없으니까. 하지만 이렇게 길게 끌 생각은 아니었다. 말했듯이 나는 루시퍼가 어떤 존재인지, 무슨 짓을 하고 있는지 알고 있다. 그리고 너와 나는 루시퍼를 막기 위해 선발된 유저. 서로 방해하는 것이 얼마나 위험한 짓인지도 알고 있다. 때문에 아마타스에서 모든 것이 끝났어야 했지. 누가 이기든, 적어도 내가 루시퍼가 아니라는 것은 그때 밝힐 생각이었다."

그러나 아마타스에서 만났을 때!

현우는 가인을 함정에 빠뜨리고 냅다 뛰었다.

……그가 바라던 승부가 아니었다.

이에 다시 결판을 내기 위해 임펠투스로 찾아갔을 때!

현우는 그의 우주선을 향해 불능으로 만들어 놓고 냅다 뛰

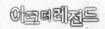

었다.

……이쯤 되면 오기다.

이제 와서 정체를 밝히고 물러날 수도 없는 일!

그리하여 다시 현우를 추격해 생명의 나무 모함에서 기습을 펼쳤을 때!

……현우는 실버스타의 기관포를 그에게 쏟아붓고 냅다 튀었다.

"번번이 도망치면서 여기까지 질질 끌고 온 사람은 너다!"

"하! 이거 방귀 뀐 놈이 성낸다더니, 그래서? 그게 내 잘못이라는 거냐? 게다가 냅다 튀다니? 마치 네가 무서워서 도망친 것처럼 말하지 마! 그건 누가 봐도 내가 이긴 거였어!"

"난 그런 승부를 원했던 게 아니라고!"

"놀고 있네. 내가 왜 네 입맛대로 싸워 줘야 하는데? 네가 원하는 방식으로 싸워 주지 않으면 승부가 아니냐? 그런 식이면 메가라돈에서도 내가 널 죽이고 냅다 튀었다고 하겠군."

"변명처럼 들릴지도 모르지만……."

"변명이야."

현우가 김가인의 말을 끊으며 말했다.

"너는 승부를 내자고 했고, 결국 그 승부에서 졌다. 그게 결과야. 네가 거기에 무슨 이유를 붙여도 결과는 변하지 않아. 그러니 무슨 말을 하든 변명이지. 인정하지 못하겠다면 좋아, 덤벼라. 싸우겠다고 덤비는 놈을 막을 방법은 없으니 몇 번이라도 박살 내 주는 수밖에."

"패배를 인정하지 못하겠다는 말이 아니다. 단지 내가 원했던 승부는 그런 것이 아니었다는 말이다. 아니, 솔직히 승패 따위는 아무래도 상관없었다. 단지…… 단지 '그때'처럼 서로 어떤 제약도 없이 100%의 힘을 발휘해 싸워서 나온 결과가 아니면 납득할 수 없다는 말이다."

"갈수록 가관이군."

현우가 어이없는 표정으로 바라보았다.

"그러니까 너는, 그동안 일방적으로 나를 공격한 주제에, 그러고도 져 놓고 이제는 네가 납득할 수 있는 방법으로 승부를 내 달라는 말을 하고 있는 거냐? 대체 내가 왜 그래야 하는데? 나는 이미 충분히 피곤하고 손해도 입었거든? 게다가 너도 지금 상황이 얼마나 위험한지 알고 있다며? 정말 알고는 있는 거냐? 그런데도 그딴 말이 입에서 나와?"

"너를 만나자고 한 이유가 그거다."

"뭐래?"

"힘을 합치자."

에? 이건 또 무슨 귀신 씻나락 까먹는 소리인가?

"힘을 합치자니? 동맹이라도 맺자는 말이야?"

"이제 와서 동맹이라면 낯간지럽고. 뭐 전략적 제휴쯤으로 해 두지."

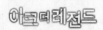

"엎어치나 메치나! 그게 그거잖아? 뭔 말이 상하좌우가 없어? 밑도 끝도 없이 대체 왜 얘기가 갑자기 그런 쪽으로 튀는 건데? 얼마 전까지 죽자 사자 쫓아다니며 칼을 휘두르더니 이제 와서 동맹? 전략적 제휴? 장난하냐? 그럼 내가 '오! 좋은 생각이다!' 하고 넙죽 받아들일 것 같으냐? 뭣보다 너는 라마. 나는 연방. 국적부터가 적이라고!"

"그래서 제안하는 거다."

"뭐?"

"네 말대로 너와 나는 적대국의 유저다. 너는 연방과 아슐라트, 개척지를 돌아다닐 수 있지만 라마의 영역은 들어올 수 없지. 아니, 들어올 수 있을지는 몰라도 적어도 자유롭게 조사할 수 있는 입장이 아니다. 그건 나도 마찬가지지. 다시 말해 너나 나나 아무리 레벨을 올려도 조사할 수 있는 범위는 라마와 연방을 제외한 은하계의 사분의 삼. 나머지 사분의 일은 조사하지 못한다는 말이다. 그게 무슨 의미인지는 알겠지?"

뭐 당연히.

사실 현우가 가장 난감해하던 문제가 이것이었다.

현우는 방금 전에야 붉은학살자의 정체가 루시퍼가 아니라는 사실을 알게 되었다.

그러나 붉은학살자가 루시퍼라고 생각하고 있을 때도, 직접 나서서 붉은학살자의 근거지나 세력을 조사하지 못했다.

연방 소속인 현우가 라마 진영으로 들어가는 것은 자살행위나 다름없기 때문이다.

따라서 현우에게 라마의 영역은 노마크.

'게다가 루시퍼 헌팅 대원들도 몽땅 연방 소속.'

사실 이게 가장 골 때리는 부분이다.

현우도 나중에야 알게 됐지만 루시퍼 헌팅은 두 팀으로 나뉘어 있었다. 그렇다면 상식적으로 두 팀이 각각 연방과 라마로 나뉘어 있어야 정상이다.

그러나 루시퍼 헌팅 초기, 국정원과 국방부로 파벌이 나뉘어 정보 공유가 전혀 이루어지지 않았다.

정보 공유는커녕 오히려 대립하는 관계였단다.

그 결과 루시퍼 헌팅의 정보망도 은하계의 사분의 일이라는 공백이 생겨 버린 것이다. 그게 대한민국 최고 정보기관이라는 곳에서 하는 일이라고 생각하면 한숨밖에 나오지 않지만…….

'라마 진영의 정보를 얻을 방법이 필요한 것은 사실.'

그리고 가장 쉬운 방법은 역시 라마 소속의 유저와 손을 잡는 것이다.

그러나 그게 말처럼 쉬운 일은 아니다.

일단 일반 유저에게 루시퍼에 대해 발설할 수 없으니 어찌어찌 라마 소속의 유저를 알게 된다 해도 적극적으로 참여하게 만들기가 어렵다. 그리고 경우에 따라서는 루시퍼를 막기

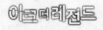

위해 조직에 치명상을 감수해야 하는 상황이 벌어질 수도 있는데, 루시퍼가 뭔지도 모르는 유저에게 그런 희생을 강요할 수는 없었다.

그런 점에서 보자면…….

'이 녀석은 라마. 그것도 라마에서 꽤 이름을 날리는 유저다. 그리고 루시퍼에 대해서도 알고 있다. 조건만 따져 보면 적임자라고 할 만하지. 하지만…….'

이 녀석은 적이었다! 아니, 지금도 적이다!

느닷없이 동맹을 제의한다고 넙죽 받아들일 수 없지 않은가! 게다가 무슨 꿍꿍이를 꾸미고 있는지 알 수도 없다.

현우가 그런 의미를 꾹꾹 눌러 담은 눈으로 바라보자 김가인이 고개를 끄덕이며 말했다.

"믿지 못하겠다는 눈빛이군. 아니, 당연하겠지. 그리고 네 짐작이 맞다. 꿍꿍이는 있지. 하지만 네가 생각하는 것과는 다르다. 이미 나는 국정원의 의뢰를 받은 유저 중 1명이라는 사실까지 밝혔다. 그런 내가 루시퍼를 빌미로 손을 잡고 뒤통수를 친다면 여러모로 문제가 되겠지. 그러니 약속은 지킨다. 어차피 내 목적은 그다음에 있으니까."

"다음?"

"그래, 루시퍼를 해치운 다음. 그때는 너나 나나 더 이상 아무것도 신경 쓸 것이 없어지지. 상대는 물론, 그 조직까지 박살 내도 상관없어진다는 말이다."

"……아하!"

김가인의 말에 현우가 활짝 웃으며 끄덕였다.

"그러니까 지금까지는 루시퍼라는 적이 신경 쓰여서 내 근거지나 컴퍼니는 건드리지 않았다? 하지만 루시퍼를 해치우면 아무래도 상관없으니 박살을 내 주시겠다?"

"갤럭시안에서 '전력'이란 그런 거니까."

"하긴 그래. 적어도 갤럭시안에서는 유저의 전투력이 능력의 전부라고는 할 수 없지. 컴퍼니를 키우고 뛰어난 부하를 영입하는 것도 유저의 능력. 그런 점에서 보자면 세력전이야말로 유저의 전력이라고 할 수 있겠지……라고 할 줄 알았냐? 이 자식 이거 완전 또라이 아니야? 어떤 미친놈이 '후후후, 일이 끝나면 네놈도 해치워 주겠다.'라는 말을 지껄여 대는 녀석과 한패가 되겠냐? 앙?"

"왜? 겁나나?"

김가인이 도발적인 눈빛을 던지며 말했다.

뻔한 수작이다. 자존심을 긁어 제안을 받아들이게 만들려는 짓이다.

애초에 김가인이 현우를 불러내 살살 긁어 대며 열 받게 만들었던 이유도 이것이리라. 감정적으로 만들어 자신의 페이스로 이번 협상을 이끌어가기 위해서.

'무턱대고 쌈질이나 하는 놈인 줄 알았는데 의외로 잔머리도 굴릴 줄 아는군. 하긴, 라마 진영에서 그만한 지위를 얻은

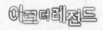

것이나, 몇 번이나 따돌렸는데도 번번이 내 앞에 나타났던 것만으로도 이미 어느 정도 머리를 굴릴 줄 아는 놈이라는 증명은 한 셈이지.'

김가인은 꽤 강한 유저다.

쉬라바스티에서 붙었을 때는 어찌어찌 이겼지만 솔직히 종이 한 장 차이였다.

다시 붙는다면 승산은 50 대 50.

승리를 장담할 수 없는 상대다. 아니, 솔직히 객관적인 전력만 놓고 보면 열세다. 뭐 그래도 지지 않을 자신은 있지만 어쨌든, 막상 만나 보니 주의해야 할 것은 그런 전투력보다 이쪽, '생각보다 머리가 좋은 놈'이라는 점이다.

'그런 놈이 갑자기 안면을 갈아엎고 제휴를 제의한다. 루시퍼를 해치우고 나서 결판을 내자고. 뭐 지금까지 몇 번의 전투에서 1대1의 승부만 고집했던 것을 생각하면 실익보다는 명분을 중요시하는 성격일 가능성이 많아. 그렇다면 거짓말이 아닐지도 모르지만 무턱대고 곧이곧대로 받아들일 수도 없겠지. 하지만⋯⋯.'

현우의 볼이 실룩거렸다.

'겁나냐고? 그런 말까지 듣고 물러날 수도 없지.'

도발이라는 것은 알고 있다.

그러나 그 때문에 물러날 수 없는 일도 있다.

그리고 김가인의 말도 일리가 있었다. 그는 이미 국정원과 관계된 유저임을 밝혔다. 서로 모르는 상태라면 모를까, 협력하기로 약속까지 하고 뒤통수를 친다는 것은 의도적인 방해.

루시퍼 사건의 중요도를 생각하면 아무리 원한이 있어도 고작 게임 속의 일로 그런 짓까지는 하지 못하리라.

뭣보다…….

—친구는 가까이 두고 적은 더 가까이 두라.

영화 〈대부〉의 대사다.

적은 눈에 보이지 않을 때가 더 위험하다는 뜻.

실제로 지금까지 현우가 곤란했던 것은 놈의 움직임을 예측할 수 없었기 때문이다.

그런 면에서 생각하면 현우 입장에서는 받아들이는 편이 나을지도 모른다. 그러나 그건 현우 입장에서다. 김가인 입장에서는 먼저 그런 제의를 해야 할 이유가 없었다.

바로 그 부분이 찜찜함의 이유였다.

"……왜지?"

현우가 슬쩍 김가인을 돌아보며 물었다.

"나로서는 민폐라고밖에 말할 수 없지만 네가 싸움을 걸어 온다면 피할 수는 없겠지. 그럼 누가 해치우든 루시퍼가 사라지면 네가 원하는 방식으로 결판을 낼 수 있지 않나? 굳이 그런 수준 낮은 도발을 해 대면서까지 나와 손을 잡을 이유

가 없을 텐데?"

"그 편이 기회가 더 많으니까."

"기회?"

"너도 알고 있을 텐데? 나는 과거의 패배를 설욕하기 위해 너를 추적해 왔다. 때문에 루시퍼라는 녀석을 나만큼 잘 이해하는 유저도 없을 거다. 루시퍼 역시 과거의 패배를 설욕하기 위해 이런 일을 벌인 셈이니까. 그렇다면 답은 뻔하지. 루시퍼가 제시한 궁극의 목표. 그게 뭐든 루시퍼가 너의 존재를 알고 있다면 그 목표를 이루기 전에 틀림없이 네 앞에 나타날 거다. 그렇지 않나? 그리고 나는 어찌 됐든 루시퍼를 찾아야 하는 유저. 하지만 네 옆에 있으면 굳이 찾아다닐 필요가 없지. 기회는 저절로 찾아올 테니까. 뭐 너와 루시퍼가 서로 피 터지게 싸우다 빈사가 된다면 더 좋겠지."

……역시 머리가 잘 돌아가는 놈이다.

"루시퍼한테도 관심이 있기는 하다는 말이군."

"물론이지. 상대는 루시퍼. 국가 규모의 재해를 일으킬 수 있는 인공지능이다. 놈이 몬스터라면 사상 최강의 몬스터인 셈이지. 당연히 놈을 처리했을 때 받을 수 있는 보상 역시 전무후무. 뭣보다 의뢰주가 정부니까 말이지."

……이 녀석도 루시퍼를 해치웠을 때 뭔가 보상을 받기로 계약한 모양이다.

뭐 당연하다. 국정원의 의뢰를 받은 유저라면 이미 기존의 가상현실 게임에서 일정 수준 이상의 지위를 차지하고 있었으리라. 그리고 어느 게임이든 그 정도의 지위를 가지고 있으면 상당한 수입을 얻을 수 있다.

그런 게임을 무기한 방치하고 새로운 게임에 몰두하는 것은 그만한 손해를 감수한다는 뜻.

그에 대한 보상을 요구하는 것은 정당하다.

굳이 이 얘기를 장황하게 늘어놓는 이유는 현우도 같은 입장이라서다!

"거기에 덤으로 하나 더 얻을 수 있는 것이 있지."

"덤?"

"전설이라는 칭호다."

김가인이 씨익 웃으며 대답했다.

"서비스되고 있는 가상현실 게임은 많지만 아직 최강의 유저라면 너, 아크라고 대답하는 유저가 많지. 너만큼 한 게임을 오랫동안, 완벽하게 지배하고 있는 유저는 없으니까. 그런 네가 갤럭시안에 있다. 뿐만 아니라 다른 게임의 최강자들도 모여 있지. 그런 세계에서 네가 전설의 게이머로 불리는 시작점이 된 루시퍼를 해치운다면……."

"나처럼 전설의 게이머라고 불릴 수 있다는 건가?"

"아니, 유일무이한 칭호다. 루시퍼 다음은 네가 될 테니까. 그러니까 겁난다면 거절해도 상관없다. 나야 네가 그 정도밖에 되지 않는 놈이라고 생각하면 그만이니."

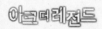

김가인이 다시 도발적인 눈빛을 던져 왔다.

이에 대한 현우의 답변은…….

"너, 머리가 나쁘군. 그런 말을 듣고 내가 순순히 제안을 받아들이리라고 생각한 거냐?"

"거절하겠다는 뜻이냐?"

"아니, 승낙이다. 대신 그만한 대가는 받아야겠다."

"대가? 대가라니?"

"네가 네 입으로 말했잖아. 루시퍼를 해치우면 전무후무한 보상에 전설의 게이머라는 칭호까지 얻게 된다며? 하지만 원래 퀘스트라는 건 몬스터를 해치우는 것보다 몬스터를 찾는 게 더 힘든 법이야. 그런데 너는 나와 동맹인지 제휴인지 맺으면 가만히 앉아만 있어도 기회가 생기는 거잖아. 내, 덕, 분, 에! 날 죽이겠다고 떠들어 대는 놈에게 내가 왜 그런 기회를 공짜로 제공해야 하지? 알잖아. 세상에 공짜는 없는 거. 지금까지 네가 입힌 피해는 둘째 치고, 동맹인지 제휴인지 맺으려면 먼저 그만한 대가를 줘야 맞지 않겠어?"

"무, 무슨……!"

김가인이 당혹스러운 표정으로 떠듬거렸다.

반응을 보니 아무래도 현우를 좀 만만하게 본 모양이다.

그런 조잡한 도발 따위…… 뭐 약간 효과가 있었지만, 맨땅에 헤딩해도 맨손으로 일어나는 법이 없는 현우다. 하물며 상대가 김가인, 붉은학살자라면 이것저것 따질 필요도 없다.

안면 몰수하고 뭐든 털어 낸다!

대가를 주지 않는다면 현우가 이제 김가인도 제가 무서워 도망갔다는 말은 하지 못할 거고, 받아들이면 뭐라도 챙길 수 있다. 이로써 선택의 기로에 놓인 것은 김가인. 말 몇 마디로 일방적으로 몰리던 상황을 180도로 바꿔 놓은 것이다.

그리고…….

"……원하는 게 뭐냐?"

결국 김가인이 앓는 소리를 내며 물었다.

"글쎄? 그야 네가 뭘 줄 수 있느냐에 따라 달라지겠지. 그렇다고 이런 상황에서 돈을 요구하면 왠지 삥 뜯는 것 같아 좀 그렇고. 아이템은 네가 뭘 가지고 있는지도 모르니, 보여 달라고 해 봤자 어차피 진짜 좋은 아이템은 숨기고 허접 템만 보여 주겠지."

"본론만 말해!"

"너무 겁먹지 말라고. 나도 상식이라는 게 있는 사람이야. 그러니 적당히 절충해서 제안하지. 하지만 그 전에 먼저 확인해야 할 게 있다. 쉬라바스티에서 붙었을 때 네가 마지막에 썼던 기술 말이야. 바닥에서 시커먼 손이 나왔던 스킬. 그게 대체 뭐냐?"

"……각성 스킬 말이냐?"

"그래, 그거."

내내 마음에 걸리던 스킬이다.

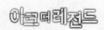

순식간에 현우를 사망 직전까지 몰고 갔던 스킬.

아니, 만약 소울시티에서 구해 놓은 '생명의 오브'가 없었다면 확실하게 숨통이 끊겼으리라. 그러나 현우가 그 스킬에 관심을 보이는 이유는 단순히 무지막지한 위력 때문만은 아니었다.

현우가 각성 스킬을 본 것은 그때가 처음이 아니었다.

무라티우스타에서 호크도 '파안破眼'이라는 각성 스킬을 발동시킨 적이 있었다. 시야에 닿는 모든 적에게 엄청난 대미지를 입혔던 장면은 아직도 기억이 생생하다.

그러나 당시는 그게 호크의 상위 직업 스킬 중 하나라고만 생각했다. 그런데 메가라돈에서 붉은학살자도 나락奈落이라는 각성 스킬을 사용한 것이다.

'아예 종족이 다른 가인도 같은 각성이라는 단어가 붙은 스킬을 사용했다. 그건 각성 스킬이라는 게 모든 유저가 배울 수 있는 공통 스킬일지도 모른다는 말이다.'

현재 현우는 딱히 스킬이 부족하다는 생각은 들지 않았다.

아니, 배워 놓고 제대로 활용하는 스킬도 적지 않았다. 뿐만 아니라 '샴'으로 룬 문자를 융합할 수 있는 능력까지 생겼으니 아마도 스킬의 종류는 좀 더 늘어나리라.

'하지만 스킬은 기회가 닿는 대로 배워 두는 편이 좋아. 어떤 스킬이 더 유용할지는 직접 배워서 써 보지 않으면 모르니까. 특히 전투용은 효과적인 스킬일수록 대기 시간이 긴

만큼 많이 배워 두면 배워 둘수록 좋아.'

게다가 호크의 '파안'이나 붉은학살자의 '나락'은 살짝 필살기 같은 느낌이 풍기는 스킬.

당연히 배우고 싶었다. 때문에 그 뒤로 짬이 날 때마다 인터넷을 검색하며 정보를 찾았지만 아직 이렇다 할 성과가 없었다. 그건 아직 소수의 유저들이 독점하고 있다는 뜻.

김가인이 바로 그런 유저 중 하나다.

현우는 대가라는 말을 꺼내는 순간 곧바로 그 사실을 떠올린 것이다.

"그게 네 제안을 받아들이는 조건이다. 내가 각성 스킬을 배울 수 있도록 필요한 모든 것을 지원할 것. 지금까지 죽이겠다고 쫓아다니다가 제휴를 요청하려면 그만한 요구는 들어줘야지. 미리 말해 두지만 난 아직 배우지 못했지만 각성 스킬이 뭔지 대강은 알아. 그러니 직업 스킬이니 뭐니 하는 말로 얼버무린다면 제안은 없던 일로 하겠다. 사실 나도 그쪽이 편해."

"얼버무릴 생각은 없지만……."

김가인이 잔뜩 찌푸린 표정으로 머리를 긁적였다.

그러나 그것도 잠시, 할 수 없다는 듯이 고개를 끄덕이며 대답했다.

"좋다. 그 정도는 우호의 표시로 받아들이지. 뭐 여러 가지 의미에서 꽤나 위험한 우호가 되겠지만. 여러 가지 의

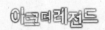

미에서 말이야. 하지만 준비하려면 시간이 좀 필요하다."

"기다려 주지."

"그럼 내 제안은 받아들이는 것으로 생각하면 되겠지?"

"네가 약속만 제대로 지킨다면."

"알았다. 준비가 되는 대로 연락하지."

그 말을 끝으로 현우는 김가인과 헤어졌다.

'대체 이게 잘하는 짓인지 아닌지 갈피를 잡을 수가 없군.'

아직도 김가인이 루시퍼를 가장해 자신을 속여 왔다는 생각을 하면 울컥울컥 치민다. 덕분에 현우는 몇 달이나 삽질을 한 셈이 되었고, 루시퍼에 대한 정보도 원점에서부터 다시 찾아야 하는 신세가 된 것이다.

게다가 아직 김가인의 정체도 잘 모른다.

국정원에 고용된 유저라는 것은 알게 됐지만 대체 무슨 원한이 있는지는 알 수 없는 것이다.

'그런 놈과 정말 제휴를 맺어도 되는 건가?'

역시 찜찜하다.

제휴라고는 해도 상대는 라마.

게임 속에서는 적대국이라 정식으로 동맹을 맺을 수 없다.

그건 놈이 언제든지 뒤통수를 때릴 수도 있다는 의미다.

물론 현우 역시 언제든지 뒤통수를 때릴 수 있지만.

'적은 가까이 두라는 말도 있지만……'

실제로 제휴가 맺어지면 한시도 마음을 놓을 수 없는 데인

저러스한 나날이 펼쳐지리라.

물론 그럴 가능성은 꽤 낮은 편이다.

애초에 그럴 의도였다면 놈이 이런 식으로 접근하지도 않았을 것이고, 굳이 국정원에 고용된 유저라는 사실도 밝히지 않았을 것이다. 그러나 마냥 믿고 있기에는 김가인의 정보가 너무 적다는 것이 마음에 걸렸다.

'명룡이 형에게 부탁해서 한번 알아볼까?'

슬쩍 그런 생각이 들었지만 이내 고개를 저었다.

어차피 이명룡이 알아낼 수 있는 정보도 김가인이 말한 것처럼 이름이나 전화번호, 주소 정도일 것이다. 이미 직접 대면까지 했는데 그런 정보를 조사해 봐야 별 의미는 없다.

게다가 김가인은 루시퍼 헌팅에 친분이 있는 사람이 있다고 말했다. 현우의 전화번호를 알아낼 정도면 일개 대원이 아닐 확률이 높다. 아마도 관리자급의 인사. 경우에 따라서는 현우가 뒷조사를 했다는 사실이 김가인의 귀에 들어갈 가능성도 있었다.

아니, 뭐 그래도 상관은 없지만.

"괜히 구린 짓을 하다가 들킨 기분이 들 것 같단 말이지."

실제로 그리 떳떳한 짓이라고 할 수는 없었다.

"뭐 좋아. 어차피 자주 연락하다 보면 놈에 대해서는 알 기회가 생기겠지. 설사 다른 꿍꿍이를 가지고 있어도 제휴를 맺고 바로 뒤통수를 치지는 않을 테고. 일단 놈에게 각성 스

킬을 받아 내고 감시하다가 뭔가 수상한 낌새가 보일 때 쳐내면 그만이야. 그래, 미리부터 이것저것 고민해 봤자 나만 손해지. 일단 각성 스킬을 배울 때까지는 신경 끄자. 어차피 지금은 명룡이 형에게 그런 부탁을 할 분위기도 아니고. 아! 젠장, 생각나 버렸다."

혼자 중얼거리며 걷던 현우가 인상을 찌푸리며 한숨을 불어 냈다.

루시퍼 헌팅을 생각하니 권화랑이 떠올랐기 때문이다.

"나 참, 정말이지, 아버지는 대체 무슨 생각을 하시는 건지…… 열렙을 해도 부족한 판에 제 발로 유배 혹성으로 들어가다니? 거기가 어떤 곳인지 알기나 하는 건가?"

현우도 벨타나에 유배되어 봐서 안다.

영하 50도의 혹한에서 추위와 굶주림에 떨며 총알받이가 되어 죽기를 밥 먹듯 하는 일상.

뭐 벨타나는 이미 은하연방이 점령했으니 아버지가 유배된 곳은 다른 혹성이겠지만 그 역시 유배지, 모르긴 몰라도 벨타나보다 딱히 나을 것도 없으리라.

그건 얼마 전에 어머니와 통화할 때도 짐작할 수 있었다.

─대체 뭔 일이라니? 아버지가 전에 너와 실랑이를 한 뒤부터 종일 캡슐 속에 틀어박혀 나오지를 않는구나. 무슨 일이 있냐고 물어도 대답도 않고.

아버지 성격상 말하지 못했겠지, 게임 속이라도 범죄자가 되어 유배 생활을 하고 있다고는.

─너는 뭔가 아는 것 없니?

현우도 말하지 못했다.

아버지가 게임 속이라도 헐벗고, 굶주리고, 죽기를 밥 먹듯이 하고 있을 거라고는. 뭐 현우도 그런 생각을 하면 마음이 편치 않지만 이미 현우 손을 떠난 일이다. 뭣보다…….

"흥! 자업자득이지."

현우가 입술을 삐죽거리며 중얼거렸다.

"아버지도 고생 좀 해 봐야 또 그런 황당한 짓을 못 하시지. 그래, 차라리 잘된 일일지도 몰라. 아직은 초보니 유배 생활을 해도 실질적인 대미지는 적겠지. 앞으로를 생각하면 미리 이런 일을 겪어 두는 편이 좋을지도 몰라. 그나저나 벌써 시간이 이렇게 됐네. 젠장, 간만에 미수 씨와 밥이라도 먹을까 했는데…… 묻고 싶은 것도 있고."

그러나 이제 곧 노블리스-II가 이스타나에 도착할 시간이다. 게다가 현실 시간도 이미 늦은 밤.

"할 수 없지."

현우는 아쉬움을 뒤로하고 집으로 향했다.

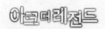

SPACE 2. Paradise

같은 시각 은하계 모처.

쿠오오오!

거친 암석 사이로 몬스터들이 기어 나왔다.

도마뱀 형상의 호전적인 우주 몬스터 카낙시스!

전투력은 중상위 급에 속하는 수준이지만 항상 무리를 지어 다니고 인간에게 강한 적개심을 품고 있어 위험도 A로 지정된 몬스터였다. 그리고 놈들의 특징은 다른 몬스터처럼 서식지에서만 머물지 않고 끊임없이 인간을 찾아 습격하는 습성을 가지고 있다는 것.

지금도 마찬가지다.

카낙시스 떼가 몰려드는 곳은 은하연방의 전진기지.

놈이 흙먼지를 뿜어 올리며 돌진하자 전진기지를 둘러싸고 있는 대對몬스터용 실드에서 쉴 새 없이 스파크가 튀어 오르기 시작했다. 그리고 순식간에 푸른빛을 뿜어내던 실드가 주황색을 거쳐 붉은색으로 변하며 균열이 번지는 순간!

"저쪽에 또 한 무리가 나타났다!"

"쏴라!"

투투투투! 투투투투!

측면에서 섬광과 함께 탄환이 빗발쳤다.

그러자 카낙시스 떼의 시선이 총격을 퍼붓는 병사들로 향했다. 그리고 성난 포효를 터뜨리며 돌진!

쿠콰콰콰콰!

병사들을 덮치자 주위는 순식간에 아수라장이 되었다.

철갑처럼 단단한 표피와 돌기가 솟아 있는 꼬리, 거기에 날카로운 송곳니와 발톱으로 무장한 카낙시스! 반면 놈을 저지하는 30여 병사들의 장비품은 볼품없었다.

군데군데 금속 테이프를 덧댄 넝마 같은 아머에 수십 년 전에 생산된 낡은 총기가 장비품의 전부.

당연히 선두의 병사들은 순식간에 피투성이가 되었다.

그러나 일방적으로 짓밟히는 상황에도 병사들은 누구 하나 진형을 흐트러뜨리지 않았다. 죽을 위기에 처해도 동료를 위해 끝까지 자리를 사수하며 필사적으로 저항했다.

그들에게는 믿음이 있기 때문이다.

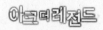

"크윽!"

"조금만 더 버텨라! 이제 곧 그분께서 오실 것이다!"

"하지만 북쪽 게이트를 습격한 카낙시스의 숫자를 생각하면 이미⋯⋯."

"아니다! 그분이라면! 그분이라면 분명 와 주실 것이다! 믿어라! 그분이야말로 절망에 빠진 우리를 위해 하늘에 내려 주신 구원의 빛! 결코 우리를 버릴 분이 아니다! 아니, 설사 그분께서 오시지 못한다 해도 포기해서는 안 된다! 그것이 우리가 그분께 배운 것! 포기하지 않는 한 죽음조차 우리를 굴복시키지는 못한다!"

신앙과 같은 믿음이!

한 사내의 외침에 병사들은 이를 악물고 다시 총기를 들어 올렸다. 그러나 카낙시스의 공세는 의지만으로 막아 낼 수 없을 정도로 강력했다.

필사적인 노력에도 불구하고 전사자가 점점 늘어났고, 늘어나는 전사자의 숫자만큼 공백이 생겨 상황은 끊임없이 악화되어 갔다. 그 와중에 결국 1마리가 사내가 있는 곳까지 돌진해 왔다.

이에 방아쇠를 당겼을 때였다.

철컥! 철컥!

─격발장치에 탄환이 끼었습니다!

"이런 젠장!"

사내의 입에서 욕설이 터져 나왔다.

그리고 황급히 격발 장치를 개방하고 탄환을 뽑아낼 때였다. 굉음과 함께 확 다가오는 카낙시스의 아가리!

크와아아아아!

"빌어먹을! 여기까지인가……."

사내가 비통한 심정으로 질끈 눈을 감았다.

그리고 카낙시스의 입에서 우걱우걱 씹히는 장면을 상상하는 순간.

쿠쿵-!

앞에서 굉음이 울렸다.

퍼뜩 고개를 들어 올리자 놀라운 장면이 눈에 들어왔다.

아가리를 들이밀며 다가오던 카낙시스가 바닥에 쓰러져 버둥거리고 있었다. 그런 놈의 몸 위에는 한 사내가 붙어 있었다. 마치 목을 조르듯이. 아니, 실제로 목을 조르고 있었다.

평범한 사람이, 5미터에 달하는 거대한 몬스터의 몸에 올라타 목을 조르고 있는 것이다.

더 놀라운 것은 그런 황당한 공격이 먹히고 있다는 점이다. 버둥거리는 카낙시스의 생명력이 빠르게 줄어들고 있는 것이다. 언뜻 봐서는 이해할 수 없는 장면이지만 사내에게는 당연한 일이었다.

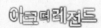

"흥! 사람이든 도마뱀이든 숨을 쉬지 못하고 머리에 피가 통하지 못하면 뒈지는 거야! 얼마든지 와라! 식인 몬스터라면 얼마든지 상대해 줄 테니까! 으라차차!"

카낙시스의 목을 조르며 소리치는 사내는 정의남!

……바로 아크의 아버지였다.

여기서 잠시 설명하자면, 원래 은하연방의 죄수는 형기만큼 전장에서 유배 생활을 하게 되어 있다.

정의남 역시 마찬가지. 아크의 부탁을 받은 마틴 후작의 영향력으로 형기를 줄이기는 했지만 연루된 사건이 사건인지라 유배를 피할 수는 없었다.

그러나 정의남이 형을 받을 때는 라마와 정전 협정이 체결되어 전장이 없었다. 이에 정의남이 유배된 곳은 라마와 은하연방의 접경지대에 위치한 혹성 마테우스. 전장은 아니지만 죄수가 유배되는 혹성이니 안락할 리가 없었다.

마테우스는 카낙시스를 비롯해 A급 몬스터가 득실거리는 혹성 그리고 이곳에 유배된 죄수들은 하루에서 몇 번이나 전진기지를 습격하는 몬스터를 막아 내는 데 동원되고 있었다.

빈약한 장비로 쉬지 않고 몬스터와 싸우며 죽어 나가는 죄수들의 일상. 과거 아크가 벨타나에서 만난 죄수들이 그렇듯이, 마테우스의 죄수들도 피폐해질 대로 피폐해진 나날을 보내고 있었다.

그런 죄수들의 삶에 변화가 일기 시작한 것은 정의남과

100여 명의 국정원 요원―죽었다가 부활하자마자 체포된 대원들―이 등장하고 이후였다.

처음에는 누구도 이들을 신경 쓰지 않았다.

그러나 몬스터 떼의 습격에 동원되는 사이 죄수들도 점점 주목하기 시작했다. 다른 죄수들과 달리 이들은 정규병과 같은, 아니, 정규병보다 더 일사불란한 조직력을 보이며 몬스터의 습격을 막아 냈기 때문이다.

그뿐이 아니다.

그들은 다른 죄수들로서는 이해할 수 없는, 다른 죄수가 위기에 처하면 몸을 던져 막아 주기까지 했던 것이다.

자신이 죽으면서까지!

죄수들로서는 이해할 수 없는 일이었다.

"대체 왜냐? 이전 전투에서 왜 위험을 무릅쓰고 나를 구했지? 원하는 게 뭐냐?"

"원하는 거? 그딴 게 어디 있냐?"

"뭐? 하지만……."

"빚이라고 생각할 필요 없다. 눈앞에 위기에 처한 사람이 있다. 그렇다면 구하는 것이 정의. 나는 내 정의를 관철시켰을 뿐이다. 그것이 나의 길! 나의 정의!"

정의남의 대답이었다.

"정의라니, 무슨 그런 어린애 같은…… 이곳에 온 지 얼마 되지 않아 아직 상황 파악이 안 되는 모양이군. 이곳에서 믿

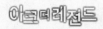

을 것은 자신뿐이다. 다른 사람을 챙기다가는 이 지옥에서 늙어 죽게 될 거다. 아니, 뭐 너희도 곧 알게 되겠지만."

처음에는 냉담한 반응이었다.

그러나 정의남과 대원들은 변하지 않았다. 그게 정의남의 정의니까! 그런 정의남에게 세뇌된 대원들이니까!

그리하여 시간이 갈수록 정의남과 대원들에게 도움을 받은 죄수들이 늘어났고, 조금씩, 아주 조금씩 정의남이 주장하는 정의라는 것에 관심을 보이는 죄수들이 생겨나기 시작했다.

"정의란 이런 것이다!"

그때마다 '정의학개론', '나의 정의', '정의의 길, 사나이의 길', '우리들의 정의' 등등의 강의를 열성적으로 설파하며 신도(?)를 늘려 가기를 반복한 결과……

"오오! 그분이다!"

"그분이 오셨다! 이제 됐어!"

정의남의 출현과 함께 환호성을 터뜨리는 병사, 아니, 죄수들! 정의 바이러스에 감염된 200여 죄수들은 몽땅 정의남의 추종자가 되어 버린 것이다.

그러나 이건 정의남 혼자만의 힘이 아니었다.

앞서 정의 바이러스에 감염된 100명의 국정원 요원들이 있었기에 가능한 일이기도 했지만 그보다 결정적인 것은……

다시 말하지만 정의남이 오기 전에 죄수들의 삶은 피폐하기 짝이 없었다. 밤낮 없이 기지를 습격하는 몬스터와의 전투에 끌려 나가야 하는 이유도 있었지만, 그보다 괴로운 것은 굶주림이었다. 과거 벨타나의 죄수들이 그랬듯이, 마테우스의 죄수들도 공짜로 식량을 제공받지 못했다.

틈틈이 광석을 채취해 보급소에서 식량을 구입해야 하는 것이다. 그러나 밤낮 없이 몬스터의 습격이 계속되는 상황.

광석을 채취할 시간도 없어 죄수들은 몬스터에게 당하는 것보다 굶어 죽는 경우가 더 많았다. 그런 상황에서 한가하게 정의남의 강연이나 들을 여유가 있을 리가 없었다.

아니, 원래대로라면 그랬어야 한다.

그러나…….

"자! 놈들을 쓸어버리자!"

"오오! 가자! 정의남 님을 따라라!"

정의남의 등장과 함께 죄수들은 사기충천!

북쪽 게이트를 습격한 몬스터를 처리하고 진격해 온 국정원 요원들과 힘을 합쳐 카낙시스 무리를 전멸시킬 수 있었다. 그리고 정의남을 따라 기지로 돌아올 때였다.

한 여군 장교가 뛰어오며 소리쳤다.

"아버님, 괜찮으세요?"

"오오! 이리나! 당연히 괜찮지!"

정의남이 활짝 웃으며 바라보는 여자는 이리나!

정의남이 유배된 마테우스, 그곳은 바로 이리나가 위험을 자청하며 발령받은 혹성이었던 것이다. 그리고 이리나는 연방 기지의 보급 장교.

"배고프시죠? 식량을 준비해 놨어요."

"음, 매번 미안하군."

"그런 말씀이 어디 있어요? 저와 아버님 사이에."

"나와 너 사이라, 음! 그거 참 듣기 좋군. 좋아, 부상자가 많으니 이번에도 신세 좀 지마! 하지만 너도 입장이 있으니 다치지 않은 녀석들은 바로 광석 채취 작업에 보내마."

……이렇게 된 것이다.

이리나가 장교라도 유배지 규칙상 죄수에게 무상 급식은 할 수 없다.

그러나 이리나는 보급 장교.

무상 급식은 못 하지만 사재를 털면 식량은 얼마든지 보급할 수 있는 것이다. 뭐 혼자만 배불리 먹지는 못하겠다는 정의남의 고집 탓에 번번이 수백 명분을 매입해야 했지만 그래 봤자 우주 식량은 개당 10쿠퍼.

은하연방에서 나오는 월급만으로도 그럭저럭 충당할 수 있는 수준이었다. 이리나 입장에서는 그보다 아크의 아버지에게 점수를 따는 것이 몇 배나 중요한 것이다.

"에이, 부담 갖지 마시라니까요."

"아니지. 부상당한 죄수들에게 노역까지 시키는 것도 정의가 아니지만, 죄수 주제에 멀쩡한 몸으로 공짜 밥을 받아 먹는 것도 정의는 아니지. 어이, 죄수들 몸 상태 체크하고 괜찮은 녀석들과 함께 광석 채취 작업장으로 가라. 부상자는 편히 쉬게 해 주고.”

“알겠습니다.”

이게 정의남이 온 뒤로 굶어 죽는 죄수가 없어진 이유 였다. 뿐만 아니라 몬스터와 싸우다가 죽는 횟수도 확 줄 었다. 정의남과 국정원 요원들이 몸 바쳐 지켜 준 덕도 있지 만, 죄수들이 정의남을 따르기 시작하면서 자연스럽게 전술 을 익히기 시작했기 때문이다. 그리고 그건 동시에 정의남의 생존율을 높이는 효과를 가져왔다.

아니, 이제 반대로 죄수들이 몸 바쳐 정의남을 지켰다.

죽지 않으니 경험치가 쌓이기 시작한다.

─레벨이 올랐습니다!

─레벨이 올랐습니다…….

덕분에 쭉쭉 올라가는 레벨!

그러나 정의남을 기쁘게 하는 것은 쭉쭉 올라가는 레벨이 아니었다.

“정의남 님의 강연을 듣고 싶어 하는 녀석들을 데려왔습

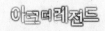

니다."

"응? 난 광석 채취를 나가야 하는데……."

"아이, 아버님은 괜찮다니까요. 여기 남아서 볼일 보세요. 저게 어깨 주물러 드릴게요."

"허! 이거 참, 할 수 없군."

못 이기는 척 앉는 정의남의 입은 귀에 걸려 있었다.

레벨은 쭉쭉 올라가고, 나날이 정의의 신도 숫자가 늘어난다. 거기에 눈에 넣어도 아프지 않을 예비 며느리가 때때로 어깨까지 주물러 준다.

충만감이 느껴지는 하루하루!

> **−이번 전투의 종합 공적치가 합산되었습니다.**
> 《공적치 +158》

쌓여 가는 공적치가 달갑지 않을 정도!

정의남이 캡슐에 틀어박혀 좀처럼 나오지 않는 이유가 이것이었다.

'크하! 여기가 천국! 여기가 파라다이스구나!'

정의남은 행복했다!

"나의 파라다이스!"

아크가 뿌듯한 표정으로 주위를 둘러보았다.

보고만 있어도 배가 부른다는 말은 이럴 때 쓰는 말이다.

노블리스-II가 이스타나에 도착한 것이 대략 1시간 전, 타투인에서 하선한 아크는 미리 연락을 받고 실버스타를 대기시키고 있던 밀란과 합류해 방금 전에 돌아왔다.

아크의 마이 홈, S-20에!

이번에 자리를 비운 시간은 일주일, 한 번 나가면 평균 7~8일 이상 자리를 비울 때가 많았으니 딱히 평소보다 긴 시간이라고는 할 수 없었다. 그리고 아직은 성장세를 유지하고 있는 섹터라 돌아올 때마다 이전보다 번창해 있는 모습을 보는 것도 새삼스러운 일이 아니다.

그러나 이번에는 확연히 달라진 점이 있었다.

-타운 T-20 관리 사무소
관리자 : 아크

관리 사무소 앞에 붙어 있는 팻말.

보았는가? 달라진 점을 눈치챘는가? 그렇다! 그런 것이다!

S-20의 'S'는 섹터Sector의 약자. 때문에 이스타나의 모든 섹터 앞에는 'S'가 붙는다. 그러나 현재 관리 사무소에 붙어 있는 명칭은 T-20. 이 'T'는 타운Town의 약자였다.

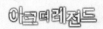

다시 말해 타운으로 승격되어 있다는 뜻!

"지시하신 대로 자리를 비우신 동안 시설 확장에 주력했습니다. 완공된 것은 어제, 덕분에 사장님이 돌아오시기 전에 타운 승격까지 마칠 수 있었습니다."

바이엔이 님프로 정보를 전송해 주며 보고했다.

※타운 관리 정보창※

타운 코드 : T-20   **타운 등급** : Lv.1
타운 범위 : 파고스 화산 입구에 해당하는 2킬로미터 지역
타운 관리자 : 아크(해당 에이전트 : 다크에덴)
상점 수 : 40(7-면세 상점, 33-수입의 5% 세금 징수 중)
인구 수 : 9,120

《타운 주요 시설》

확장(Lv.1) : 타운의 범위를 1킬로미터 더 확장합니다.
페어리(Lv.-) : 등록된 개척자들이 사망할 경우 레벨에 따라 소정의 수수료를 받고 재생시킵니다.
수송선 정거장(Lv.1) : 타투인(장거리)과 인접한 2개 도시(근거리)의 노선이 운항 중
중계 안테나(Lv.1) : 이스타나의 도시와 통신망이 연결되어 있습니다.
※신설! 물류 창고(Lv.1) : 각종 물자를 최대 1,000톤까지 보관할 수 있습니다.
※신설! 방역 시설(Lv.1) : 도시 내의 각종 질병과 사고 발생률을 낮춰 줍니다.

T-20의 정보가 일목요연하게 떠올랐다.

타운 승격을 위해 추가한 시설은 물류 창고와 방역 시설, 이건 당연히 이큘러스를 염두에 둔 선택이었다.

이러쿵저러쿵해도 이큘러스에서 생산되는 자원의 최대 판매처는 이스타나. T-20이 중계 도시로서 역할을 하기 위해 물류 창고는 필수인 것이다.

방역 시설 역시 마찬가지.

'외계에서 들여오는 광석이 모두 안전하다는 보장은 없지.'

그걸 증명한 것이 바로 자렘이다.

운석 하나 잘못 들여왔다가 거대한 도시가 통째로 날아갈 뻔했던 것이다.

뭐 나중에는 그게 바이러스가 아닌 무라트의 저주에 의한 사건이었음이 밝혀졌지만, 실제로 외계와 접촉이 빈번한 도시는 시스템 적으로 질병이나 사고 발생률이 급증하게 되어 있었다. 그리고 일단 사고가 터지면…….

 -정체불명의 바이러스에 감염되어 해당 지역의 개척자 능력치가 40% 감소합니다!

 -정체불명의 바이러스에 감염되어 해당 지역의 NPC들이 시름시름 앓기 시작했습니다…….

이런 골치 아픈 상황이 벌어지게 된다.

NPC든 유저든 굳이 이런 도시에 찾아올 사람이 있을 리가 없다. 당연히 방문자는 뚝 끊기고, 있던 사람도 썰물처럼 빠져나가는 것이 당연지사. 그리고 일정 시간이 지나도록 해결하지 못하면 연방 정부로부터 폐쇄 명령이 떨어진다.

잘나가던 도시도 한 방에 작살나는 것이다.

뭐 이 정도 재해는 좀처럼 발생하지 않지만 이제 T-20도 인구수 10,000명에 육박하고 이스타나의 여러 도시는 물론, 외계 혹성과도 연결되었다.

그와 비례해서 질병과 사고 발생률이 급증하고 있으니 최소한의 안전장치는 만들어 둘 필요가 있었다.

'그런데…….'

정보창을 살피던 아크가 갸웃거렸다.

지금까지 S-20, 아니, T-20에서 일어나는 변화는 모두 아크의 지시에 의한 것이었다. 그런데 이번에는 지시한 기억이 없는 시설이 하나 더 늘어나 있었다.

보조 시설로 분류되어 있는 태양열발전소.

'이게 파고스 산에 세워져 있던 패널을 말하는 건가?'

아크는 실버스타를 타고 귀환할 때 이상한 장면을 목격한 적이 있었다. T-20의 중심에 자리 잡고 있는 파고스 산에 10여 개의 검은 패널이 붙어 있는 장면이었다.

그게 뭔가 했는데 이제 보니 태양열발전을 위한 집열판이었던 모양이다. 그런데 왜 갑자기 이런 것이?

"퍼거슨의 제안이었네."

대답한 것은 하마드란이었다.

"사실 나도 이전부터 좀 아깝다는 생각을 하고 있었네. 현재 T-20은 확장까지 해서 파고스 산을 중심으로 2킬로미터, 그러니까 직경 4킬로미터의 용지를 가지고 있네. 하지만 실제로 사용하는 용지는 30%도 되지 않지. 70%가 노는 땅이라는 말이네. 뭐 시험적으로 운영하고 있는 농장이 잘되면 줄어들기는 하겠지만 그것도 개간할 수 있는 땅에 한정되는 얘기지. 실제로 중심지의 대부분을 차지하고 있는 파고스 산은 돌산이라 농지로도 사용할 수 없어. 그런데 퍼거슨이 제안하더군. 일조량이 많은 지역이니 이참에 집열판을 설치해 태양

열 에너지를 생산하면 어떻겠냐고."

"호오?"

아크가 슬쩍 퍼거슨을 바라보았다.

그러자 퍼거슨과 A, B가 흠칫 시선을 피하며 불안한 눈알을 뒤룩뒤룩 굴려 댔다. 그러면서도 뭔가 기대하는 표정으로 아크의 안색을 곁눈질했다.

'흥, 그런 건가?'

아크는 대번에 퍼거슨의 의도를 알아챌 수 있었다.

새삼스럽지만 아크는 이번 외출 전에 퍼거슨과 A, B를 T-20의 관리자 3인방, 바이엔과 하마드란, 멜린의 비서로 임명했다.

퍼거슨과 A, B는 당연히 뛸 듯이 기뻐했다.

더 이상 던전에 처박혀 삽질을 하지 않아도 된다는 뜻이니까! 그러나 기쁨도 잠시, 퍼거슨과 A, B는 불안해지기 시작했다. 왜냐고? 그들은 아크가 어떤 인간인지 알고 있으니까! 뉴월드에서 수없이 피눈물을 쏟으며 경험해 봤으니까!

-아크 자식은 피도 눈물도 없는 놈이야. NPC에게는 친절하지만, 그건 대체로 NPC가 도움이 되기 때문이야. 유저, 그것도 도움이 되지 않는 유저에게는 인정사정없는 놈이다. 하물며 우리는 뉴월드에서 아크의 돈을 떼어먹은 전력이 있는 몸. 아크가 이유도 없이 인정을 베풀 리가 없어. 놈은 우리를 시험

하는 거다. 이곳에서 우리가 도움이 되는 인간인지 아닌지를. 그리고 만약 딱히 도움이 되지 않는다고 판단되면…….

알짤 없이 다시 아오지행!
또다시 삽질 무한대의 비참한 생활이 이어지리라.
그래서 생각했다. 뭐라도 해야 한다고. 그러나 퍼거슨과 A, B는 비서. 열심히 일해도 티가 나지 않는 위치였다.

－그냥 열심히 일하는 것만으로는 안 돼! 뭔가 티가 나야 한다! 확실하게! 하지만 너무 일을 크게 벌이면 안 돼. 까딱 실수해서 손해라도 나면…….

알짤 없이 다시 아오지행!
또다시 삽질 무한대의 비참한 생활이 이어지리라.
그래서 생각했다. 티가 나면서도 위험부담이 없는, 그런 일을 찾아야 한다고. 그 결과물이 바로 파고스 산에 설치한 집열판, 태양열발전 시설이었다.
'이 녀석들이 이제…….'
아크가 퍼거슨과 A, B를 흘겨볼 때였다. 아크의 눈빛이 심상치 않다고 느낀 퍼거슨이 얼른 입을 열었다.
"죄, 죄송합니다! 저희는 그저 아크 님에게 작은 도움이라도 되고 싶어서…… 타운 유지비를 조금이라도 아낄 방법이

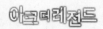

없을까 궁리하다가 한번 제안해 본 것뿐입니다! 정말입니다! 다른 생각은 눈곱만큼도 없었습니다!"

"사실이네."

하마드란이 끼어들었다.

"나도 아무 생각 없이 퍼거슨의 제안을 받아들인 것은 아니네. 자네도 알다시피 T-20은 실드 펜스를 두르고 있네. 뭐 덕분에 안전도는 올라갔지만 T-20이 용지의 30%밖에 사용하지 않는다는 점을 생각하면 타운 전체를 둘러싸는 실드 펜스는 좀 과한 부분이 있는 것도 사실이지. 덕분에 실드 펜스 유지비만 하루에 5골드나 들어가니까. 거기에 관리 사무소와 늘어난 각종 시설의 전력 소모량까지 계산하면 한 달에 들어가는 에너지 비용만 250~300골드네."

사실 아크도 아깝다는 생각을 하고 있었다.

그러나 타운이 커지면 에너지 소비도 늘어나는 것은 어쩔 수 없다고 생각했다.

"나도 태양열발전을 모르고 있던 것은 아니지만, 집열판을 설치하는 데는 뭣보다 상당한 넓이의 땅이 필요하네. 하지만 필요한 땅의 넓이에 비해 생산 전력은 적은 편이지. 때문에 인구 밀집 지역에서 태양열발전은 무리지. 그렇다고 도시 밖에 집열판을 설치하면 관리가 안 될 뿐만 아니라 도적의 습격을 막기도 힘들지. 그래서 일반 도시에서 태양열발전이 사라진 지 오래되어 나도 미처 생각하지 못하고 있었네."

그러나 T-20은 땅이 남아돈다.

게다가 중심의 파고스 산은 어차피 다른 용도로 사용하지도 못한다.

"좋은 제안이라고 생각했지. 그래서 일단 시험 삼아 12개의 집열판을 설치했는데 그것만으로도 타운에 필요한 에너지를 20% 이상 절감할 수 있었네. 집열판 하나에 50골드. 총경비 600골드가 들어갔지만 한 달에 50~60골드를 절감할 수 있다는 계산이 나오지. 시설 관리비를 감안해도 1년이면 투자비를 뽑고 무상으로 에너지를 사용할 수 있다는 말이네. 뭣보다 태양열은 무공해 에너지가 아닌가?"

"네! 바로 그겁니다! 무공해! 청정에너지! 미래 산업!"

퍼거슨이 얼른 숟가락을 얹었다.

이에 대한 아크의 반응은…….

'……이제야 제가 뭘 해야 하는지 알게 된 모양이군.'

사실 아크가 퍼거슨과 A, B를 관리자 3인방의 비서로 붙여 놓은 이유가 이것이다.

새삼스럽지만 바이엔과 하마드란, 멜린은 T-20을 이만큼 성장시켜 온 주역들이다. 자주 자리를 비워야 하는 아크를 대신해 T-20의 자잘한 문제를 도맡아 준 것이다.

그러나 NPC는 NPC. 딱 거기까지다.

레벨이나 관련 스킬이 높으면 그만큼 업무 성과도 높아지지만 그 이상, 창의적인 발상을 하지는 못한다는 말

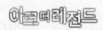

이다.

이전처럼 작은 섹터고, 아크가 오래 붙어 있을 수 있다면 그래도 상관없다. 그러나 이제 타운 승격이 되었고 이큘러스라는 영지 혹성까지 생겼다.

아크 혼자 모든 것을 관리하기는 무리.

거기에 레피드도 이큘러스를 맡고 있어 T-20을 신경 쓸 여력이 없어졌다. 뭐 그래도 관리자 3인방에게 맡겨 놓으면 기본적인 관리에는 문제가 없지만 발전은 힘들어진다.

'아직은 현상 유지에 만족할 때가 아니다!'

-Don't STOP!

아직 멈춰 설 때가 아니다.

아니, 지금이야말로 전력 질주를 해야 할 때다.

이미 20억이나 되는 투자금을 모았다. 앞으로 나아가지 못하면 그 20억은 모두 빚이 되는 것이다. 그러니 죽어라 앞으로 나가는 수밖에 없다. 그리고 거기에 필요한 것은 인재!

적극적으로 수익을 창출할 수 있는 인재다.

'그런 점에서 보자면……'

퍼거슨과 A, B는 뉴월드에서 아크 상회의 지점장까지 맡았던 유저들이다.

꽤 오래전부터 아크와 인연이 있는 유저들이었지만 그저

친분—사실 주인과 노예 관계였지만—에 의한 인사는 아니었다. 아크는 철저한 실력주의자, 퍼거슨과 A, B는 그만한 능력을 가지고 있었던 것이다.

단, 상인으로서.

'무슨 생각으로 전사를 키우는지는 모르겠지만 이 녀석들은 천상 상인이야. 런처보다는 계산기가 어울리는 녀석들이라고. 내가 필요한 것도 이 녀석들의 그런 재능이다. 그렇다면 방법은 하나밖에 없지. 이제라도 상인으로 살고 싶어지게 만들어 주마!'

퍼거슨과 A, B를 던전에 처박아 놓았던 이유가 그것이다.

죽을 때까지 삽질만 하게 될지도 모른다!

그런 공포감을 주기 위해서.

때문에 퍼거슨과 A, B는 생각했다. 뭐가 됐든 빛을 보며 살기만 했으면 좋겠다고. 그러려면 뭐가 됐든 아크에게 도움이 되는 수밖에 없다고. 그 결과가 바로 이것이다.

시키지도 않았는데 필사적으로 머리를 굴려 아크에게 도움이 될 만한 일을 찾는 것이다.

퍼거슨과 A, B는 알아서 제자리(?)를 찾아가고 있는 것이다. 덕분에 아크는 꽤 만족했지만⋯⋯.

'너무 쉽게 풀어 주면 곤란하지. 어쨌든 이 녀석들은 공금을 횡령하고 토낀 전력이 있으니까. 뭐 신상털이를 해 놨으니 또 그런 짓을 하지는 못하겠지만 확실히 잡아 놓지 않으

면 언제 또 허튼 생각을 할지 알 수 없어. 그렇다고 너무 군기만 잡아도 일을 못 할 테니…….'

"뭐 좋아."

아크가 고개를 끄덕였다.

그리고 슬쩍 퍼거슨과 A, B를 바라보며 말을 이었다.

"하마드란의 말도 있고, 내가 보기에도 나쁘지 않으니 이번 일은 허락하지. 하지만 투자금을 뽑는 데만 1년이 걸린다는 점이 좀 그렇군. 결국 1년 동안은 손해라는 말이잖아."

"네? 하, 하지만……."

"됐어. 그렇다고 다시 삽질을 시킬 생각은 없으니까. 당분간은 좀 더 지켜보지. 너희들을 T-20에 두는 편이 이득일지, 삽질을 시키는 편이 이득일지. 무슨 말인지 알지?"

"여, 열심히 하겠습니다!"

퍼거슨과 A, B가 바짝 군기 든 표정으로 대답했다.

그렇게 시설 점검을 끝낸 아크는 다시 타운을 돌아보았다.

사실 타운으로 승격됐다고 하지만 외견상으로 크게 달라진 것은 없었다. 딱히 규모가 커진 것도 아니고 그저 시설물이 몇 개 늘어난 것뿐이다.

그러나 섹터와 타운은 확연한 차이가 있었다. 그게 바로 지금 관리 사무소 옆에서 건설 중인 건물이다.

바로 은하연방의 관공서!

―T-20에 은하연방의 관공서가 건설 중입니다.

타운 이상의 도시는 연방 정부의 관공서를 유치할 자격이 생깁니다. 이는 단순한 개척자의 캠프에서 은하연방의 정식 도시로 인정받았다는 의미이기도 합니다.

관공서는 기본적으로 타운에서 발생하는 대부분의 업무를 공유하고 필요한 지원을 해 주는 시설입니다. 따라서 타운의 관공서에서도 〈에이전트 관련 업무〉, 〈타운 관리 관련 업무〉, 〈성간星間 무역 업무〉, 〈미등록 외계인 출입국 관련 업무〉 등등을 타운에서 즉시 처리할 수 있으며, 필요에 따라서는 일정 숫자의 정부군을 요청해 타운의 방어 병력으로 활용할 수도 있습니다. 단, 그에 따른 모든 비용은 타운이 지불해야 합니다.

※ 건설 진행율 : 34%

아크가 T-20에 도착했을 때.

타운으로 승격됐다는 메시지와 함께 떠오른 정보창이었다.

아크가 타운 승격을 서두른 이유가 이것이다.

이큘러스의 생산 기지가 활성화되면 T-20에 자원과 외계인의 출입이 폭발적으로 늘어날 것이다.

이건 모두 연방정부에 등록해야 하는 일. 그러나 그때마다 번번이 관공서를 찾아갈 수는 없다. 때문에 무엇보다 관공서의 유치가 시급했던 것이다.

'그렇다고는 해도……'

허허벌판에 삽 한 자루 들고 시작한 곳이다.

그런데 어느새 도시가 들어서고 곧 연방정부의 관공서

까지 자리 잡을 예정이다. 뿐만 아니라 1만 광년이 떨어진 이큘러스와 연결된 스타게이트까지 세워져 있었다.

어디에 내놔도 부끄럽지 않은 아크만의 타운!

'출세했구나, 아크!'

"쳇, 뭐야? 고작 이런 도시였어?"

아크가 모처럼 감회에 젖어 있을 때였다.

옆에서 찬물을 끼얹는 싸가지없는 목소리가 들려왔다.

목소리의 주인공은 메가라돈에서 어이없는 이유로 붙어 버린 혹, 제피였다. 아크가 눈썹을 치켜올리며 돌아보자 제피가 입술을 삐죽거리며 말을 이었다.

"아무래도 실수한 게 아닌지 몰라."

"실수? 뭔 소리야?"

"아니, 난 말이지. 관리자라기에 메트로폴리스쯤은 되는 줄 알았다고요. 그렇잖아요. 내가 은하연방에 대해서는 잘 모르지만 마틴 후작은 아마도 제일 잘나가는 귀족이겠죠. 아슐라트의 건국 행사에는 원래 그런 귀족만 초청되니까. 그리고 당신은 그런 귀족의 수행원이고. 그럼 최소한 메트로폴리스의 관리자 정도는 된다고 생각하는 게 당연하잖아요. 그런데 막상 와 보니 이런 코딱지만 한 타운이라니……."

"코, 코딱지? 말 다 했냐?"

"내가 뭐 못 할 말했나요? 이런 타운을 가지고 있는 유저는 널리고 널렸다고요. 그런데 고작 이만한 타운을 가지고 뭘 그리 대단한 것처럼 떠들어 대는지…… 게다가 보아하니 여기가 관리 사무소 같은데, 설마 내가 쓸 연구실도 이 건물에 있는 건 아니겠죠?"

"이 건물에 있다면?"

"하! 농담해요?"

제피가 기가 찬다는 표정으로 바라보았다.

"이제 보니 사람 보는 눈만 없는 게 아니라 머리도 텅텅 비었군요."

"뭐? 머리가 텅텅 비어?"

"말했잖아요. 저는 박사 학위를 6개나 가지고 있는, 은하계에서 과학이 가장 발달한 아슐라트에서도 황제 직속의 연구소에서 일하던 울트라 스페셜 인재라고. 하지만 나처럼 뛰어난 사람도 시설이 받쳐 줘야 제대로 된 연구를 할 수 있는 법이라고요."

"그럼 그냥 딴 데 가던가!"

"그건 곤란하죠. 말했잖아요. 나는 당신에게 관심이 많다고. 이런 코딱지만 한 타운의 관리자라도 당신이 혼자 G-1000을 쓰러뜨린 것은 사실. 그 이유를 납득하기 전까지는 옆에서 떨어지지 않겠어요. 그렇다고 내가 딱히 무리한 요구를 하는 것도 아니잖아요. 그저 이 몸의 경력에 걸맞은 으리으리한 연구실을 제공해 달라는 것뿐이에요. 나를 모셔 와 놓고 이런 빈약한 시설에서 일하라는 것은 보석을 땅에

묻어 버리는 짓과 같다고요."

'정말 확 묻어 버릴까?'

순간 아크의 머릿속에 이런 욕구가 샘솟았다.

물론 아크도 알고 있다. T-20이 아크에게는 금쪽같은 타운이라도 사실 이 정도 타운은 이스타나에만도 수십 개가 있다. 은하계 전체로 확대시키면 최소 수백 개는 되리라.

……그렇게까지 대단한 것은 아니라는 말이다.

아니, 제피가 떠들어 대는 것처럼 아크 밑으로 위장 취업(?)하기 전까지는 아슐라트의 심장부, 메가라돈의 비밀 연구소에서 일했던 여자니 메트로폴리스 급의 대도시에 소속된 연구소에서도 일해 본 경험이 있으리라.

그러니 T-20쯤은 가소로워 보이겠지.

그렇다고는 해도 대놓고 이딴 소리라니?

"대체 뭡니까? 이 여자는?"

바이엔과 하마드란, 멜린이 울컥한 눈으로 제피를 바라보며 물었다.

무리도 아니다.

퍼거슨과 A, B는 그렇다 쳐도 바이엔과 하마드란, 멜린도 T-20에 대해서는 아크 못지않은 자부심을 가지고 있었다.

그런데 면전에서 코딱지만 한 타운이니, 허접한 관리 사무소니 하는 말을 지껄여 대니 아무리 NPC라도 열 받지 않을 리가 없지 않은가!

처음 봤을 때도 느꼈지만 정말이지 싸가지라고는 눈을 씻고 찾아봐도 보이지 않는다.

'역시 그때 그냥 우주로 던져 버리도록 놔두는 편이 좋았을지도…… 아니, 지금이라도 늦지 않았어. 그냥 묻을까? 확 구덩이에 묻어 버릴까? 묻어 버리고 그냥 없었던 일로 할까?'

아크가 진지하게 그런 고민을 하고 있을 때였다.

문이 벌컥 열리며 고함이 들려왔다.

"형님!"

"그래! 묻어!"

"네! 묻겠…… 에? 묻다니요?"

눈을 동그랗게 뜨며 되묻는 사람, 아니, 햄스터는 토리였다. 그제야 망상—99%는 진심이었지만—에서 깨어난 아크가 고개를 저으며 입을 열었다.

아니, 입을 열려 할 때였다.

"타이니족이다!"

제피가 갑자기 눈을 빛내며 소리쳤다. 그리고 한걸음에 토리에게 다가가 여기저기 살피며 떠들어 댔다.

"이 범상치 않은 대가리 크기! 거기에 비례해 커다란 눈깔! 이 털의 윤기! 분명해! 당신, 평범한 타이니족이 아니군요. 내 데이터가 맞다면 타이니족 중에서도 극소수밖에 없는 팜 타이니족! 그렇죠?"

"팜 타이니족? 뭐야? 그건?"

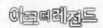

"뭐라니요? 설마 그것도 모르고 있었어요?"

아크의 질문에 제피가 어이없다는 표정으로 대답했다.

"타이니족은 햄스터를 닮은 종족이에요. 그런 외형에 걸맞게 대체로 타이니족은 게으르고 멍청하기 짝이 없죠. 하지만 아주 극소수, 돌연변이처럼 머리가 좋은 타이니족도 존재하죠. 팜 타이니족은 그런 타이니족을 지칭하는 말이에요. 10만 마리에 하나 나타날까 말까 하는 천재 타이니족! 그 자체만으로도 엄청 희귀한 존재라고요."

두둥!

느닷없이 밝혀지는 토리의 비밀!

"그, 그런가! 그래! 나는 천재 햄스터였던 건가!"

……토리도 이제야 알게 된 모양이다.

"후후후! 어쩐지 이상하다 싶었어. 생각해 보면 내 주변에 있던 녀석들은 10단위 이상은 세지도 못하는 얼간이들이 수두룩했지. 한때는 그런 멍청한 놈들과 같은 종족이라는 사실에 절망해 결국 모성을 뛰쳐나왔지만 역시 나는 그런 놈들과는 다른 존재였던 거야. 오오! 이제야 진정한 나를 찾은 것 같은 기분이야! 응? 가만? 그런데 너는 누구냐?"

"제피라고 해요. 새로 들어온 연구원이죠."

"새로 들어온 연구원이라고?"

토리가 고개를 갸웃거리며 아크를 돌아보았다. 이에 아크가 끄덕이자 새삼스러운 눈으로 제피를 바라보며 말했다.

"후후후! 그래, 신입이라고? 내 후배라는 말이군. 좋아, 제피. 너 마음에 들었다. 한눈에 이 몸의 위대함을 알아보다니, 어려운 일이 있으면 언제든 의논해도 좋아."

"정말요? 마침 부탁하고 싶은 게 있는데!"

"말해 봐라, 이 천재 햄스터 팜 타이니족 토리 님에게."

"그럼……."

제피가 눈을 초롱초롱 빛내며 입을 열 때였다. 미간을 찌푸리며 지켜보던 아크가 한숨을 불어 내며 중얼거렸다.

"말해 두지만 해부는 안 돼."

아크의 말에 토리가 어리둥절한 표정으로 되물었다.

"해, 해부? 그게 무슨 농담…… 어? 어? 야, 여자! 너 왜 그런 눈으로 날 보고 있는 거야? 칫? 왜 그 대목에서 그런 대사가 나와? 뭐야? 그 손에 들린 나이프는? 넣어! 넣으라고! 농담하지 마! 무섭다고! 지금 네 눈깔, 겁나 무서워!"

그리고 뒤늦게 제피의 손에 들린 나이프를 발견하고 사색이 되어 주춤주춤 물러났다. 그러자 제피가 풀 죽은 강아지 같은 표정으로 아크를 돌아보았다.

"그냥 살짝 머리만 열었다가 닫으면 안 돼요?"

"머리만 열었다가 닫아? 내가 무슨 조립식 햄스터 모형인 줄 알아? 죽는다고! 보통 그러면 죽는다고! 혀, 형님, 저 열심히 일할게요! 그러니 이 여자 좀 어떻게 해 주세요! 난 죽기 싫다고요!"

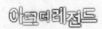

"······안 돼."

"쳇! 고작 햄스터 한 마리 가지고 치사하게."

이어지는 아크의 대답에 제피가 잔뜩 볼을 부풀리며 나이프를 집어넣었다.

덕분에 '토리 해부 사건'은 미수에 그쳤지만 해프닝으로 인해 제피는 집무실에 모여 있는 관리자 3인방이나 퍼거슨과 A, B에게 자신의 존재를 확실하게 각인시킬 수 있었다.

'또라이다!'

'그것도 순도 100%짜리 상또라이야!'

'눈 마주치지 마. 언제 무슨 짓을 할지 몰라!'

'또라이는 피하는 게 상책이야.'

······라고.

그리고 슬프지만 그게 정답이다.

박사 학위가 6개인지 60개인지는 모르겠지만 제피는 의심의 여지가 없는 상또라이인 것이다.

언제 무슨 짓을 할지 모르는 위험인물. 그러나 사실 아크도 남 걱정할 처지가 아니었다. 막상 생각해 보면 식겁한 일이지만 제피가 가장 해부해 보고 싶어 하는 사람은 아크니까.

'역시 늦기 전에 묻어 버리는 편이 나을지도······.'

다시 강렬한 욕구가 치솟는다.

그러나 아직 사건(?)이 일어난 것도 아니니 일단 보류.

"그보다 토리, 무슨 용건이냐?"

"네? 아! 네!"

멜린의 뒤에서 사색이 되어 있던 토리가 그제야 퍼뜩 고개를 들어 올렸다. 그리고 경계심 만땅의 눈으로 제피를 힐끔거리며 입을 열었다.

"형님이 맡긴 설계도로 드디어 완제품을 만들었습니다. 하지만……."

"하지만?"

"막상 만들어 놓고 보니 도무지 이해할 수 없는 구조라서 말입니다. 어찌어찌 가동을 시키기는 했는데 그것도 좀…… 아무래도 형님이 직접 보셔야 할 것 같습니다."

"뭔 소리인지 모르겠군."

눈살을 찌푸리던 아크가 고개를 끄덕였다.

"알았다. 직접 가 보지. 안내해라."

"형님!"

아크가 토리를 앞세우고─정확히는 토리가 제피의 시선을 피해 아크의 옆에 찰싹 달라붙어서─ 공작실로 걸음을 옮길 때였다. 모퉁이를 돌아서기가 무섭게 한 노인과 함께 소년이 뛰어오며 소리쳤다.

노인은 실버핸드의 스케빈저 조장 헥스, 소년은 그레이족의 헤겔이었다.

"오셨다는 말을 듣고 집무실로 찾아가는 중이었어요. 이미 며칠 전에 형님이 맡겨 놨던 영혼석이라는 광물의 아이템

분석이 끝났습니다."

헤겔과 헥스에게 맡긴 아이템이라면 에이션트 나쿠마가 떨군 영혼석이다. 좀처럼 진도가 나가지 않더니 오랜만에 돌아와서 그런지 각종 연구가 다 끝나 있는 것이다.

"잘됐군. 그렇지 않아도 네게도 들러 볼 참이었는데."

"그레이족이다!"

아크가 헤겔에게 다가갈 때였다.

심드렁한 표정으로 따라오던 제피가 반색하며 뛰어갔다.

아크가 짜증이 솟구치는 표정으로 말했다.

"해부는 안 된다고 했다, 응?"

"……칫!"

도무지 방심할 수 없는 여자다.

까딱하면 아크의 파라다이스가 또라이 과학자의 해부 실험실이 될지도 모른다.

SPACE 3. 오늘도 달린다

영혼석(멀티)

아이템 타입 : 성장, 변화, 파워

투명한 유리질 속에 검은 기운이 일렁이는 신비한 광석입니다. 숙련된 개척자인 당신은 그 속에 숨겨진 강력한 힘의 존재를 느꼈습니다. 이에 첨단 기기로 면밀해 분석해 본 결과 이 광석 내부에 존재하는 에너지는 일반적으로 은하계에서 사용되는 에너지와 전혀 다른 구조를 가지고 있다는 것이 밝혀졌습니다. 놀라운 점은 이 에너지가 광석 내부에서 끊임없이 활동하며 자가 성장을 한다는 점입니다. 뿐만 아니라 외부에서 주입되는 에너지에 따라 특이 성질로 변화된다는 것을 알아낼 수 있었습니다.

이런 종류의 에너지는 아직 은하계 어디에서도 보고된 적이 없습니다. 따라서 아직 정확한 용도는 알 수 없지만, 모른다는 것은 무한한 가능성이 잠재되어 있다는 의미이기도 합니다. 이 에너지를 안정된 상태로 만들어 추출하는 방법을 찾는다면…… 어쩌면 당신은 굉장한 것을 손에 넣을지도 모릅니다. 이것저것 시험해 봅시다!

"뭐야, 이게?"

아크가 눈을 꿈뻑였다.

에이션트 나쿠마가 떨군 미확인 아이템 영혼석.

그러나 미확인 아이템이라고 용도를 짐작조차 못 하는 경우는 거의 없다. '?' 상태의 검을 분석한다고 총으로 변하지는 않는 것이다. 검은 검, 분석은 그 검의 숨겨진 성능을 알아보기 위한 과정이다.

같은 의미로 아크는 영혼석의 용도도 짐작하고 있었다.

이래저래 게임 경력만 수년.

그런 아크의 경험으로 미루어 짐작하자면…….

'뭐 뻔하지. 다른 게임에서 마석이나 젬Gem이라고, 무기나 아머에 장착해 성능을 올리는 일종의 성장 아이템일 거야. 갤럭시안에도 이미 장비품과 합성해 성능을 올리는 갈스톤이라는 아이템이 있다. 영혼석은 아마도 갈스톤의 상위 버전 같은 것이겠지.'

그런데 분석 결과는 엉뚱했다.

아니, 이건 아예 분석 결과라고 부르기도 뭐했다.

용도를 모른다. '?'를 분석해서 나온 결과물이 '?'인 것이다. 기껏 알아낸 정보라는 게 어딘가에 쓸모가 있을지도 모른다? 의외로 굉장한 것일지도 모른다라니?

"형님, 이건…….."

아크가 망연자실한 표정을 짓고 있을 때였다.

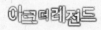

토리가 뭔가 입을 열려는 찰나 제피가 먼저 고개를 끄덕이며 말했다.

"이른바 언노운 아이템Unknown Item이라는 거네요."

"에? 언노운? 이거 알아?"

"뭐예요? 그 반응은? 설마 처음 보는 거예요?"

"넌 이런 아이템을 본 적이 있다는 거야?"

"본 적이 있냐고요? 하아! 이래서 코딱지만 한 타운의 관리자는······."

"자꾸 코딱지, 코딱지 할래? 말했지? T-20은 말이지! 네가 생각하는 것처럼······."

"아! 됐어요, 됐어."

제피가 귀찮다는 듯이 손을 저었다.

정말이지 이 여자는······.

"이런 광석과 인위적으로 만들어진 장비품 같은 것은 전혀 다른 아이템이에요. 예를 들어 총기라면 기존의 것과 형태가 완전히 다르다고 해도 분석하면 사용법이나 숨겨진 기능을 알아낼 수 있어요. 어찌 됐든 총기라는 결과물이 있으니 그 구조만 파악하면 되니까. 미확인 아이템을 확인하는 스킬에 아이템 분석이라는 이름이 붙어 있는 이유가 그거예요. 분석. 복잡한 것을 풀어낸다는 의미죠. 여기까지 OK?"

"그냥 설명만 해!"

"하지만 가공되지 않은 물질, 광석 같은 것은 얘기가 다르죠. 철광석에서 금속을 추출해 무기를 만든다. 이건 이미 철광석으로 무기를 만들어 본 적이 있기 때문에 가능한 분석이에요. 하지만 아직 금속 무기를 만들어 본 적이 없는 종족이 철광석을 얻으면 어떨까요? 당연히 '단단하고 뭔가 쓰임새가 있어 보이지만 아직은 모르겠다.'가 되겠죠."

"그러니까 뭐야? 결국 못 쓰는 아이템이라는 거잖아?"

"아! 답답해라! 대체 뭘 들은 거예요?"

아크의 말에 제피가 한숨을 푹푹 쉬며 말을 이었다.

"모르겠어요? 원시인은 철광석이 뭔지 몰랐지만 결국 무기를 만들어 냈어요. 같은 의미로 고대인들은 석유가 뭔지도 몰랐지만 결국 석유 덕분에 자동차나 비행기가 만들어졌죠. 현재 우주선의 연료로 쓰이는 에테르도 수백 년 전까지는 그저 미지의 광석에 불과했고. 말하자면 언노운 아이템이란 무궁무진한 가능성이 숨겨져 있다는 의미도 되는 거예요."

우주 개척지에 수많은 종족이 몰리는 이유가 이것이다.

은하계는 넓다. 무지하게 넓다.

거기에는 아직 인류가, 아니, 어떤 종족도 보지 못한 물질이 별처럼 많은 것이다.

실제로 개척지에서 이런 언노운 아이템은 꽤 많이 발견되고 있었다. 당장은 사용하지 못하지만 뭔가 용도가 있어 보이는 아이템이.

이게 근래 들어 연구원이라는 직업이 각광받게 된 이유다.

"지금 개척지에서 유저들이 가장 관심을 가지고 있는 것이 바로 이런 언노운 아이템이에요. 당장은 쓸모없어 보여도 경우에 따라서는 과거의 석유나 현대의 에테르처럼 은하계의 과학 문명을 통째로 바꿔 놓을 계기가 될 물질일지도 모르니까. 그런 물질을 선점할 수 있다면 대박! 희귀 금속 광맥 한두 개 찾는 것과는 비교도 안 되는 부와 명예를 얻을 수 있다는 말이에요. 때문에 이미 개척지에 진출해 있는 유저나 컴퍼니 들은 눈에 불을 켜고 언노운 아이템을 모을 뿐만 아니라 뛰어난 연구원을 영입하고 연구 시설을 확장하는 데 돈을 쏟아붓고 있다고요. 아, 이런 것까지 설명해야 하다니, 이 정도는 그냥 상식 아니에요?"

"상식은 무슨 얼어 죽을……."

눈살을 찌푸리던 아크가 움찔하며 입을 다물었다.

주위에 늘어서 있는 연구원들, 그러니까 토리와 제이, 헤젤과 헥스가 꽤나 곤혹스러운 표정을 짓고 있는 장면이 눈에 들어왔기 때문이다.

"뭐, 뭐야? 그 반응은?"

"제피? 음, 저 제피라는 여자의 말이 사실이네. 언노운 아이템은 우주 개척지로 진출한 개척자들에게는 일확천금의 기회나 다름없지. 물론 제대로 연구를 하기 위해서는 상당한 시간과 자금이 필요해 아무나 쉽게 손을 댈 수는 없지만 아직 누구도 발견하지 못한 언노운 아이템이라면 그냥 4대 기업 같은 곳에 팔아도 엄청난 수익을 올릴 수 있네. 그래서 자금이 넉넉지 않은 개척자들은 아예 팔 생각으로 언노운 아이템을 찾아다니는 경우도 적지 않지."

"그건 상식이죠."

"저도 그래서 헐레벌떡 형님에게 뛰어갔던 건데……."

헥스에 이어 제이, 거기에 헤겔까지.

설마 그것도 모르고 있을 줄은 상상도 못 했다는 눈으로 아크를 바라보았다.

실제로 아크는 모르고 있었지만, 갤럭시안의 아이템을 사고파는 경매장에도 이미 언노운 아이템이라는 카테고리가 따로 만들어져 상당한 고가에 거래되고 있었다.

아마 뉴월드 시절이었다면 아크도 당연히 알고 있었을 것이다. 경매장을 뻔질나게 들락거렸으니까.

그러나 자금 압박이 심했던 그때와 달리 현재 아크는 살림이 꽤 넉넉한 편이었다. 게다가 딸린 식구(?)도 많아 경매장에 팔 아이템 따위는 없었다.

덧붙여 과거의 인연 탓에 정혜선이 진행하는 게임특종도 보지 않아 정보가 늦은 편이었다.

덕분에 직원들 앞에서 무안을 당하는 쪽팔린 상황까지 겪게 되었지만 뭐 이제 와서 어쩌겠는가?

그래서 그냥 무시하기로 했다.

'어쨌든…….'

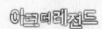

아크가 영혼석을 바라보았다.

'이게 일확천금의 기회가 될지도 모른다는 말이지?'

그러나 아직 뭔가 팍 꽂히는 느낌은 없었다.

이러쿵저러쿵해도 아직 용도 불명. 어디에 써야 하는지도 모른다는 뜻이다. 또한 뭔가 사용법을 알아도 실제로 그게 대박일지 쪽박일지도 장담할 수 없었다.

'하지만 타이탄 등급의 보스 몬스터가 떨군 아이템이다. 알고 보니 그냥 돌멩이라는 결론은 아니겠지. 문제는 이걸 어떻게 확인하느냐인데…….'

영혼석은 아크만 가지고 있는 것이 아니다. 아마도 마틴 후작은 아크보다 더 많은 영혼석을 가지고 있으리라.

'그래, 그래서 마틴 후작이 그 뒤로 나쿠마에 대해 얘기하면서도 영혼석이라는 단어는 한 번도 꺼내지 않았던 거군. 아직 마틴 후작도 영혼석의 용도를 모르고 있는 거야. 하지만 다른 NPC도 아니고 마틴 후작이니 조만간 뭔가 알아내겠지. 그럼 굳이 돈 들여 가며 내가 연구할 필요가 없잖아. 아니, 아니지…….'

거기까지 생각하던 아크가 슬쩍 제피를 바라보았다.

어쩌다 보니 영입하게 된 자칭 천재 연구원, 뭐 아크의 눈에는 그저 또라이로밖에 보이지 않지만 어쨌든 레벨이나 스킬이 최상급이라는 것만은 분명했다.

'앞으로 연구원을 늘려야겠다고 생각하기는 했지만 진행

하던 연구는 이제 다 끝났다. 아직 지저세계에서 얻은 공룡의 세포조직이 남아 있지만 믹스 업은 제이의 전문 분야. 굳이 제피가 없어도 돼. 게다가 이런 성격, 맘 같아서는 당장 파묻고 없던 일로 하고 싶지만 뭐…… 그 전에 확인부터 해 보는 게 순서겠지. 마침 딱 좋은 기회다.'

"어이, 제피."

아크가 영혼석 하나를 제피에게 건네주었다.

"넌 이미 언노운 아이템을 연구해 본 적이 있다고 했지? 그러니 이건 네가 맡아라."

"내가?"

"왜 자신 없어?"

"누가 자신이 없다고 했어요?"

제피가 바로 발끈한 표정으로 쏘아붙였다.

"이런 건 내 전문이라고요! 어떤 언노운 아이템이라도 문제없어요. 하지만 그 전에 해야 할 일이 남았잖아요! 연봉 협상! 일을 시키려면 먼저 보수부터 정해 줘야죠. 그래서? 대체 얼마나 줄 건데요? 말했듯이 난 여기 있는 허접한 연구원들보다 몇 배나 뛰어난 과학자라고요! 이 몸을 푼돈으로 부릴 생각은 하지 말아요!"

"뭐? 허접한 연구원들이라고?"

헤겔과 헥스, 제이—토리는 나서지 않았다—가 울컥한 표정을 지었다.

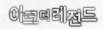

그러나 제피는 눈길도 주지 않고 제 할 말만 떠들어 댔다.

"게다가 아까도 말했듯이 여기처럼 제대로 설비도 갖춰지지 않은 연구실에서 무슨 연구를 하라는 말이에요? 이 몸에게 연구를 시키려면 최소한⋯⋯."

"그래서다."

아크가 제피의 말을 끊으며 말했다.

"뛰어난 과학자라는 것도 네 주장뿐이잖아. 네가 G-1000의 개발자인지 아닌지 내가 알 게 뭐야. 세상에 어떤 사장이 신입사원의 말만 듣고 연봉을 팍팍 주고 으리으리한 연구실을 지어 주겠냐? 안 그래? 원하는 게 있으면 먼저 실력부터 증명해. 말하자면 이건 입사 시험이다. 연봉이든 연구실이든 결과를 보고 판단하겠어."

"말도 안 돼! 이미 계약했잖아요!"

"네 말대로 아직 연봉도 책정하지 않은 계약이지. 그리고 깜빡한 모양인데, 나 사장이야. 그것도 맘에 안 드는 사원은 얄짤 없이 잘라 버리는 독재자 같은 사장이지."

"하지만 이런 연구 시설로⋯⋯."

"호오. 그래서 못 하겠다는 거냐? 천재 과학자라며? 천재 과학자라도 설비가 없으면 아무것도 못한다? 이거야 원, 그럴 바에는 차라리 새 컴퓨터 하나 장만하는 편이 낫겠군."

"누가 못 한데요!"

아크가 느물거리며 말하자 제피가 버럭 소리쳤다. 그리고 앙칼진 표정으로 낚아채듯이 영혼석을 받아 들었다.

"하죠! 해 주겠어요! 이까짓 돌 조각! 그래 봤자 돌 조각! 마음만 먹으면 아무것도 아니라고요! 아니, 나는 밝혀진 정보만으로도 이미 감을 잡았다고요! 뛰어난 과학자니까! 두고 봐요. 에너지인지 뭔지 순식간에 알아내 줄 테니까!"

'훗, 뭐 이런 거지.'

종잡을 수 없는 또라이.

때문에 아크도 노블리스-II에서 만났을 때부터 본의 아니게 제피의 페이스에 말리는 느낌이 있었다.

그러나 이래 봬도 아크. 산전수전 다 겪은 몸이다. 그리고 또라이는 또라이대로 다루는 요령이 있는 법!

괜히 아크가 아닌 것이다.

'그렇다고는 해도…….'

-새로운 연구 과제가 시작되었습니다.

연구 내용 : [언노운 아이템-영혼석] 연구 인원(1) : 제피

《언노운 아이템은 여러 가지 실험으로 추가 정보를 알아내는 방식으로 진행됩니다. 적절한 실험을 할 경우 용도에 대한 힌트가 주어지지만 반대의 경우 잘못된 정보를 얻거나 재료가 파손되는 경우도 있습니다. 이때 적용되는 것이 연구원의 관련 스킬 레벨입니다. 같은 실험을 해도 연구원의 스킬 레벨이 낮으면 결과가 나오지 않는 경우도 있습니다. 반대로 스킬 레벨이 높으면 추가로 보너스 정보를 얻을 수도 있습니다. 따라서 아이템의 종류를 잘 파악해 해당 스킬이 높은 연구원에게 맡겨야 성공 확률을 높일 수 있습니다.》

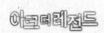

※연구원의 관련 스킬이 높아 추가 보너스가 적용되었습니다.
《진척도 : 25%……》

제피가 영혼석을 받아 들자마자 정보창이 떠올랐다.

그리고 시작과 동시에 진척도 25%! 영혼석을 보자마자 감을 잡았다는 말이 거짓말은 아니었던 모양이다.

'뭐 쓸 만한 연구원이라는 것은 처음부터 알고 있었지만……'

문제는 그 절망적인 성격에 있는 것이다.

그러나 말했듯이 또라이는 또라이대로 다루는 요령이 있다. 그리고 방금 전에는 독재자라고 말했지만 이제 아크도 맘 내키는 대로 컴퍼니를 운영할 입장이 아니었다.

20억이나 되는 투자금을 받았으니 감정보다는 실리를 우선시해야 한다. 아니, 뭐 아크는 원래 실리주의자지만 어쨌든. 설사 제피보다 심각한 정신 상태를 가진 유저라도 필요하다면 함께 가는 수밖에 없는 것이다.

해부당할 위험이 있다 해도!

'뭐 그 문제는 이제 결과를 보고 판단하면 될 거고. 그나저나 기껏 분석을 끝내고도 용도조차 알 수 없는 아이템이라니, 어이가 없어서 정말……'

그러나 영혼석만이 아니었다.

그로부터 몇 분 뒤.

아크와 관리자 3인방, 연구진은 관리 사무소의 공작실로 이동했다. 토리와 제이가 [설계도 : 미확인]으로 제작한 기계를 확인하기 위해서였다. 그러나 결과물을 확인한 아크의 반응은 영혼석을 봤을 때와 크게 다르지 않았다.

"이게 뭐야?"

당연한 반응이었다.

공작실에 덩그러니 놓여 있는 것은 자잘한 부품과 전선에 뒤덮인 금속 구체. 아니, 그렇게 보이는 '뭔가'였다. 그 형태만 봐서는 도무지 용도를 짐작할 수가 없었던 것이다.

그래도 다행히 이건 언노운 아이템은 아니었다.

모두가 '?'를 띄우며 바라보자 토리가 헛기침을 하며 설명했다.

"흠, 흠, 모두 궁금하실 겁니다. 이게 뭐야? 이런 반응도 무리는 아니죠. 저 역시 그랬으니까요. 제가 이 기계를 완성한 것은 며칠 전이지만 이제야 보고하는 것도 그런 이유 때문입니다. 일단 설계도대로 완성은 했는데 도무지 작동법을 알 수가 없더군요. 아니, 작동법은커녕 어떤 동력을 사용해야 하는지도 알 수 없었습니다. 이에 저, 토리는……."

"까불래? 결론만 말해! 결론만!"

아크가 짜증스러운 표정으로 소리쳤다.

"그래서? 사용법을 알아냈다는 거야, 아니라는 거야?"

"에…… 알아는 냈습니다."

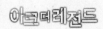

"알아는?"

"그러니까…… 일단 보시죠."

토리가 입술을 삐죽거리며 구체로 다가갔다. 그리고 펑퍼짐한 엉덩이로 구체를 깔고 앉아 눈을 감았을 때였다.

웅웅웅웅! 웅웅웅웅!

돌연 구체가 낮은 기계음을 일으키며 진동했다.

이어 표면에서 푸른 빛 무리가 소용돌이치며 솟아올라 토리를 휘감았다. 그리고 회전!

토리를 중심으로 작은 빛의 입자가 엄청난 속도 회전하며 스파크를 일으키기 시작한 것이다.

뭔지 모르지만 임팩트 넘치는 전개!

'대체 뭐지? 뭐 토리 녀석이 제 발로 가서 시연하는 것을 보면 폭탄 같은 것은 아니겠지만…… 그럼 무기인가? 아니, 무기라면 실험실에서 시연하지는 않았겠지. 그렇다면…….'

아크가 불안 반 기대 반으로 지켜볼 때였다.

위이이이잉! 파지지지! 퍼펑!

맹렬히 회전하던 빛의 입자가 섬광을 일으키며 사방으로 터져 나갔다.

아크와 연구진은 반사적으로 눈을 감으며 물러났다.

그리고 잠시 후 감았던 눈을 뜨는 순간, 충격적인 장면을 목격할 수 있었다. 놀랍게도 구체 위에는…….

"저, 저게 뭐야? 저건 설마…….."

"도토리?"

"네, 도토리. 아무리 봐도 도토리인데요?"

아크에 질문에 헤겔과 헥스가 얼빠진 표정으로 대답했다.

그렇다. 구체 위, 아니, 정확히 말하면 토리의 머리 위에 떠 있는 것은 도토리. 그것도 직경이 10미터는 되어 보이는 거대한 도토리가 둥둥 떠 있는 것이다.

대체 왜?

멍청한 눈으로 도토리를 바라보던 아크가 볼을 실룩거리며 떠듬떠듬 입을 열었다.

"그러니까…… 유적지에서 찾은 설계도가…… 거기에 2,500골드나 처발라 만든 기계가…… 그냥 커다란 도토리를 만들어 내는 기계였다는…… 그런 말이냐?"

"아쉽지만 아닙니다."

"아쉽지만?"

"네, 저도 처음 이 장면을 봤을 때는 환호성을 터뜨렸죠. 이제 해바라기 씨를 배터지게 먹을 수 있다고. 아, 처음 기동할 때 나타난 것은 해바라기 씨였습니다. 하지만 보다시피."

토리가 도토리를 향해 팔을 뻗었다.

그러나 토리의 손은 도토리 속으로 쑥 들어가 허우적거릴 뿐이었다. 토리는 몇 번 같은 동작을 반복하다가 허탈한 표정으로 한숨을 불어 내며 말을 이었다.

"입체영상에 불과합니다."

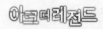

"입체영상? 뭐야? 그럼 그게 고작 입체영상을 만드는 기계라는 말이야?"

"그것도 아닙니다. 이건 그런 저급한 영상기기와는 차원이 다른 기계라고요. 그리고 이 영상도 단순한 입체영상이 아닙니다. 이 도토리는 방금 전에 제가 머릿속으로 상상한 것. 그러니까 상상을 실체화시켰다는 뜻입니다. 뿐만 아니라 이 기계는 아직 어떤 형태의 에너지도 주입시키지 않은 상태입니다. 이 기계의 동력은 바로 정신. 이미지를 구현시키는 사용자의 정신 에너지로 작동되는 구조입니다. 그래서 기계를 가동시키면 정신 에너지를 흡수당해…… 아우아우아우……."

흥분해서 떠들던 토리가 젖은 걸레처럼 흐느적거리며 구체 위에 널브러졌다.

"이렇게…… 돼 버린다고요. 헥헥헥!"

"그래서?"

"네? 헥헥! 에구 맥 빠져. 그래서라니요?"

"단순한 입체영상 기기가 아니면 뭐에 쓰는 기계냐고!"

"헥헥헥! 그, 글쎄요?"

"장난하냐!"

아크가 울컥하며 소리쳤다.

그러자 기계를 만든 연구원 중 1인, 제이가 끼어들었다.

"진정하십시오, 사장님. 지금 토리는 제정신이 아닙니다. 토리가 말한 것처럼 저 기계는 사용자의 정신 에너지를 흡수해 작동하게 되어 있습니다. 그런데 한 번 작동시킬 때마다 흡수되는 정신 에너지양이 장난이 아닙니다. 사장님처럼 정신력이 강한 사람은 어떨지 모르겠지만 저나 토리는 한 번 작동시키면 약에 취한 것처럼 몽롱해질 정도죠."

"그런데 왜 제가 나서서 시연을 하는데?"

"그게……."

"도토리…… 우우…… 도토리…… 언젠가 먹고 말 거야…… 도토리……."

토리는 구체 위에 널브러진 자세로 도토리를 향해 양팔을 허우적거리고 있었다.

제이가 그런 토리를 바라보며 한숨을 불어 냈다.

"저 순간이 너무 황홀하답니다."

……할 말이 없다.

생각해 보니 제피에게 뭐라고 할 입장이 아니었다.

이미 아크의 직원 중에는 정상이 아닌 햄스터까지 있는 것이다. 정말이지 성질 같아서는 당장이라도 제피를 시켜 머릿속이 어떻게 생겨먹었는지 해부라도 시켜 보고 싶은 심정이다. 아니, 해부할 필요도 없다.

기계가 머릿속의 이미지를 실체화시킨다고 했으니 해부해 봐야 도토리나 쏟아져 나오겠지.

그리고 다행히(?) 지금 아크는 그런 뻔한 결과를 확인하는 것보다 기계의 용도가 더 궁금했다.

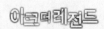

"그래서? 저게 대체 뭔데?"

"당장은 말씀드리기 힘듭니다. 저건 저 상태가 완성품이 아니기 때문입니다. 아니, 완성품이기는 하지만 부속이라고 해야 맞겠군요, 다른 기계와 결합해야 제 기능을 발휘하는."

"다른 기계라니? 무슨 기계?"

"우주선입니다."

제이가 눈동자를 빛내며 대답했다.

"저희도 다 완성하고 나서야 알았습니다. 저 금속 구체가 우주선에 장착해 사용하는 일종의 업그레이드 파츠로 설계된 장치였다는 것을 말입니다."

"도토리를 만들어 내는 게?"

"아니, 정확히는 '사용자의 머릿속 이미지를 형상화시키는 장치'죠. 사실 그 기능이 우주선의 시스템과 연결되었을 때 어떤 형태로 발현될지는 저희도 모릅니다. 저도 자렘에서 여러 종족에서 개발된 특이한 기계를 많이 접해 봤지만 이런 메커니즘은 처음입니다. 뭣보다 사용자의 정신을 에너지원으로 삼아 기동되는 기계가 있다는 말은……."

"있어요."

제피가 툭 끼어들었다.

그리고 손가락으로 쓸어 올린 안경 너머로 구체를 바라보며 말을 이었다.

"쉬라바스티의 비밀 연구소로 발령받기 전에 아슐라트의

제11 연구소에서도 근무한 적이 있었는데, 거기에도 사용자의 정신력을 에너지원으로 삼는 기계가 몇 가지 연구되고 있었어요. 저와 파트가 달리 정확히 어떤 기계인지는 모르지만. 그쪽 연구원들은 α(알파) 세대 프로젝트라고 부르더군요."

"아슐라트의 제11 연구소라면 혹시 성황 직속의?"

"호오, 아는 사람이 있었네요. 당신은?"

"저는 제이라고 합니다. 아크 님 밑에 오기 전까지는 자렘의 수석 연구원이었죠."

"자렘의? 그만한 경력의 연구원이 왜 이런 코딱지만 한 컴퍼니에? 납치라도 당했어요?"

"네? 아니, 그럴 리가……."

거침없는 제피의 질문에 제이가 곤혹스러운 표정으로 아크를 바라보았다.

그러나 아크는 뭔가 혼자만의 생각에 골몰하고 있었다. 이에 제이는 멋쩍은 표정으로 머리를 긁적이며 대답했다.

"실은 몇 달 전에 자렘에서 좀 심각한 사건이 있었습니다. 저도 그 사건에 휘말려 죽을 뻔했는데 아크 님이 구해 주셨죠. 뿐만 아니라 당시 자렘의 노예로 잡혀 있던 자렌족까지 영주와 교섭해 해방시켜 주셨죠. 저는 그런 아크 님에게 반해서 자청해 연구원이 되었습니다."

"흠……."

제이의 설명에 제피가 새삼스러운 눈길로 아크를 바라보

앉다. 그러나 아크는 제피의 시선 따위는 관심 없었다.

'우주선의 업그레이드 파츠라…….'

아크의 관심은 온통 토리가 널브러져 있는 금속 구체에 쏠려 있었다.

제이에게 설명을 들었지만 딱히 감이 오지 않는다.

막상 우주선에 장착했을 때 어떤 효과를 발휘할지 알 수 없다는 말이다. 그러나 이미 보름의 시간과 2,500골드를 쏟아부었다. 그만한 시간과 돈을 투자해 놓고 그냥 연구실에 처박아 둘 수는 없는 일.

사실 아크는 확신이 있었다.

애초에 [설계도 : 미확인]을 얻은 곳은 무라트의 유적.

이제 아크는 무라트의 역사와 문화, 번영과 쇠퇴에 이르기까지 전문가 수준의 지식을 가지고 있었다. 그런 무라트의 유물이다. 적어도 실망시키지는 않으리라.

그렇다면 선택의 여지가 없었다.

'이제 때가 된 거야.'

사실 이전부터 고민하던 문제였다.

실버스타	
선체 : 중형-4등급	분류 : 전함
화력 : 35,000	
속도 : B +30%	선회 : A +30%

실드 : C +30%　　　　　　　　　에너지효율 : B +30%
※방어 : 〈광학 실드〉, 〈장갑〉
※무기 : 〈주포(선더볼트)〉, 〈기관포×4〉
※특수 : 〈광학스캐너 ×15〉, 〈채프 ×5〉, 〈보조 엔진〉
※스킬 : 〈광자이동〉, 〈워프 항해〉, 〈형상 분해 융합〉
※내부 시설 : 일반 〈선실〉, 〈창고〉, 〈의무실〉
　　　　　　 확장 〈Empty〉, 〈Empty〉, 〈Empty〉, 〈Empty〉
　　　　　　 특수 〈Locked〉, 〈Locked〉, 〈형상 분해 융합 관리실〉

이게 현재 실버스타 정보.

실버스타의 공간은 총 10개로 나뉘어 있었다.

그중 일반으로 분류되어 있는 선실과 창고, 의무실은 실버
스타를 얻었을 때부터 붙어 있던 필수 공간. 그리고 특수로
분류되어 있는 3개의 방은 우주 마법진 조사 임무 도중에 라
마의 우주선을 흡수해 '형상 분해 융합 관리실'이 오픈된 것
처럼 특수한 조건을 만족시켜야 개방되는 시설이다.

그러나 나머지 4개의 공간.

확장으로 분류되어 있는 공간은 위의 두 가지와는 다르다.

입맛대로 원하는 기능을 추가할 수 있는, 이름처럼 확장을
위한 공간이다.

'지금까지는 손을 댈 엄두도 내지 못하고 있었지.'

돈도 돈이지만 시간도 없었다.

시설을 추가하려면 실버스타를 상당 기간 도크에 맡겨야

하는 것이다. 그러나 실버스타를 얻은 이후 아크는 정말이지 쉬지 않고 우주를 돌아다녀야 했다.

'하지만 이제 급하게 처리해야 할 일은 대부분 정리했다. 그리고 시기적으로는 당분간은 새로운 일을 찾기보다는 T-20을 안정시키고 이큘러스를 발전시키는 일에 집중해야 할 필요가 있어. 아마도 당분간 실버스타를 쓸 일은 없겠지. 그리고 지금은 게임을 시작한 이래 자금이 가장 풍족할 때다. 거기에 때마침 무라트의 업그레이드 파츠까지 얻었다. 업그레이드를 해야 한다면 지금이 적기일지도 몰라.'

따지고 보면 우주선도 장비품이다.

지금 쓸 만하다고 언제까지고 그대로 사용할 수는 없다.

레벨에 맞춰 장비품을 바꿔 줘야 하듯이 우주선도 끊임없이 성능을 올려 줘야 하는 것이다.

우주에서 믿을 것은 우주선밖에 없으니까.

아니, 함대전에서 깨졌을 때의 피해를 생각하면 장비품보다 우주선의 관리와 업그레이드는 몇 배나 더 중요하다.

그러나 무턱대고 시작할 일도 아니었다.

어쨌든 우주선이니까.

"하마드란 님, 이참에 실버스타를 맘먹고 손봐 두면 어떨까 합니다. 그러니 하마드란 님이 먼저 가까운 도시의 도크 몇 군데와 연락해서 각각 비용과 소요 시간을 알아봐 주십시오."

"알겠네. 바로 알아보지."

"그리고……."

아크가 바이엔을 돌아보았다.

"외무 팀은 언제쯤 돌아올 예정이지?"

현재 T-20의 민원 처리부는 2개 팀으로 나뉘어 있었다.

하나는 아스란을 팀장으로 T-20 내의 자잘한 민원을 처리하는 내무 팀. 다른 하나는 새로 영입한 실버핸드를 주축으로 외부의 도적단 따위를 처리하는 외무 팀이다.

총인원 35명.

타운으로 승격됐다고는 하지만 아직 규모는 섹터 시절과 크게 달라진 것은 없어 35명을 배정하자 아크의 집무실에 쌓여 있던 민원도 빠르게 줄어 나갔다.

뭐 그래도 내부의 민원은 끊임없이 생겼지만 외부는 몇 번 도적단을 처리하자 일이 부쩍 줄어들었다. 때문에 바이엔은 틈틈이 외무 팀을 컴퍼니 퀘스트, 그러니까 컴퍼니에 들어오는 외부 의뢰로 돌리고 있었다.

-소속 직원들이 2건의 컴퍼니 퀘스트를 완료했습니다.
처리한 컴퍼니 퀘스트 : 《물자 수송》, 《이넌 협곡의 실종자 수색》
컴퍼니 퀘스트로 얻은 수입 : 112골드
모험치 : 220
참가한 직원들이 얻은 경험치 : 210,000
전리품 : ――
사망자 : ――

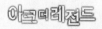

T-20에 도착하자마자 확인한 정보창.

이게 아크가 자리를 비운 사이에 외무 팀이 컴퍼니 퀘스트로 올린 수익이다.

아크의 경우 끊임없이 복잡한 일이 생겨 그럴 여유가 없었지만 본래 컴퍼니 운영의 기본은 이것, 컴퍼니 단위로 들어오는 퀘스트에 직원을 파견해 수익을 얻는 것이다.

말하자면 이제야 본업을 할 여유가 생겼다는 말이다.

물론 이것도 간단한 일은 아니었다.

일단 직원을 파견하면 알아서 돈을 벌고 알아서 레벨을 올려 온다. 거기에 퀘스트의 내용에 따라서는 전리품까지 챙겨 오는 경우도 있었다. 그리 생각하면 마치 공짜 같지만 천만의 말씀이다.

직원은 자원 봉사자가 아니다.

식비며, 장비품이며, 월급까지, 직원을 데리고 있으면 단지 그것만으로도 들어가는 돈이 장난이 아니다.

고만고만한 보수의 컴퍼니 퀘스트는 죽어라 돌려 봐야 적자를 면하기 힘든 경우도 허다한 것이다.

그렇다고 무턱대고 보수가 높은 의뢰만 받을 수도 없다.

만의 하나 죽기라도 하면 부활 비용이 깨지니까. 아니, 그나마 부활이라도 할 수 있으면 다행이지만 일반 NPC는 그대로 사망. 입고 있던 장비품까지 몽땅 사라지는 것이다.

쉬운 일은 위험부담이 적지만 보수가 적어 결국 적자다.

어려운 일은 확실히 흑자를 낼 수 있지만 실패 위험이 높아 한 방에 엄청난 피해를 입을 위험이 있다.

때문에 직원의 레벨과 장비품 따위를 체크하며 적당한 난이도의 퀘스트를 맡겨야 한다.

이 역시 100% NPC에게 맡기기는 부담스러운 업무.

때문에 레피드를 민원 처리부에 박아 넣었던 것이지만, 퍼거슨과 A, B를 떡하니 관리자 3인방의 비서로 앉혀 놓은 덕분에 필요가 없어졌다.

아크가 컴퍼니 퀘스트를 바이엔에게 일임할 수 있었던 이유도 그것. 퍼거슨과 A, B가 있기 때문이다.

뭐 어쨌든!

현재 외무 팀은 새 퀘스트를 받아 출장 중이었다.

"오늘 아침에 클렘 팀장에게 의뢰를 마쳤다는 연락을 받았습니다. 바로 T-20으로 귀환한다고 했으니 늦어도 저녁때까지 돌아올 겁니다."

"그럼 회의는 그때 하지."

아크가 고개를 끄덕이며 몸을 돌렸다.

"저녁까지는 아직 시간이 좀 있으니 난 잠시 볼일을 보고 오겠다. 그때까지 하마드란 님은 방금 전에 부탁한 실버스타의 개조에 필요한 견적을 알아봐 주시고, 바이엔은 내가 체크해야 할 서류를 미리 작성해 두도록. 그리고 멜린 님은 지금처럼 시험 농장 일에……."

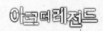

지시를 내리던 아크의 머릿속에 퍼뜩 뭔가가 떠올랐다.

"그런데 그들은 잘 적응하고 있습니까?"

"그들이라니?"

멜린이 갸웃거리며 되물었다.

"왜 있지 않습니까? 마우리족이라고."

마우리족은 정의남이 산업 단지를 점거하는 사건의 발단이 된 이스타나의 원주민들이다.

당시 70여 명의 마우리족이 살아남았지만 이들은 시민권조차 없는 종족이었다. 그리고 이들이 믿고 있던 정의남은 사건의 책임을 지고 법의 심판—뭐 실제로는 이리나 덕분에 호의호식하고 있었지만—을 받게 되었다.

때문에 당분간 아크가 맡기로 했지만 공사다망한 관계로 마우리족을 T-20으로 데려오는 일은 이슈람이 맡겨야 했다. 그리고 메가라돈으로 가기 전에 이런 내용을 우편으로 멜린에게 알려 두었다. 그러나…….

"아! 내 정신 좀 보게. 그렇지 않아도 자네가 돌아오면 물어볼 참이었네. 정말 그들이 출발한 게 맞나? 자네의 우편을받은 지 닷새가 지났지만 아직 도착하지 않았네."

"네? 아직 안 왔다고요?"

아크가 이슈람과 헤어진 게 닷새 전.

산업 단지와 T-20 사이는 꽤 거리가 있지만 수송선을 이용하면 불과 수십 분 거리다. 차량을 이용해도 길어야 이틀이면 도착하는 거리. 그런데 닷새가 지난 지금까지 도착하지 않았다니? 이건 또 무슨 일이란 말인가?

"혹시 도중에 사고가 생긴 건 아닐까?"

"그런 말은 듣지 못했는데?"

딱히 그런 연락을 받은 기억은 없었다.

아니, 뭐, 사실 아크 입장에서는 딱히 마우리족이 필요한 것은 아니지만, 그래도 아버지가 징역을 각오하면서까지 —다시 말하지만 정의남은 호의호식하고 있었다!— 구해 준 종족이다. 그런 아버지의 유품—죽지도 않았다!— 같은 존재를 모른 척할 수는 없는 일이다.

그러나 알아볼 방법이 없었다.

이슈람은 루시퍼 헌팅의 멤버. 국정원에 소속되어 있어 근무(?) 중에는 전화도 할 수 없었다. 그렇다고 실버스타를 타고 무턱대고 이스타나를 뒤질 수도 없다.

답답해도 그냥 기다리는 수밖에 없는 것이다.

'대체 어디서 뭘 하고 있는 건지…….'

휘이이이-!

거친 바람이 몰아치는 황무지.

한 무리의 사람들이 흙먼지를 일으키며 뛰고 있었다.

아크더레전드

"어허! 어째 점점 늦어진다? 제대로 속도 유지 안 해? 기고 싶냐?"

선두에서 날카로운 눈으로 째리는 사람은 이슈람.

"헉헉헉! 아닙니다!"

헐떡이며 대답하는 사람들은 국방부 소속의 루시퍼 헌팅 대원들이었다.

이슈람이 아직 T-20에 도착하지 못한 이유가 바로 이것이다. 수송선을 이용하면 수십 분, 차량을 이용해도 이틀이면 도착하고도 남는 거리. 그럼에도 도착하지 못한 이유는…….

뛰어가고 있었다!

수송선을 이용해도 수십 분, 차량을 이용해도 이틀이나 걸리는 거리를 뛰어가고 있었다!

"니들이 일반인보다 나은 것은 하나, 군인 정신. 말하자면 정신력뿐이다. 그런데 일반인보다 편하자고 세금을 처발라 저딴 것이나 사? 그런 X 같은 사고방식으로 정신력이 길러지겠냐? 이제부터 내 휘하의 모든 대원들은 스카이워커처럼 편의를 위한 기기의 사용을 금지한다. 절벽이 나오면 기어오르고, 바다가 나오면 헤엄친다!"

이슈람이 대원들과 합류한 직후에 한 말이다.

그리고 이슈람은 한번 내뱉은 말은 하늘이 두 쪽 나도 지키는 사람이었다.

다시 말해 그 뒤로 대원들은 어디를 가든 특별한 이유가 없는 한 구보! 이슈람의 말대로 절벽이 나오면 기어오르고, 바다가 나오면 헤엄쳐 건너며 뛰고! 뛰고! 또 뛰었다.

그러나 결과적으로 말하면 이건 삽질이었다.

애초에 이슈람이 이런 명령을 내린 이유는 아크에게 주워 들은 말 때문이었다.

부하들을 빡 세게 훈련시켜서 능력치를 조종했다는.

사실이다. 아크는 평범한 NPC에 불과했던 친위대원을 실버핸드에 맡겨 빡 세게 훈련시켜 전사로 탈바꿈시켜 놓은 경험이 있는 것이다.

그러나 이건 NPC에 한정된 얘기. 실제로 유저가 그런 짓을 해 봐야 능력치는 0.0001도 변하지 않는 것이다. 아니, 그랬을 것이다. 이슈람이 평범한 사람이었다면.

그러나 이슈람은 평범한 사람이 아니었다.

"단련이란 몸과 마음을 굳세게 한다는 뜻이다. 여기서 굳센 몸과 마음이란 단순히 강한 몸이나 영리함을 말하는 것이 아니다. 어떤 난관이 닥쳐도 포기하지 않고 이겨 내는 극기! 그리고 극기란 한계에 이르렀을 때가 되어서야 얻는 것이다!"

……정도를 모르는 사람이었다.

그리고 세상일이라는 게 그렇다. 적당한 삽질은 그냥 삽질로 끝난다. 그러나 포기하지 않고 끝까지 파고 들어가면 뭐든 나오는 법!

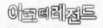

—새로운 스킬(직업 공통 ☆☆)을 익혔습니다.

하이멘탈(초급, 패시브) : 당신은 강철 같은 의지로 끝없이 육체를 단련시켰습니다. 그러나 갤럭시안의 개척자는 이미 DNA 조작을 통한 신체코팅으로 육체의 능력을 한계까지 끌어올린 신인류. 단순히 육체를 혹사시키는 것만으로 더 강해지지는 않습니다. 그러나 정신은 육체와 다릅니다. 아무리 DNA를 조작해도 정신을 바꿀 수는 없는 법. 정신은 오직 스스로의 의지로 만들어 나가야 하는 것입니다. 그리고 극한의 상황도 이겨 낼 수 있는 정신을 갖게 되었을 때, 당신은 진정한 신인류에 어울리는 정신의 소유자가 될 수 있습니다.

《모든 능력치 +5%》

그 결과가 바로 이것이다.

아크조차 몰랐던 숨겨진 스킬 하이멘탈!

그뿐이 아니다. 이슈람 휘하의 대원들은 본래 국방부 소속의 군인들. 연일 한계를 넘나드는 구보 행진에 군인들의 버팀목이 되어 주는 것은 바로 군가!

"헉헉헉! 전우의 시체를 넘고 넘어. 헉헉헉! 앞으로! 앞으로! 헉헉헉헉!"

"높은 산! 헉헉! 깊은 골! 헉헉! 적막한 산하! 헉헉헉!"

대원들은 항상 목이 터져라 노래했다.

그러던 어느 순간!

—새로운 스킬(직업 공통 ☆☆)을 익혔습니다.

군가軍歌(초급, 액티브) : 고대에서부터 현대에 이르기까지, 전사는 전투에 이런 스킬까지 생겨 버렸다.

대원들이 이슈람에게 충성하는 이유가 이 때문이었다.

과정이야 어쨌든 결과적으로 보면 대원들은 확실하게 '단련'되고 있는 것이다. 때문에 산업 단지에서 T-20까지 1,600킬로미터를 뛰어가라는 명령에도 충성!

"헉헉헉! 전우야, 들리는가! 헉헉헉!"

목이 터져라 군가를 외치며 뛰어가고 있는 것이다.

그러나 닷새 전부터 시작된 1,600킬로미터 구보에 불만을 제기하는 사람이 없었던 것은 아니었다.

－무리네! 1,600킬로미터를 뛰어가다니? 자네들은 전사라 가능할지도 모르지만 우리는 그저 평범한 종족이네. 목적지에 도착하기도 전에 모두 죽어 버릴 거야!

이렇게 말하는 사람은 마우리족이었다.

이제와 말하지만 이슈람의 부대에는 당연히 차량도 있었다. 그것도 150명의 대원을 모두 태우고 이동할 수 있는 10여 대의 차량이. 그러니 마우리족은 차량에 태워도 그만이지만.

"말도 안 되는 소리!"

이슈람은 열외 따위는 인정하지 않았다.

"나는 약자를 괴롭히는 놈을 싫어한다. 하지만 스스로 약자임을 인정하는 놈은 더 싫다. 그리고 가장 싫은 놈은 스스로 약자임을 인정하면서도 노력하지 않는 놈이다!"

이슈람이 마우리족을 노려보며 소리쳤다.

"너희들은 이스타나의 원주민이면서도 수백 년이나 인간들에게 쫓기며 살아왔다고 들었다. 너희들 입장에서 보면 확실히 인간들은 악당이지. 하지만 너희들은? 너희들은 과연 옳다고 할 수 있는가? 갑자기 쳐들어와 주인 행세를 하며, 심지어 동족을 잡아 노예로 부리는 인간들을 상대로 너희들은 뭘 했는가? 스스로 강해지려는 노력을 해 보았는가? 아니, 너희들은 그저 억울하다는 말이나 했을 뿐이다. 그리고 지금! 너희를 안전한 곳으로 이동시키는 와중에도 너희들은 그저 무리라는 말만 하고 있다. 해 보지도 않고! 그게 너희들의 진짜 문제인 것이다. 해 보지도 않고 포기하는 것! 부끄럽지도 않은가?"

-그, 그게…….

"미안하지만 나는 정의남 형님처럼 말랑한 인간이 아니다. 정의남 형님의 부탁이니 너희를 T-20이라는 곳까지 데려가겠다. 몬스터가 나타나면 지켜 주겠다. 설사 우리가 전멸하는 한이 있어도. 지쳐 쓰러지면 기꺼이 어깨도 빌려주

겠다. 하지만 스스로 노력하지 않는 놈을 도와줄 생각 따위
는 눈곱만큼도 없다. 분명하게 말해 두지. 따라오지 못하면
버리고 갈 뿐이다."

마우리족에 선택의 여지는 없었다.

그리하여 정의남에게 세뇌된 지 얼마 되지 않은 마우리족
은 뒤이어 이슈람에게 육체 개조를 당하게 되었다.

대원들과 똑같이 수백 킬로미터를 뛰고 기고 헤엄치면서.

그리하여 이 스머프를 닮은 선량한 원주민들은…….

ㅡ처음에는 당장 죽을 것 같더니…….

ㅡ이제 견딜 만합니다.

ㅡ게다가 보십시오. 근육이 붙었습니다!

하루가 다르게 근육질의 스머프로 변해 가고 있었다.

"속도가 떨어진다! 정신 차려! 얼마 안 남았다! 군가 제창!
하나! 둘! 하나! 둘!"

"핫핫! 보람찬! 핫핫! 하루 일을! 핫핫! 끝마치고서! 핫핫!"

그리하여 그들은 오늘도 달린다.

닷새 동안 주파한 거리는 600킬로미터. 남은 거리는
1,000킬로미터였다.

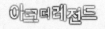

SPACE 4. 인사이동

-아크, 돌아왔는가?

아크의 비밀 아지트 엘림의 성소.

단상에서 토트가 빛을 발하며 입을 열었다.

버둥버둥!

-네가 자리를 비운 사이에 나도 좀 생각을 해 보았다. 아무래도 이런 곳에서 움직이지도 못하는 상태로 주야장천 너를 기다리기만 하는 입장이다 보니 알게 모르게 스트레스가 쌓였다고나 할까 뭐랄까…… 너무 내 생각만 강요했다. 사과하지.

일전에 나쿠마에 대해 알아보기 위해 들렀을 때.

아크에게 엘림의 후예로서 자각이 있니 없니 하며 다툰 것을 마음에 두고 있었던 모양이다.

뭐 이렇게 먼저 사과해 주니 고맙기는 하지만 어째…… 마누라가 대판 싸우고 집 나갔다가 돌아온 남편에게 하는 말처럼 들린다.

버둥버둥!

-그래, 자낙스 시절과는 다르지. 아니, 다를 것이다. 내 눈으로 직접 보지 못했지만 많이 다르겠지. 시대가 변하면 가치도 변하는 법. 은하계의 존립이 위협받으며 수많은 종족이 전멸했던 전쟁을 겪은 나와 평화로운 시대의 네 감각이 같을 리가 없지. 그리 생각하면 내가 걱정하는 위기를 네가 체감하지 못한다 해도 무리는 아니야.

무턱대고 채찍질만 하면 엇나간다.

그래서 아크를 이해하는 쪽으로 방향을 바꾼 모양이다.

-그러나 경험해 본 자의 충고에는 그만한 이유가 있는 법이다. 헤아리지 못할 정도의 시간을 살아온 나는 헤아리지 못할 정도로 많이 지켜보았다. 재앙은 언제나 불시에 찾아오는 법. 닥쳤을 때는 이미 늦는다. 준비하지 않는 자는 그 재앙에 삼켜져 모든 것을 잃어버리는 수밖에 없다. 내가 싫은 소리를 하는 이유가 그것이다. 은하계를 위해서. 은하계에서 살아가는 수많은 종족을 위해서. 무엇보다 너를 위해서.

다 너 잘되라고 하는 소리다.

뭐 그런 말이다.

여기서 '결국 또 그 말이에요? 이제 지긋지긋하다고요!'라고 대꾸하면 흔해 빠진 드라마의 가정불화 같은 장면이 완성

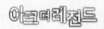

되리라.

그래서 아크는 참았다.

어찌 됐든 아크가 엘림으로 있는 한 토트는 죽으나 사나 같이 가야 하는 NPC. 가능하면 원만한 편이 좋다.

뭣보다 이번에는 잔소리를 들을 이유도 없었다.

"저도 알고 있습니다."

버둥버둥!

"그리고 그때는 저도 울컥해서 막말을 했지만 엘림의 임무도 제대로 신경 쓰고 있다는 말은 사실입니다. 오늘 토트 님을 찾아온 이유도 그 때문이고요."

-오! 뭔가 알아낸 것이라도 있느냐?

"그런 건 아니고……."

버둥버둥!

"이번 여행에서 새로운 신기를 찾았습니다."

-신기! 오오! 드디어! 그래, 이번에 찾은 신기는 무엇이냐?

"무장보갑입니다."

-무장보갑? 그건…… 좀 의외로군. 그래, 자낙스가 사용하던 무장보갑도 신기 중 하나였다. 그것도 가장 강력한 신기였지. 자낙스가 은하계 최강의 전사로 불릴 수 있었던 이유도 무장보갑의 힘이 크게 작용했으니까. 때문에 나는 무장보갑을 가장 마지막에 물려줄 거라고 생각했다. 당시 자낙스는 이미 신기의 힘을 빌리지 않아도 최강의 전사로 불릴 만한 힘을 가지고 있었지만 그가 선택한 위험

한 여행을 생각하면 무장보갑은 필요했을 테니까.

"그럴 만한 이유가 있었습니다."

아크는 미레이에게 들었던 말을 설명해 주었다.

자낙스가 마지막 여행을 준비하며 인더스의 엘림 미레이를 찾아갔던 것. 그리고 무라트를 멸망시키고 은하계 정복을 시작한 라마를 막기 위해 종족 연합체 결성을 부탁했던 것. 이를 위해 미레이에게 자신의 신물인 무장보갑을 맡기게 된 사정을…….

-그렇게 된 것인가…….

버둥버둥!

-자신의 안위보다 은하계를 지키는 것이 우선이다. 자낙스다운 행동이군. 아니, 그것이야말로 진정한 엘림의 자세일 것이다. 엘림은 오직 이를 위해 존재하는 것이니까. 그리고 신기는 엘림을 보좌하는 최강의 무구. 그래, 무장보갑의 힘은 느껴 보았느냐? 굉장하지? 굉장할 것이다. 음, 굉장하고말고. 엘림의 무장보갑이니까.

"굉장한지 어떤지…….'

아크가 한숨을 불어 내며 웅얼거렸다.

사실 토트를 찾아온 이유가 바로 그 문제 때문이었다.

자낙스의 무장보갑과 접촉했을 때 놈(?)은 아크의 배틀슈트, 하이퍼드론을 잡아먹었다.

아크는 뜨악했지만 미레이의 설명에 의하면 그건 무장보갑이 하이퍼드론을 흡수하는 과정. 하이퍼드론에 축적해 놓

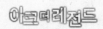

은 스킬과 경험치, 코어는 무장보갑에 그대로 전승된다고
한다. 아니, 100% 전승될지 어떨지는 아직 모르지만 어쨌든
그냥 날아가지는 않는다는 말이다.

그리고 신기! 유니크 급의 배틀슈트를 얻는 것이다!

……흡수가 끝나면.

바로 이 부분이 문제였다.

사실 아크는 딱히 걱정하지 않았다.

－배틀슈트의 흡수가 진행되고 있습니다.
《흡수율 : 6%……》

메가라돈에서 7~8시간을 보내고 확인한 정보창.

7~8시간에 6%라면 나흘에서 닷새 정도면 흡수가 완료
된다는 말이다. 어차피 당장 급하게 처리해야 할 일도 없으
니 그 정도 배틀슈트를 사용하지 못하는 것은 문제가 되지
않는다. 그렇게 생각했다. 그러나…….

－배틀슈트의 흡수가 진행되고 있습니다.
《흡수율 : 6%……》

이건 Ctrl+C, Ctrl+V가 아니다.

이스타나에 도착했을 때, 그러니까 꼬박 하루가 지난 뒤에

확인했던 정보창이다. 다시 말해 무난히 진행되던 흡수가 메가라돈을 떠나는 것과 동시에 중지됐다는 뜻이었다.

'혹시 무장보갑의 흡수가 끝날 때까지 메가라돈에 있어야 한다든가…….'

설마라고는 생각하지만.

슬금슬금 불안감이 드는 것은 어쩔 수 없었다.

아니, 뭐, 이러니저러니 해도 언젠가는 흡수가 끝나기는 하겠지만 기약 없이 무턱대고 기다릴 수는 없다. 뿐만 아니라 흡수가 끝나지 않으면 나머지 신기의 행방조차 알 수 없었다.

미레이 왈ㅂ.

─자낙스의 전언이다. 뭐든지 서둘러서 좋을 것은 없다. 신기도 마찬가지. 신기는 분명 엘림이 엘림일 수 있게 만들어 주는 무구지만, 엘림 그 자체는 아니다. 중요한 것은 신기를 얻는 것이 아니라 신기를 제대로 사용하는 것. 네가 무장보갑을 제대로 활용할 수 있게 되면 나머지 신기의 위치는 저절로 알게 되리라고 말했다. 아니, 무장보갑을 제대로 활용하지 못하면 위치를 알아도 소용없다고 말했지.

……뭔 소린지 모르겠다.

어쨌든 나머지 신기를 찾기 위한 최소 조건이 무장보갑의

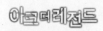

흡수 완료라는 말. 그런데 흡수율이 6%에서 딱 멈춰 있으니 불안하기 짝이 없었다.

–그런가…….

버둥버둥! 버둥버둥!

–네가 이미 다른 무장보갑, 아니, 배틀슈트라고 불리는 무구를 가지고 있었다는 것은 모르고 있었다. 자낙스가 활동하던 시대에는 엘림 이외의 전사가 무장보갑을 사용하는 경우는 매우 드물었지. 하지만 그 시대에도 물려받은 무장보갑을 바로 사용하지 못했다.

"네? 왜요?"

–그건 원래 무장보갑이…….

버둥버둥! 버둥버둥! 버둥버둥버둥! 버둥!

–이런 젠장! 도무지 집중을 할 수가 없군! 계속 버둥버둥! 버둥버둥! 이제 아예 난리를 쳐 대고 있잖아! 게다가 하필이면 저런! 아크, 저것 좀 어떻게 해 봐!

"나한테 어떻게 해 보라고 한들…….."

아크가 한숨을 푹 불어 내며 고개를 들었다.

아크도 모르고 있던 것은 아니다. 모른 척하고 있었을 뿐이다. 그리고 가능하면 끝까지 모른 척하고 싶었다. 그러나 아크도 이제 도무지 참을 수가 없었다.

때는 바야흐로 조금 전이었다.

T–20의 상황을 대강 점검하고 출장 나갔던 외무 팀이 돌아오기까지 기다릴 겸, 메가라돈의 일을 토트에게 보고하고

무장보갑의 흡수율이 멈춘 이유도 물어볼 겸, 아크는 파고스 산의 정상에 올라 엘림의 성소로 이동했다.

아니, 이동할 때였다.

"앗! 앗! 봤다! 봤어! 이럴 줄 알았어! 뭔가 숨기는 게 있을 줄 알았다고!"

갑자기 누군가 뛰어나왔다.

파고스 산에 엘림의 성소가 있다는 사실은 사방팔방 떠들고 다닐 만한 것이 아니다. 때문에 성소를 찾을 때는 나름 주의하고 있었는데, 누군가에게 들켜 버린 것이다.

그것도 하필이면 제일 들키기 싫은 사람에게.

"빛? 공간 이동? 스톱! 스톱! 같이 가요!"

이렇게 소리치며 빛에 휩싸인 아크를 향해 슬라이딩을 하며 다가오는 사람은 제피!

그 직후 아크는 성소로 공간 이동되었다.

'다행히 그 계집애는 들어오지 못했군. 뭐 그건 다행이지만…… 젠장! 그 자식, 관리 사무소를 나올 때부터 보이지 않는다 했더니 설마 내 뒤를 밟고 있었던 거야? 대체 내 눈에 띄지도 않고 어떻게 정상까지 따라온 거지? 미치겠네. 이번에는 떼어 놨지만 이미 공간 이동하는 장면을 봤으니 나가면 꼬치꼬치 캐물어 댈 게 뻔해. 게다가 다음에 이곳에 올 때도 미행당하지 않으리라는 보장도 없잖아. 빌어먹을! 이제 내 집에서 해부당할 위협을 받는 것도 모자라 편하게 성소도 들

락거리지 못하는 건가? 정말 묻어 버리든지 해야지.'

아크가 '그' 기척을 느낀 것은 그때였다.

기척이 느껴진 곳은 천장. 그리하여 자연히 고개를 들어 올리는 순간!

버둥버둥! 버둥버둥!

아크는 보고야 말았다. 성소의 천장에 웬 여자의 하반신이 붙어 버둥대는 기괴한 장면을.

그 하반신이 누구의 것인지는 굳이 생각할 필요도 없었다.

아크가 공간 이동 결계를 발동시킨 그때, 슬라이딩을 하던 제피의 하반신이 결계로 들어왔던 모양이다. 그리하여 하반신만 공간 이동. 다시 말해 결계에 낀 상태가 되어 이런 기괴한 형태가 되어 버린 것이다.

-아크, 저게 뭐냐?

"아무것도 아닙니다. 그보다⋯⋯."

그러나 아크는 못 본 척 무시하기로 했다.

제피를 성소에 들여놓고 싶은 생각은 눈곱만큼도 없을 뿐만 아니라, 제피를 들여놓으면 토트와 제대로 대화조차 하기 힘들어질 게 뻔하기 때문이다.

그래서 천장에 박혀 있는 하반신 따위, 인테리어 소품이라고 생각하며 토트와 대화를 나누고 있었지만⋯⋯.

버둥버둥버둥버둥버둥!

-으아! 신경 쓰여! 어떻게 좀 해 보라고!

무시할 수 없는 지경에 이른 것이다.

-대체 저건 뭐야? 뭐냐고 저 하반신은!

"저대로 꽉 조여서 터뜨려 버릴 수는 없습니까?"

이에 아크는 사고를 위장해 슥삭 할 음모를 꿈꿔 봤지만.

-무슨 소리를 하는 거냐? 너는! 그게 엘림의 후예라는 놈이 할 소리냐?

"그럼 그냥 밖으로 튕겨 내 버리는 건? 아예 우주까지."

-될 것 같으냐!

"젠장! 그럼 나보고 어쩌라고요?"

-이 자식이 왜 나한테 성질이야? 이게 내 탓이냐?

"누가 토트 님 탓이래요? 아니, 여기는 엘림만 들어올 수 있는 곳이라면서요? 그런데 왜 저 녀석까지 워프가 되냐고요!"

-그건 결계 위에서 샤이어를 사용해야 내가 공간 게이트를 열어 준다는 뜻이었지! 그러니 무라트나 엘림만 들어올 수 있는 거고. 난 네 샤이어를 감지하고 결계를 작동시켰을 뿐이야. 그러니 제대로 주변을 살피지도 않고 샤이어를 사용한 네 잘못이지! 아니냐? 아니, 됐어! 그보다 대체 저 하반신은 누구야? 뭐냐고!

"일단 부하 직원이기는 하지만……."

-그나마 다행이군.

토트가 한숨 섞인 목소리로 말했다.

-이곳을 꼭 비밀로 할 필요는 없다. 사실 과거의 이스타나 원주민들은 모두 이곳의 존재를 알고 있었으니까. 물론 그렇다고 일부

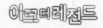

러 홍보할 일도 아니지. 아직 적의 존재조차 불분명한 지금은 더욱. 때문에 조심시켰던 건데 저런 상태라면 숨기기는 무리. 일단 사실을 밝히고 입단속을 시키는 수밖에 없겠지. 뭐 저 상태로는 결계도 작동시킬 수 없으니.

상식적으로 생각하면 그 방법밖에 없겠지.

그러나 아크는 도무지 내키지가 않았다. 새삼스럽지만 성소는 아직 비밀. 성소의 존재와 아크가 엘림이라는 사실을 알고 있는 사람은 아직 이리나와 레피드 정도밖에 없었다.

아니, 뭐 꼭 숨겨야 하는 이유가 있는 것은 아니지만 토트의 말처럼 알려져서 좋을 것도 없으니까.

하물며 대놓고 아크를 연구하기 위해 위장 취업을 했다고 떠들어 대는 제피라면 말할 필요도 없다. 때문에 끝까지 무시하고 싶었지만 그것도 이제 한계였다.

여자의 하반신이 천장에서 버둥거리는 장면을 더 이상 무시하기도 힘들고, 아마 제피의 상반신은 파고스 산의 정상에 박혀 있는 상태. 그런 장면을 다른 사람들에게 들키면 더 골치 아파질 수도 있으니까.

"정말 안 됩니까? 꽉 조이거나, 우주까지 날려 버리거나."

-까불래?

"……할 수 없죠."

버둥버둥! 버둥…… 철퍼덕!

아크가 고개를 끄덕이자 천장에 빛이 번졌다.

그리고 다음 순간, 버둥대던 하반신이 쑥 뽑히며 바닥에 떨어졌다. 면상으로. 순간 아크는 가능하면 이대로 기절하거나, 죽어 주기를 바랬지만.

"푸하! 답답해 죽는 줄 알았네!"

제피가 바닥에 처박힌 얼굴을 뽑아내며 말했다.

"아니, 그보다 당신……!"

그리고 울컥한 눈으로 아크를 쏘아보다가 움찔하며 주위를 두리번거리기 시작했다.

"어라? 여기는?"

-엘림의 성소다, 방문자여.

"에, 엘림의 성소? 어? 빛? 혹시 방금 전에 말한 게?"

-그렇다. 나다. 나는 토트. 지금은 비록 이런 형태를 하고 있지만 원래 엘림의 스승으로서 수백 년의 장구한 세월 동안 은하계의 평화를…… 윽! 윽! 뭐, 뭐 하는 거냐? 윽! 윽! 이, 이 여자가 어디를 만지는 거야? 못 들었냐? 나는 위대한…… 윽! 젠장! 그만두지 못하겠냐?

제피가 대뜸 쿡쿡 찔러 대자 토트가 버럭 소리쳤다.

그러나 제피는 무시.

"이런 형태의 인공지능은 처음이네."

-인공지능이라니? 누가 인공지능이라는 거냐?

"아니라고?"

-당연히 아니지! 말했잖아! 나는 위대한 엘림의 스승 토트다! 비

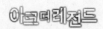

록 이런 형태를 하고 있지만 버젓이 살아 있는, 아니, 살아 있었다고 해야겠지만 무라트란 말이다!

"무라트? 혹시 4대 천족?"

-그렇다. 사정이 있어서 이런 형태가 됐지만 나는…….

"우와! 굉장해요! 당신, 굉장하다고요!"

-응? 어? 괴, 굉장? 내가?

"당연하죠. 그러니까 당신은 영혼체라는 말이잖아요, 그 것도 원래 그런 것이 아니라 평범한 몸을 가진 사람이었다가 영혼을 분리해 빛의 형태로 만든. 아직 영혼이 어떤 물질인지, 어떤 구성으로 되어 있는지조차 규명하지 못한 현대 과학으로는 불가능한 일이에요. 그런데 수백 년이나 됐다니, 무라트는 이미 영혼체를 만들 기술을 가지고 있었다는 말이 잖아요. 그건 엄청난 일이라고요. 당신은 존재 자체가 기적 이나 다름없어요!"

-오오, 알아보는 건가?

"물론이죠! 저도 딴에는 과학자 나부랭이니까."

-과학자 나부랭이라니. 허, 겸손하기도 하군. 이 나의 위대함을 알아보는 것만으로도 자네는 이미 훌륭한 과학자라고 할 수 있네. 음! 음! 이름이 뭐지?

"제피! 제피예요!"

제피가 눈을 초롱초롱하게 빛내며 대답했다.

뭐 여기까지만 보면 아무런 문제가 없어 보인다. 그러나 아크는 알고 있었다. 이 제피라는 여자가 또라이라는 사실을. 그래서 매번 지겹지만 한마디 해 놓지 않을 수가 없었다.

"말해 두지만 토트도 해부하면 안 된다. 응?"

–에? 해부? 해부라니?

토트가 어리둥절한 목소리로 물었다.

그러나 의외였던 것은 제피의 반응이었다.

"뭔 소리예요? 내가 미쳤어요? 해부는 무슨 해부예요? 이건 영혼체라고요. 애초에 해부 같은 게 되겠어요? 아니, 설사 할 수 있어도 그런 험한 짓을 어떻게 해요? 말했잖아요. 이분은 존재 자체가 기적이나 다름없는 존재라고. 굉장한 거라고요."

–그래, 아크. 무슨 헛소리냐? 신경 쓰지 말게. 저 녀석은 원래 좀 말을 험하게 하는 놈이네. 생각해 보면 처음 봤을 때도 자네처럼 나를 경외하는 기색이 없었지.

"무식해서 그래요."

–그래, 없는 말은 아니야.

……뭐냐 이 상황은?

여기는 아크의 아지트. 엘림의 성소다.

아크의, 아크에 의한, 아크를 위한 장소라는 말이다.

그런데 왜! 정작 아크는 제쳐 두고 저 둘이 죽이 맞아 시시덕거리고 있단 말인가? 게다가 무식?

왜 그딴 말을 들어야 되는데?

'아니, 그보다 너 뭐야? 조금만 특이해도 식칼(?)부터 꺼내

들며 해부 운운할 때는 언제고 이제 와서 순진한 여자 행세야? 그냥 하던 대로 해! 너 해부 성애자잖아! 또라이잖아!'

이런 말이 목구멍까지 치밀어 올랐지만.

"……덕분에 우주로 내던져질 뻔했다니까요."

—그런가? 하긴, 저 녀석이 원래 사람 보는 눈이 없지. 나를 만났을 때도 말이네…….

"어머, 어머, 그랬어요? 그래서 사람은 배우고 봐야 하는 거예요. 무식하면 금인지 똥인지도 모르니까."

—하지만 어쩌겠나? 인연이라는 게 사람 맘대로 되는 것도 아니고. 그래서 저런 녀석이라도 갈고닦아 봐야겠다고 생각했는데, 저녀석은 속도 모르고 매번 투덜투덜. 이제 아예 대놓고 뒷방 늙은이 취급을 한다네. 이래서 늙으면 죽어야 한다는 말이 있나 보네.

"왜 그러세요, 아직 정정한데? 뭐 죽지도 않는 몸이지만."

—그렇기는 하지. 핫핫핫!

"호호호!"

……정말 놀고 있다.

"그런데 엘림이라는 건 뭐죠?"

—아, 엘림이란 말이네. 4대 천족이 번영하던 시대에…….

"뭘 묻는 대로 주저리주저리 대답하고 있어요?"

참다못한 아크가 울컥하며 소리쳤다.

—숨겨야 할 이유도 없다. 아니, 엘림은 은하계에서 가장 명예로운 전사다. 숨기기는커녕 자부심을 가지고 은하계의 안녕과 질서의

수호자로서 모든 종족의 귀감이 되어야 하지. 그것이 너, 그리고 나아가 과거 무라트의 의지를 후세에 전하는 것이다. 하물며 제피는 네 직원이 아니냐. 설마 성소가 너만의 장소다. 나도 너만의 스승이다. 그러니 다른 사람이 들락거리며 친하게 지내는 건 싫다. 뭐 이런 속 좁은 생각을 하고 있는 건 아니겠지? 엘림이면서?

"엘림이면서!"

제피가 밉살스러운 표정으로 덧붙였다.

때려 주고 싶다! 흠씬 패서 땅에 묻어 버리고 싶다!

'젠장! 여기 있다가는 내 명에 못 죽을 것 같다. 빨리 볼일이나 보고 나가야겠어.'

"지금 그런 말이나 하고 있을 때가 아니잖아요! 잊었어요? 무장보갑 얘기하고 있었잖아요! 신기! 엄청 중요하다는 신기! 입이 마르고 닳도록 찾아오라는 신기! 기껏 찾았더니 흡수율이 딱 멈춰서 언제 쓸 수 있을지도 모르는 신기! 뭔가 아는 게 있어요? 신기!"

―아아, 그거 말이냐?

토트가 귀찮다는 듯이 대꾸했다.

―어디까지 말했더라? 그래, 과거의 엘림도 무장보갑만큼은 바로 사용하지 못했다는 데까지였지? 그 이유는 무장보갑의 특성 때문이다. 무장보갑은 아머와 달라. 사용자와 완전히 하나가 되어야 진정한 위력을 발휘할 수 있는 것이다. 그러나 엘림은 시대에 따라 변하지. 사람도, 심지어 종족까지. 때문에 무장보갑은 주인이 바뀔 때

마다 스스로 주인의 전투 성향과 종족 특성을 파악해 최적의 상태로 변화하는 과정이 필요하다.

"그러니까 그게 멈췄다고요."

-당연하지. 네가 멈췄으니까. 말했지 않나? 무장보갑은 새로운 주인의 전투 성향과 종족 특성을 파악한다고. 그런 데이터를 언제 파악할 수 있다고 생각하나?

"언제……."

그제야 머릿속에 '!'가 떠올랐다.

주인의 전투 성향과 종족 특성을 파악해 최적의 상태로 변환한다. 말하자면 임펠투스의 연구소에서 연구하던, 배틀슈트와 사용자의 유전자 정보를 맞추는 싱크로 같은 과정이 필요하다는 말이다.

다른 점이 있다면 본래 싱크로는 라마의 배틀슈트를 다른 종족이 사용할 수 있게 만들기 위해 사용자의 DNA를 재배열하는 것이라면, 무장보갑은 무장보갑 스스로 주인의 신체에 맞게 변화한다는 것이다.

여기에 필요한 것이 주인의 데이터.

그리고 주인의 전투 성향과 종족 특성이 드러나는 상황은 말할 것도 없이 전투다. 거기까지 이해하면 무장보갑의 흡수가 왜 메가라돈에서만 진행되었는지 답이 나온다.

거기서 죽어라 싸웠으니까.

그러나 노블리스-II를 타고 돌아올 때는 그냥 퍼 잤다.

그러니 진행이 멈출 수밖에 없었던 것이다. 뭐 이러쿵저러쿵 설명을 붙이지만 결국 경험치가 필요하다는 말이다.

　'뭐야? 별것도 아니었잖아. 젠장, 이럴 줄 알았으면 성소에 오지 않는 건데.'

　"그래서 있잖아요."

　─오, 그래? 핫핫핫! 재미있군!

　……그랬다면 저런 눈꼴신 장면을 볼 일도 없었으리라.

　왠지…… 뭐랄까…… 이유 없이 열 받는다.

　"됐어! 난 볼일 끝났으니 나간다! 넌 여기서 살든 말든 맘대로 해!"

　"쳇, 왜 저런데? 토트 님, 그럼 저도 이만 나가 볼게요. 저렇게 얘기해도 아크 님은 제가 챙겨 주지 않으면 안 되거든요. 즐거웠어요. 다음에 또 봬요."

　─음, 부탁하네. 저래 봬도 엘림이니까.

　"네, 걱정 마세요."

　더 있다가는 미쳐 버릴 것 같다.

　이에 아크는 곧바로 결계를 작동시켜 밖으로 나왔다.

　때문에 보지 못했다. 순간 안경 너머에서 음흉한 빛을 발하는 제피의 눈빛을. 그리고…….

　─진행 중인 연구 과제.
　연구 내용 : [언노운 아이템-영혼석]　　　연구 인원(1) : 제피
　《진척도 : 50%……》

아크더레전드

제피의 연구가 단숨에 50%를 돌파했다는 정보를.

대체 왜?

−여, 여기는?

어둠 속에서 여러 개의 촉수가 꾸물거렸다.

뒤이어 불쑥 솟아올라 주위를 두리번거리는 둥근 물체는 문어 대가리.

언뜻 해산물로 착각하기 쉽지만 이들도 당당한 은하계의 한 종족, 자렌족이었다. 그리고 주위를 둘러보는 문어(?)는 부룸, R−14에 살던 자렌족의 장로였다. 그러나…….

−사, 살아 있는 건가?

부룸이 꾸물거리는 다리로 몸—이라고 해 봐야 머리와 다리뿐이지만—을 더듬었다.

방금 전, 아니, 정신을 잃고 있었으니 시간이 얼마나 지났는지 알 수 없지만, 어쨌든 부룸은 정신을 잃기 직전에 얄짤없이 죽었다고 생각했다.

아니, 죽었어야 한다.

밝은 내일을 꿈꾸며 R−14를 타고 개척지로 향하던 도중 불의의 사고—실은 쓸데없이 업 돼서 무턱대고 워프를 한 탓이지만—를 당해 불시착한 미지의 혹성.

그러나 그곳에서 생각지도 못했던 숲과 호수를 발견한 부름은 자렌족의 신이 도왔다고 믿어 의심치 않게 되었다.

그리고 직전의 실수를 잊고 또다시 업!

－우와아아아! 물이다!

환호성을 터뜨리며 호수로 뛰어들었다.

호수 속에서 거대한 몬스터가 나타난 것은 그때였다.

마치 고래 같은 생김새의 몬스터가 불쑥 나타나 호수로 뛰어드는 문어들을 우걱우걱! 잡아먹기 시작한 것이다. 식겁한 장면이지만, 일족의 장로로서 보고 있을 수 없었다.

－구출해라! 아니, 놈을 공격하라!

부름은 용맹하게 소리치며 몬스터를 향해 돌진했다.

……미친 짓이었다.

우걱우걱! 우걱우걱! 우걱우걱!

문어들은 달려드는 족족 몬스터의 입속으로 사라졌다.

그리고 The End…… 아니, The End가 됐어야 한다. 그런데 살아 있는 것이다. 부름만이 아니었다. 이미 몬스터의 똥(?)이 되었다고 생각했던 일족의 문어들도 모두 살아 있었다. 뒤따라 정신을 차린 문어들이 주위를 둘러보며 웅성거렸다.

－장로님, 저희가 어떻게?

－나도 모르겠다. 우리가 어떻게 살아 있는지. 모르지만…….

쿠릉! 쿠릉! 쿠쿠쿠쿠! 쿠릉!

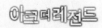

그때 갑자기 공간이 요동치며 굉음이 울리기 시작했다.

이에 부룸과 문어들이 마구잡이로 뒤섞이며 비명을 터뜨릴 때였다. 어딘가에서 저항하기 힘든 압력이 그들을 빨아들였다. 그리고 긴 파이프 같은 공간이 이어지는가 싶더니!

푸륵! 푸륵! 펑!

어딘가에 우수수 쏟아졌다.

-크윽! 대체 뭐야? 무슨 일이…… 헉!

바닥에 내팽개쳐진 부룸이 고개를 들어 올리다가 흠칫 놀라며 입을 다물었다.

눈앞에 거대한 공간이 펼쳐져 있었다.

아니, 폐허라고 불러야 할까? 물방울을 뚝뚝 떨구는 종유석이 솟아 있는 천장 아래에는 두꺼운 먼지와 이끼, 거미줄 따위로 뒤덮인 수백 개의 석상이 복잡하게 얽혀 있는 장면이 펼쳐진 것이다. 그리고 바로 앞에는…….

-몬스터!

부룸이 비명을 터뜨리며 물러났다.

고래를 닮은 몸에 지네 다리 같은 것이 빽빽이 붙어 있는 괴물. 바로 호수에서 부룸과 문어들을 몽땅 삼켜 버린 바로 그 몬스터였다. 몬스터는 등을 돌리고 있었는데, 문어들이 쏟아져 나온 것은 그 등 아래, 그러니까 엉덩이로 보이는…….

-자, 장로님, 혹시…….

-말하지 마! 아무 말도 하지 마!

부룸이 세차게 고개를 흔들어 현실을 부정했다. 그리고 잠시 이를 갈아붙이다가 울컥한 표정으로 소리쳤다.

 ─이 자식! 이게 무슨 짓이냐? 그냥 싸? 그냥 싸 버리는 거냐? 우리가 얼마나 몸에 좋은지 알아? 우리는 말이다! DHA, EPA, 타우린 등 고밀도의 영양분이 말이지!

 ─아니, 장로님, 지금 그런 말은…….

 ─핫! 그, 그렇지! 우하하하! 이 멍청한 몬스터! 어떠냐? 우리 몸은 엄청 질기다고! 네놈의 둥근 이빨 따위는 들어가지도 않아! 질기니까! 엄청 질기니까! 그러니까 제대로 소화도 시키지 못하고 그냥 쏟아 낼 수밖에 없는 거다!

 ─아니, 그것도 아닌 것 같은데…….

 쿠쿠쿠쿠! 쿠쿠쿠쿠!

 몬스터가 몸을 돌린 것은 그때였다.

 그저 몸을 돌리는 것만으로도 공간을 뒤흔드는 거구의 몬스터! 동시에 방금 전─아마도─ 100여 마리의 문어를 삼켰던 아가리가 보이자 부룸이 헛바람을 들이켜며 뒷걸음쳤다.

 어쩌면 이 녀석은 그냥 껌으로 사용하기 위해 우리를 데려왔을지도 모른다! 질기니까! 심심할 때 씹는 용도로!

 하지만 방금 전에 우리가 나온 곳은 분명 X…… 그럼 X로 나온 것을 다시 입에 넣는다는 말인가? 윽! 쏠린다! 상상만으로도 쏠린다! 아니, 그래도 놈은 몬스터니까 그럴지도 몰라!

공포에 질린 부룸이 이런 상상을 하고 있을 때였다.

후두두두둑.

부룸 앞에 너덜너덜한 헝겊 조각들이 우수수 떨어졌다.

이건 원래 부룸 일족이 가지고 있던 것이었다. R-14에서 파이프 청소를 할 때 사용하던 장사 도구(?).

과거의 굴욕을 잊지 말자는 의미로 가슴속에 품고 있던 걸레들이었다. 몬스터는 걸레를 쏟아 놓고 묵묵히 문어들을 바라보고 있었다.

-대, 대체 저놈이 뭘 원하는 걸까요?

-혹시…….

-여기를 청소하라는 뜻일까요?

-청소? 청소라고!

한 문어의 말에 부룸이 와락 미간을 찌푸렸다.

청소라니? 그게 무슨 뚜껑 열리는 소리란 말인가?

그동안 대체 왜 죽어라 돈을 모았는데? 대체 왜 목숨을 걸고 R-14를 벗어났는데? 이유는 오직 하나!

이제 그 지긋지긋한 걸레질에서 벗어나기 위해!

자식들에게 그런 운명을 벗어나게 해 주기 위해서다. 그런데 왜 몬스터의 집(?)까지 걸레질을 해 줘야 한단 말인가?

모욕! 분노!

-못해!

부룸이 걸레를 걷어차며 소리쳤다.

-자, 장로님, 진정하십시오! 상대는 몬스터입니다!

　-몬스터고 자시고 못하는 것은 못하는 거야! 우리는 이제 더 이상 식량 하나 얻기 위해 파이프 속을 기어 다니며 걸레질을 하는 청소 도구가 아니야! R-14를 나온 그 순간부터 우리는 다시 자렌족으로 돌아갔다! 고작 몬스터 따위의 위협에 겁먹고 스스로 청소 도구로 전락한다면 죽어 선조를 무슨 낯으로 볼 수 있겠는가? 아니, 살아서 아크와 젝슨을 볼 낯짝도 없다. 아크와 젝슨이 우리를 도운 것은 이런 곳에서 걸레질을 하라는 뜻이 아니었어! 다시 과거의 자렌족으로 돌아가 당당히! 그래, 그들은 우리에게 죽음 앞에서도 당당할 수 있는 삶을 준 것이다! 그런데 고작 이 따위 몬스터의 위협에 굴복할 수는 없지 않은가!

　-자, 장로님……!

　-나는 설사 이 자리에서 먹물을 토하고 죽는 한이 있어도…….

쿠오오오오!

몬스터가 아가리를 벌리며 굉음을 토했다.

그리고 그 순간!

슥슥삭삭! 슥슥삭삭! 슥슥삭삭!

부룸과 문어들은 번개 같은 손놀림으로 걸레질을 시작했다. 자렌족! 너희들은 정말…… ㅜ_ㅜ

안습! 캐안습!

문어들의 불운은 계속된다!

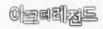

"7,000골드?"

아크가 와락 인상을 찌푸렸다.

"장난합니까? 우주선 1척 가격이 10,000골드 전후 아닙니까? 그런데 아예 새로 구매해서 달아 달라는 것도 아니고, 가지고 있는 기계를 장착하고 간단한 장비품 1~2개 추가하는데 7,000골드라니요? 누가 봐도 바가지 아닙니까?"

"나도 그렇게 얘기했네."

"그런데요?"

"그건 제가 설명하겠습니다. 저와 토리 님이 만든 기계는 단순히 갖다 놓고 볼트로 조인다고 설치되는 간단한 기계가 아닙니다. 설계도에 따르면 기체의 중앙 제어 시스템은 물론 균형 제어, 화기 관제 시스템까지, 기체의 모든 기기와 연결되어야 기능을 100% 발휘할 수 있습니다."

하마드란을 대신해 대답한 사람은 제이였다.

그리고 그건 아크도 기계를 시연할 때 설명을 들어 알고 있었다. 우주선에 새로운, 단순히 기관포나 앵커를 추가하는 수준이 아니라 전반적인 기능에 관계된 기계를 증설하는 것은 간단한 문제가 아니다.

여러 시스템과 연결하려면 우주선을 거의 분해했다가 다시 조립하는 작업이 필요한 것이다. 그러나 T-20에는 그런 작업을 할 수 있는 설비가 갖춰져 있지 않다. 때문에 실버스타를 대도시의 도크에 맡기려던 것이다.

그런데 하마드란이 받아 온 견적은 최소 7,000골드!

우주선의 평균 가격의 70%에 달하는 금액이다. 아니, 중고라면 아예 살 수도 있는 돈이다. 그런 무지막지한 금액을 업그레이드 비용이랍시고 제시한 것이다.

아무리 절차가 복잡하다지만 아크 입장에서는 바가지! 아니, 사기라고밖에는 생각할 수 없었지만 이유가 있었다.

"문제는 실버스타의 재질입니다."

"재질?"

"네, 저도 좀 이상하다는 생각은 하고 있었는데, 이번에 확실히 알았습니다. 실버스타는 일반적인 우주선과는 전혀 다른 재질로 이루어져 있었습니다. 간단한 검사를 받은 것뿐이라 아직 정확하지는 않지만 골조를 포함해 70% 정도는 은하연방의 데이터베이스에 등록되어 있지도 않은 금속으로 이루어져 있고, 라마 합금도 30%가량 섞여 있다고 합니다."

그건 형상 분해 융합 때문이다.

《어둠의 전조》 퀘스트를 할 때, 실버스타는 적에 피습당해 항해 불능 상태가 된 적이 있었다.

그때 아크는 임시방편으로 라마 우주선의 선체를 인양해 수리할 생각으로 시스템을 연결했는데, 엉뚱하게도 실버스타가 라마 우주선을 흡수해 버린 것이다.

현재 실버스타가 4등급 전함이 된 것이 그 때문이다. 아마도 30%의 라마 합금은 그때 섞여 들어간 것이리라.

제이의 말이 이어졌다.

"문제는 성분이 파악되지 않는 70% 부분입니다. 기계를 주문대로 장착하려면 실버스타의 내부 구조 변경은 불가피한 일입니다. 그리고 그런 작업에는 금속이 필요하죠. 하지만 말했듯이 실버스타의 70%는 성분조차 모르는 금속으로 이루어져 있습니다. 때문에 개조를 하려면 먼저 실버스타의 금속을 분석, 같은 성분의 금속부터 제작해야 합니다."

개조에 7,000골드가 붙은 이유가 그것이다.

실버스타의 금속을 분석, 연구, 그리고 새로운 금속을 제련하는 비용까지 모두 합산되어 있는 것이다.

게다가 견적서에 적혀 있는 금액은 '최소'. 아직 분석도 하지 않았으니 실제로 얼마나 들지 모른다. 그러니 경우에 따라서는 가격이 더 올라가게 될지도 모른다는 말이다.

"다른 금속을 사용하면 안 된다는 거야?"

"그게 가장 골치 아픈 부분입니다."

"에?"

"우주선의 조립은 분자 융합 방식을 사용합니다. 그런데 시험 삼아 해 보니 실버스타의 본체는 다른 금속과 분자 융합이 되지 않더군요. 담당자는 이미 결합되어 있는 라마 합금도 대체 어떤 식으로 결합되어 있는지 이해할 수 없다고

했습니다. 때문에 다른 금속을 사용하려면 골조부터 장갑까지 몽땅 새로운 금속으로 바꾸는 수밖에 없답니다. 하지만 되레 가격은 더 올라가니 차라리 새로운 우주선을 구입하는 편이 낫다고 하더군요."

가격이 싸져도 통째로 바꾸기는 싫다.

새삼스럽지만 실버스타의 재질이 은하연방의 우주선과 다른 것은 당연하다.

실버스타는 무라트의 우주선이니까.

그것도 후기, 여러 가지 정황을 생각하면 아마도 무라트가 멸망하기 직전에 제작된 우주선. 말하자면 무라트의 과학 문명이 가장 발달했을 때 만들어진 우주선이라는 말이다.

그건 실버스타의 성능만 봐도 알 수 있다.

사실 아크도 처음 실버스타를 얻었을 때는 잘 모르고 있었다. 그러나 《어둠의 전조》 퀘스트 때 다른 우주선을 많이 보며 알게 되었다.

실버스타는 동급의 다른 우주선보다 기본 성능이 더 뛰어난 것이다. 뭐 그래 봐야 2~5% 내외. 근소한 차이지만 딱 하나, 10% 이상 차이 나는 성능이 있었다.

바로 자가 회복 능력.

원래 우주선은 완전히 파괴되지 않는 한 손상을 입어도 스스로 복구하는 기능이 탑재되어 있다. 그런데 실버스타의 자가 회복 속도는 동급의 10% 이상 빠른 것이다.

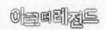

이건 실전에서 상당한 어드밴티지로 작용할 수밖에 없다.

'그리고…….'

그런 차이를 만들어 내는 것은 아마도 재질.

그런데 업그레이드를 하겠답시고 재질을 통째로 바꿔 버린다면? 토리가 만든 금속 구체가 어떤 기능을 하게 될지는 모르지만 우주선 자체의 성능은 저하될 확률이 높다.

결국 7,000골드를 들여서 우주선을 레벨다운시키는 것과 다름없는 것이다. 뿐만 아니라 라마 우주선을 흡수해 등급을 올린 '형상 분해 융합'도 무라트의 기술이다.

재질을 몽땅 바꿔 무라트 우주선이 아니게 됐을 때도 그 장치가 제대로 작동되리라는 보장은 없었다.

아직 개방되지 않은 8, 9번 방의 장치 역시 마찬가지.

'……돌아 버리겠군.'

역시 세상에 공짜는 없는 모양이다.

처음에는 공짜로 우주선을 얻었다고 좋아했는데 이런 함정이 있을 줄이야.

'2,500골드짜리 기계를 다는데 7,000골드라니? 이건 배보다 배꼽이 더 크다는 정도가 아니잖아! 그렇다고 기껏 만들어 놓은 기계를 써 보지도 못한 채 푹푹 썩힐 수도 없고. 아니, 이건 그 기계만의 문제가 아니야. 실버스타는 시설을 확장할 수 있는 공간이 4개나 있다. 비용 문제로 시설 확장을 포기한다면 앞으로도 빈 공간으로 남겨 둘 수밖에 없다는

말이야. 그렇다면 차라리 이참에 성분을 분석해 같은 재질의
금속 생산을 의뢰하는 편이 낫겠지만…… 그냥 눈 딱 감고
이참에 확 해 버릴까? 어차피 앞으로도 필요할 텐데.'

아크가 거기까지 생각했을 때였다.

'가만? 금속? 금속!'

갑자기 머릿속에 '!'께서 강림했다.

아니, 새삼스럽게 '!'가 떠올랐다고 하기도 뭐했다.

'맙소사! 머리가 썩었나? 내가 왜 지금까지 그걸 잊고 있
었지?'

아크는 이미 그 문제의 해결책을 가지고 있었다.

아니, 찾아낸 적이 있었다.

그때 혹시 꼭 필요할 때가 있을지도 모른다고 생각해 일부
러 표시까지 해 놓고 까맣게 잊고 있었던 것이다. 뭐 그 뒤로
굵직한 사건이 연이어 터져 정신이 없기도 했지만.

'휴! 하마터면 생돈을 날릴 뻔했다.'

그러나 아직 가슴을 쓸어내리기에는 이르다.

아크가 '그것'을 발견한 지도 벌써 한 달 가까이 지났다.

뭐 개척자들이 자주 왕래하는 곳은 아니지만 그사이에 다
른 사람이 가져가지 않았다고 장담할 수는 없었다.

한 달이나 지난 지금에 와서야 서두르는 것도 우습지만.

'느긋하게 있을 때가 아니야. 먼저 그것부터 챙기고 도크
에…… 아니지. 어차피 자재 수급에 시간이 걸린다면 굳이

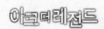

다른 도시의 도크에 맡길 필요는 없어. 7,000골드가 다 자재비일 리는 없을 터. 인건비와 도크 설비 이용료가 포함되어 있겠지. 그럴 바에는 차라리…….'

"실버스타 개조는 진행시키겠습니다."

한참 생각에 잠겨 있던 아크가 고개를 들어 올리며 말했다. 그러자 하마드란이 고개를 끄덕였다.

"그래. 지금은 자금 사정이 나쁘지 않으니 할 거라면 지금이 낫겠지. 그래도 조금이라도 저렴한 편이 좋으니 견적서를 받은 도크와 흥정을 해 보겠네."

"아니, 다른 곳에 맡길 생각은 없습니다."

"에? 무슨 말인가?"

"이참에 우리도 도크를 건설하겠다는 말입니다."

"도, 도크를? 말도 안 되네! 도크를 건설하는 데 얼마나 드는 줄 아나? 수만 골드네. 당장 컴퍼니에 그런 자금은 없어. 게다가 시장성도 없네. T-20을 찾는 개척자는 60%가 수송선을 이용하네. 나머지 40%도 기껏해야 경비행정. 우주선이라해도 1~2등급의 소형이네. 그 정도 우주선의 수리는 굳이 도크를 세우지 않아도 할 수 있어. 도크를 만들려면 최소한 전함급의 우주선이나 대형 수송선이 빈번하게 드나드는……."

펄쩍 뛰며 소리치던 하마드란이 움찔하며 입을 다물었다.

아크가 씨익 웃으며 끄덕였다.

"네, 이큘러스입니다."

아크가 내린 결론이 이것이다.

하마드란의 말대로 도크는 전함급의 우주선이나 대형 수송선이 빈번하게 드나드는 곳이 아니면 수익을 내기 힘들다.

도크가 타투인처럼 우주항이 있는 대도시에 밀집되어 있는 이유가 그것이다. 그러나 대도시가 아니라도 대형 수송선이 빈번하게 드나드는 곳이 있다.

바로 자원이 생산되는 혹성!

왜 그걸 이제야 생각해 냈는지 이해되지 않을 정도다.

어차피 이큘러스가 본격적으로 가동되기 전에 우주항을 만들어 둬야 한다.

그리고 도크는 우주항의 부속 건물.

일단 우주항을 만들면 도크 기능을 추가하는 데 들어가는 시간과 자금을 대폭 줄일 수 있다는 장점도 있었다. 예를 들면 〈스타크래프트〉에서 비행 유닛을 뽑는 스타포트를 건설한 뒤에 애드 온Add-on 건물을 붙이는 것처럼.

게다가 우주선 수리와 개조가 가능한 엔지니어도 보유하고 있다. 바로 토리! 그리고 전문은 아니라 토리보다는 좀 떨어지지만 헥스와 헤겔, 제이 역시 가능하다.

물론 도크를 운영하려면 그 외에도 상당한 숫자의 근로자가 필요하지만, 일반 근로자는 대도시에서 얼마든지 고용할 수 있었다.

그만한 수익을 낼 수만 있다면.

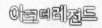

그리고 이큘러스가 은하연방과 개척지의 경계 선상에 위치한 혹성이라는 점을 생각하면 그만한 수익은 충분히 뽑아 낼 수 있다는 확신이 있었다. 아니, 그 이전에……

'내가 운영하는 돈이라도 이큘러스에 투자된 돈과 T-20의 자금은 전혀 달라. T-20의 자금도 지분에 따라 나눠지지만 사용처를 마음대로 정할 수 있다는 점을 생각하면 사실상 내 돈이나 다름없어. 하지만 투자금은 사용처가 한정된 만큼 내 돈이라고 할 수 없다. 이큘러스에 도크를 만드는 데 들어가는 돈은 남의 돈이라는 말이야. 하지만 일단 완공하면 그 역시 내 소유의 시설. 그 도크에 실버스타를 맡기면 개조 비용은 공짜나 다름없다. 연예인 DC는 게임도 안 되는 사장 DC가 적용되니까! 뿐만 아니라 그 약간의 비용도 결국 일부는 다시 내게 돌아온다. 난 사장이니까!'

……이런 얄팍한 계산이 깔려 있었다.

그리고 하마드란도 그런 얄팍한 계산에 적극 찬성했다.

"그래, '어차피'지. 어차피. 우주항에 도크를 만들어 두는 것은 상식. 어차피 만들 도크라면 필요할 때 만드는 편이 좋지. 하지만 도크를 만들고 실버스타의 금속 성분 분석을 시작하면 개조에 걸리는 시간이 상당히 지연될 수밖에 없을 텐데 그건 괜찮은 건가?"

"성분 분석은 필요 없습니다."

아크가 고개를 저으며 씨익 웃었다.

"개조에 필요한 금속 자재는 챙겨 갈 생각이니까요. 그리고 어차피 이곳 일을 정리하면 당분간은 이큘러스에 집중할 생각입니다. 슬슬 이큘러스도 자리를 잡아 놓을 때가 됐으니까."

"그렇기는 하지. 뭔가 생각하고 있는 것은 있나?"

"네."

아크가 님프 위로 영상을 띄웠다.

《T-20》

관리부
〈통괄 : 아크〉, 〈경영 : 바이엔(비서 : A)〉, 〈재무 : 하마드란〉, 〈생산 : 멜린〉

연구소
〈소장 : 제이〉

민원 & 의뢰 처리부
〈내무 팀 : 아스란 팀원 : 연방 경비대 15명〉, 〈외부 & 의뢰 팀장 : 클렘 팀원 : 전前 실버핸드 멤버 8명, 아스란의 부하 24명. 총 32명〉

《이큘러스》

관리부
〈통괄 : 아크〉, 〈경영 : 레피드〉

외주 관리부
〈도시 설계 : 슌〉, 〈자원 : 데일리〉, 〈물류 : 카달〉, 〈견습 : 퍼거슨, B〉

기술 지원부
〈토리, 헥스, 헤겔〉

자원 탐색 & 현장 용역
〈엘라인, 밀란, 베라드, 랄프, 칼리벤, 베럴, 쿠파, 헤드로, 라벤, 콘세드, 쿠라칸. 총 11명〉

"당분간은 이대로 갈 생각입니다."

실버핸드가 돌아올 때까지 기다린 이유가 이것이다.

이제 T-20은 안정권에 접어들었다. 지금 눈앞에 닥친 문제는 이큘러스. 정상 운영되기까지 초읽기에 들어갔으니 인원을 투입해 막바지 작업을 정리해 둘 필요가 있었다.

일단 그 내용을 상세하게 설명하자면…….

"저, 저도 이큘러스로 가는 겁니까?"

눈을 껌뻑거리며 바라보던 퍼거슨이 놀란 표정으로 물었다. A는 그대로 바이엔의 비서로 남겨 두고 퍼거슨과 B는 외주 관리부의 견습으로 발령—사실 아직 정식 직원도 아니지만—을 낸 것이다.

그리고 이건 이미 예정되어 있던 일이었다.

'현재 이큘러스의 개발은 대부분 슌과 데일리, 카달에 의해 진행되고 있다. 하지만 그들은 마틴 후작의 직원이야. 자리가 잡히면 제자리로 돌아가겠지. 그때 빈자리를 메우려면 지금부터 사람을 붙여 그들의 관리 방식을 배워 둬야 한다.'

그게 퍼거슨과 A, B를 관리자 3인방의 비서로 앉혔던 이유다. T-20에서 적응을 시킨 뒤에 이큘러스로 보내기 써먹기 위해서.

어찌 됐든 퍼거슨과 A, B는 전사로서는 절망적인 센스를 가지고 있지만 상인으로서는 쓸 만하니까.

이건 퍼거슨과 A, B를 떼어 놓기 위함도 있었다.

'내가 뉴월드에서 저지른 가장 큰 실수는 이 녀석들을 한 데 모아 놓은 거야. 그러니 머리를 맞대고 공금을 횡령해 튈 생각이나 한 거지. 혼자라면 그런 생각을 할 수 있는 놈들이 아니야. 뭐 지금은 신상을 털어 뒀으니 아예 엄두도 내지 못하겠지만. 어쨌든 이 녀석들을 제대로 다루려면 떨어뜨려 놓고 생각할 시간도 없이 굴리는 게 최고야.'

이게 퍼거슨과 B만 이큘러스로 발령 난 이유.

"지켜보지. 만약 제대로 일하지 않으면……."

"여, 열심히 하겠습니다!"

퍼거슨이 얼른 대답하며 자리에 앉았다.

그러자 인사 발령표를 지켜보던 바이엔이 입을 열었다.

"민원 처리부의 내무 팀 인원을 전부 연방 경비대에 맡길 생각이십니까?"

"이제 그 편이 나으니까."

T-20 내부의 민원은 처리해도 경험치가 거의 없다.

다시 말해 내무 팀에 소속되어 있는 직원은 레벨을 올리기 힘들다는 뜻. 섹터 시절에는 그래도 직원을 배치시키는 수밖에 없었지만 타운으로 승격하며 관공서가 들어선 덕분에 연방 경비대원을 고용할 수 있게 되었다.

물론 경비대를 고용하면 직원보다 많은 비용이 지출되지만 내무 팀의 인원을 외무 팀으로 전환, 늘어난 인원만큼 컴퍼니 퀘스트에 집중해 수익을 올리며 직원들의 레벨을 올

린다는 계산이다.

덤으로 모험치와 평판도 올리고.

"부탁드립니다."

"맡게 주시게. 그건 전문이니."

아크가 돌아보자 클렘이 껄껄 웃으며 끄덕였다.

그러나 이번 인사 발령에 가장 흥분한 사람들은 역시 친위대원들이었다. 부쩍 일이 많아져 내내 아크와 따로 놀아야(?) 했던 친위대원들은 아크와 함께 이큘러스에 간다는 사실에 광분했다.

그리고 한바탕 기쁨의 춤사위를 벌이려 할 때였다.

제피가 울컥한 표정으로 끼어들었다.

"가만! 내 이름이 없잖아요!"

"아! 그렇군."

"아? 뭐예요? 그 반응은? 귀찮은 일을 떠올린 사람처럼."

귀찮은 일 맞다. T-20이나 이큘러스, 어디에도 끼워 넣기가 뭐하니까. 왜냐고? 또라이니까! 놔두면 무슨 짓을 할지 알 수 없는 또라이니까!

"너는……."

"저도 이큘러스라는 곳으로 가겠어요!"

제피가 아크의 말을 끊으며 다부진 포부를 밝혔다.

이에 대한 아크의 반응은 뜨악! 아니, 뭐 T-20에 놔둬도 불안하지만—연쇄 해부 사건 같은 일이 벌어질 것 같으니까

― 데리고 다니는 것은 100배쯤 더 불안한 여자인 것이다.

아크를 연구 대상으로 삼는 여자를 옆에 두는 것은 미친 짓이니까.

"뭐야? 거기까지 나를 따라오겠다는 거야? 안 돼! 절대 안 돼! 그리고 너도 할 일이 있잖아. 언노운 아이템! 영혼석! 너 연구원이잖아! 그냥 적당한 곳에 처박혀서 연구나 해!"

"칫, 누가 당신을 따라간대요?"

"에? 아니면?"

"이큘러스에 도크를 세우고 실버스타라는 우주선을 개조할 예정이라면서요? 그런 일에 가장 뛰어난 이 몸을 빼놓는다는 게 말이 돼요? 말했죠? 박사 학위 6개! 전공은 아니지만 우주선 개조도 저쪽의 실험대 위에 있어야 할 햄스터나 그레이족보다는 낫다고요. 그리고 개조에 참가하는 편이 영혼석의 연구에도 도움이 될 것 같고."

"응? 그건 또 무슨 소리야?"

"그런 게 있어요. 전문적인 거라 어차피 당신은 설명해도 몰라요."

……딱히 알고 싶지도 않다.

그러나 막상 듣고 보니 일리는 있었다.

본래 공작 분야는 제작이든 개조든 참가하는 엔지니어의 스킬이 결과물의 품질을 좌우한다.

같은 물건이라도 엔지니어의 레벨이 높으면 성능에 보너

스가 붙을 확률이 높아지는 것이다.

그리고 제피는 성격장애가 있지만 엔지니어로서는 최고—
인정하기 싫지만— 수준! 억지로 시키는 것도 아니고 제가
먼저 하겠다는데 뜯어 말릴 이유가 없었다. 뭣보다 개조에
참가하겠다면 아크를 따라다니지는 못할 테니까!

"좋아. 허락하지."

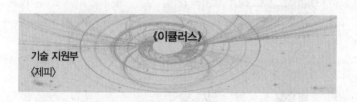

《이쿨러스》

기술 지원부
〈제피〉

그리하여 제피까지 추가…….

"으악!"

채 잉크(?)도 마르기 전에 토리가 비명을 터뜨렸다.

"혀, 혀, 혀, 형님, 저, 저, 저, 저 여자랑 저를 같은 곳에
넣겠단 말입니까? 아까 형님도 들었잖아요! 머리를 열겠다
느니 말겠다느니! 해부당합니다, 저! 어느 날 갑자기 실종되
어 해부된 시체로 발견될 겁니다, 저! 살려 주세요!"

……아! 그 문제가 남아 있었다.

이에 아크가 난감한 표정으로 돌아보자 제피가 콧방귀를
뀌며 대답했다.

"안 해요, 이제. 저런 햄스터나 그레이보다 재미있어 보이

는 걸 찾아냈으니까."

"정말이지?"

"전 거짓말은 안 하는 주의라."

하긴 아크에게도 대놓고 위장 취업 운운했던 여자다.

"좋아! 토리, 걱정하지 않아도 된단다. 친하게 지내라. 당분간 같이 생활할 테니."

"무리! 무리! 무리! 무리예요!"

토리가 미친 듯이 머리를 흔들어 대며 소리쳤지만 바쁘니까 PASS! 이로써 직원을 나눠 T-20과 이큘러스에 배치시키는 작업은 완료! 이제 이큘러스로 발령 난 직원들을 실버스타에 태우고 날아가는 일만 남았다.

'아니, 그 전에 들를 곳이 있지!'

SPACE 5. 목표는 이쿨러스!

회색 바위에 뒤덮인 지표.

발을 내딛자 뿌연 먼지가 연기처럼 피워 올라왔다.

마치 깊은 해저의 침전물이나, 슬로비디오로 돌린 것처럼 천천히. 그건 먼지만이 아니었다. 지표에 뚫린 거대한 구멍 주위에서 움직이는 10여 명의 사람들 역시 마치 바닷속에 들어온 것처럼 걸을 때마다 둥실둥실 몸이 떠오르고 있었다.

─우힛! 이거 봐! 몇 번을 해 봐도 신기하네.

─어이! 거기! 장난치지 마!

─윽! 이건 장난이 아닙니다. 넘어진 거라고요.

─나 참. 이제 적응할 때도 됐잖아.

─하지만 이런 느낌은······.

여기저기에서 잡음 섞인 음성이 들려왔다.

우주복을 입은 상태라 파티 단위의 공동 통신망이 연결되어 있기 때문이다.

이곳은 우주복을 입지 않으면 활동할 수 없는 우주 공간. 그리고 지표에 뚫린 거대한 구멍 주위에서 우스꽝스러운 자세로 움직이는 사람들은 엘라인과 쿠라칸 그리고 베라드와 랄프 등등의 친위대원들이었다.

아크가 그들을 돌아보며 입을 열었다.

"모두 적응됐나?"

-라제! 문제없습니다!

통신기에서 자신만만한 목소리가 흘러나왔다.

뭐 모두 적응했다니 굳이 설명할 필요가 없을지도 모르겠지만, 우주복을 입고 무중력 공간에서 자유롭게 움직이게 되기까지는 당연히 일정 시간의 연습이 필요하다.

이때 적용되는 것이 NPC만이 가지고 있는 적응력이라는 스텟.

새삼스럽지만 한 혹성에서도 지역에 따라 환경이 180도로 달라지는 곳이 많다. 하물며 은하계라면 말할 필요도 없다. 문자 그대로 극과 극. 테라포밍이 되어 있는 문명 혹성을 한 걸음만 벗어나도 상상을 불허하는 극한의 대지가 도처에 널려 있는 것이다.

난생처음 경험하는 환경에서 능력을 100% 발휘하기는 무

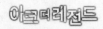

리. 그건 유저도 마찬가지지만 NPC는 실제로 능력치에 페널티가 적용된다. 이런 페널티를 없애기 위해 필요한 것이 적응력. 얼마나 빨리 환경에 적응하느냐를 결정하는 수치였다.

'그런 점에서 보자면······.'

친위대원들은 영하 50도를 넘나드는 벨타나에서 허접한 아머 하나 달랑 걸치고 매일 라마와 싸운 경력이 있었다.

뿐만 아니라 실버핸드 밑에서 훈련받을 때는 정글, 늪지, 사막, 돌산 등등, 험난한 곳이란 험난한 곳은 죄다 찾아다니며 생사를 넘나들었다.

덕분에 친위대원들의 적응력은 최고 수준!

실제로 《어둠의 전조》 퀘스트에 동행해 우주 공간에서 활동해 본 쿠라칸, 엘라인, 칼리벤, 헤드로 외의 대원들도 불과 10분 만에 자유롭게 움직이고 있었다.

"밀란, 쿠파, 헤드로, 준비는?"

-다 됐습니다.

"좋아. 시작한다. 각자 위치로!"

아크의 명령에 대원들이 구멍 주위에 둘러섰다.

"밀란, 시작한다! 발파!"

이에 아크가 짧게 소리쳤을 때였다.

쿠쿵! 쿠쿠쿠쿠!

구멍 속에서 둔탁한 울림이 터져 나왔다.

그리고 저 아래에서부터 지표를 뒤흔드는 진동이 엄청난 속도로 솟구쳐 올라오는가 싶더니, 구멍 위로 엄청난 양의 흙먼지가 활화산처럼 뿜어져 올라오기 시작했다.

그 속에 섞여 나오는 것은 사람만 한 크기의 오징어!

"역시 꽤 불어나 있었군."

아크가 씨익 웃으며 중얼거렸다.

이 오징어들의 정체는 스퀴드. 예전에 아크가 E-2036이라는 소혹성에 불시착했을 때 싸운 적이 있는 우주 몬스터였다.

그런 놈들이 지금 또다시 눈앞에 나타났다.

당연하다. 지금 아크가 있는 곳이 E-2036이니까.

아크가 이큘러스로 가기 전에 들를 데가 있다고 했던 곳이 바로 여기다. 우주선을 습격해 에너지를 빨아먹는 거대 우주 몬스터 크라켄과 졸개들이 근거지로 삼고 있던 E-2036.

아크가 다시 E-2036을 찾은 이유는 그때 찾아 두었던 물건을 회수하기 위해서였다. 이 구멍 깊은 곳에 잠들어 있던 그것을⋯⋯.

'하지만 그때와 같은 실수를 할 이유는 없지.'

전에는 아무것도 모르고 구멍 속에 들어갔다가 스퀴드 떼의 습격으로 죽을 뻔했다.

물론 그때 구멍 속의 스퀴드는 물론 타이탄 등급의 보스 몬스터 크라켄까지 말끔하게 청소해 두었다. 그러나 몬스터

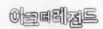

는 아무리 깨끗하게 청소해도 시간이 지나면 다시 번식한다.

아니나 다를까, 한 달 이상 지나 다시 오자 스퀴드가 득실거리고 있었다.

'그런 구멍에 제 발로 들어갈 이유는 없지.'

한번 싸웠던 곳에 다시 오면 이게 좋은 점이다.

뭐가 나올지 알고 있으니 어떻게 싸워야 할지 고민할 필요가 없는 것이다. 이미 답은 나와 있으니까.

'스퀴드는 엄청난 넓이의 지하 공간에 흩어져 숨어 있다. 무턱대고 들어가면 이전처럼 순식간에 포위되어 공격받겠지. 그런 상황이 되면 그때보다 병력이 많아도 안심할 수 없어. 그러니 놈들을 밖으로 끌어낸다. 하지만 그 전에…….'

"잠부터 깨워야겠지."

그리하여 구멍 속에 C-6을 투하.

방금 전에 폭발을 일으킨 것이 바로 그 C-6다. 그리고 E-2036을 통째로 뒤흔들 만한 폭발에 우왕좌왕하던 스퀴드들이 폭풍에 휘말려 밖으로 쏟아져 나오고 있는 것이다.

"일단 밖으로 나온 놈들부터 처리한다!"

-라제! 사격 개시!

투투투투! 투투투투! 투투투투!

구멍 주위에 늘어선 대원들이 일제히 포화를 쏟아부었다.

흙먼지와 함께 튀어나온 스퀴드는 20~30마리. 게다가 이미 폭발에 휘말려 너덜너덜, 상품성 없는 오징어로 변해 있었다. 거기에 탄환이 빗발치자 순식간에 어육으로 변해 버렸다.

그러나 전투는 아직 시작도 안 했다.

폭발에 휘말려 치솟아 올라온 스퀴드는 일부.

아마 구멍 아래에는 깊은 곳에서 잠들어 있던 스퀴드들이 폭음에 깨어나 바퀴벌레 떼처럼 득실거리고 있으리라.

아크가 이퀄라이저를 뽑아 들며 소리쳤다.

"헤겔, 지금이다! 라이트!"

위이이이잉!

동시에 엔진음을 일으키며 날아오르는 은빛 기체는 실버스타! 순식간에 구멍 위의 상공으로 이동한 실버스타는 기체를 선회하며 아래로 향했다. 그리고 구멍을 향해 엄청난 광도光度의 빛을 뿜어냈을 때였다.

쿠쿠쿠쿠! 쿠쿠쿠쿠!

지표를 진동시키며 다가오는 그것!

다음 순간 구멍 위로 활화산처럼 터져 나오는 것은 수백 마리의 스퀴드 떼였다.

이게 아크가 스퀴드를 밖으로 끄집어내기 위해 생각해 낸 방법이었다. C-6은 지하 공간에 구석구석에 숨어 있는 스퀴드를 깨우기 위한 용도일 뿐, 진짜 유인책은 이 빛이었다.

우주 몬스터라고 해 봤자 결국 오징어. 그리고 오징어는 빛을 향해 움직이는 습성을 가지고 있는 것이다. 원래 스퀴

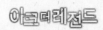

드가 우주선을 습격하는 이유도 이것!

아니, 뭐 그런 건 아무래도 상관없지만!

'생각보다 많군. 하지만……'

그래 봐야 오징어!

"풍어豊漁다! 몽땅 때려잡아!"

투투투투! 투투투투! 퍼펑! 퍼펑!

대원들이 일제히 포화를 쏟아붓기 시작했다.

꾸역꾸역 솟아 나오는 스퀴드는 그야말로 한 덩어리나 다름없었다. 따라서 조준 따위는 할 필요도 없었다.

그냥 대충 들이대고 방아쇠만 당기면 백발백중.

1발이 2~3마리씩 낚일, 아니, 맞을 때도 있었다. 그때마다 뚝뚝 떨어지는 스퀴드. 뭐 이대로라면 오징어 낚시하는 기분으로 싸울 수도 있겠지만.

'역시 그렇게 쉽지만은 않겠지.'

스퀴드들이 속수무책으로 당하는 이유는 당황해서다.

C-6의 폭음에 잠에서 깨어 나와 보니 빛이 보인다. 그래서 본능적으로 빛을 쫓아왔더니 탄환이 날아든다. 말하자면 잠에서 제대로 깨지도 않은 상태에서 얻어맞고 있는 것이다.

그러나 어느 정도 시간이 지나자 상황이 달라졌다.

슈슈슈슈! 슈슈슈슈!

스퀴드가 한데 뭉쳐 돌진했다.

아크와 대원들을 적으로 인식하고 본격적으로 대응하기

시작한 것이다. 대원들도 더욱 가열 차게 포화를 쏟아부었지만 스퀴드 떼의 돌진을 막기는 무리.

순식간에 스퀴드 떼가 대원들의 앞까지 다가왔다.

"엘라인! 베라드! 랄프!"

ㅡ맡겨 주십시오!

친위대의 전사들이 검과 해머를 들고 앞으로 나섰다.

전사는 앞에서 막고 총기병이나 스나이퍼 같은 딜러들은 뒤에서 요격한다. 갤럭시안뿐만 아니라 모든 게임에서 통용되는 가장 기본적인 진형이었다. 그리고 엘라인과 베라드, 랄프는 친위대의 전사!

ㅡ스크류 블레이드!

랄프의 특기 스크류 블레이드!

칼날을 드릴처럼 회전시켜 돌파력을 극대화시킨 검이 쏘아져 나가자 서너 마리의 오징어가 꼬치처럼 꿰이며 생명력이 쫙 빨려 나갔다. 무라티우스타에서 검에 특화된 블레이더로 전직한 랄프는 검 관련 스킬이 모두 한 등급 상승해 있었다.

그러나 역시 일 대 다수를 상대할 때는 해머를 다루는 베라드의 임팩트를 따라잡기 힘들었다.

ㅡ멸절의 해머 부스터 가동! 받아라! 파괴의 미학!

무라티우스타에서 헤비 웨폰을 다루는 디스트럭터로 전직한 베라드. 그리고 베라드의 손에 들린 해머는 스퀴드의 대

빵 크라켄을 때려잡아 얻은 레어 템 멸절의 해머다.

위이이잉! 퍼펑! 콰콰콰콰!

해머가 내려치자 폭발이 일어나며 한꺼번에 10여 마리의 스쿼드가 갈기갈기 찢어지며 튕겨 날아갔다. 그 자리에 남은 것은 끔찍한(?) 먹물 자국뿐!

'하지만 역시 아직은……'

—멸사참격!

아크의 시선이 향한 곳에서 한 줄기 섬광이 번뜩였다.

그 섬광에 깔끔하게 반으로 나뉘어 떨어지는 스쿼드의 뒤에서 떠오르는 검사는 엘라인!

다크에덴에 들어오기 전에 이미 쿠산족 최강의 전사였던 엘라인은 무라티우스타에서 상급 검사인 소드 익스퍼러로 전직한 이후에 확연하게 달라진 전투력을 선보이고 있었다.

뭐 게임인지라 그래도 일격에 적을 처리할 수는 없지만 느낌상으로는 일격필살! 홀로 10여 마리와 맞붙으면서도 밀리기는커녕 놈들을 속속 오징어채로 만들어 놓고 있었다.

거기에 이번에는 만능 무기까지 추가되었다.

—중화重化! 회륜참回輪斬!

엘라인이 스쿼드 떼로 뛰어들며 소리쳤다.

순간 그를 중심으로 회전하던 검이 해머로 변하며 스쿼드 떼가 사방으로 튕겨 나갔다.

그뿐이 아니다.

-총화銃化!

해머가 총으로 변해 탄환을 뿜어내기도 한다.

바로 아크가 메가라돈에서 주워 온 매직 템 'G-1000의 팔'! 자유자재로 검, 해머, 총, 3가지 형태의 무기로 전환할 수 있는 무기였다.

그러나 어설픈 전사가 사용하면 오히려 이도 저도 아닌 무기. 때문에 가장 뛰어난 엘라인에게 쥐여 준 것이다.

-오오! 역시 신의 사자님이 하사하신 무기! 그야말로 신병神兵이다!

결과는 기대 이상!

역시 쿠산족의 최강 전사답게 자잘한 설명 따위는 붙이지 않아도 엘라인은 상황에 맞춰 적절하게 활용하고 있었다.

탕! 탕! 탕! 탕! 탕!

-공격 실패! 공격 실패! 공격 실패…….

……뭐 아직 사격 솜씨는 개선의 여지가 있었지만.

그러나 랄프와 베라드, 엘라인이 아무리 이전보다 강해졌다고 해도 상대는 수백 마리의 우주 몬스터. 3명만으로 막아내는 데는 한계가 있었다.

또한 스퀴드도 그냥 오징어가 아니었다.

치치치치! 치치치치!

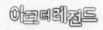

-부식성 독의 공격을 받았습니다!
《강산성의 독에 맞아 아머의 내구도가 3% 하락했습니다.》

스퀴드들이 뿜어내는 산성독!

독을 뿜으며 몰아붙이자 엘라인들도 점점 밀릴 수밖에 없었다.

－계속 쏟아부어라! 난사! 난사!

－칼리벤, 베럴, 독을 뿜는 놈들부터 요격해!

－알고 있어!

－우아아아! 받아라, 오징어들아! 몽땅 어육으로 만들어 주마!

투투투투! 투투투투! 퉁! 퉁!

그나마 헤비 거너로 전직한 쿠라칸 이하 친위대의 총기병과 스나이퍼 들이 위에서 쏟아지는 스퀴드를 막아 주지 않았다면 버티지 못하고 진즉에 오징어 밥이 되었으리라.

그러나 그런 일은 절대 일어날 수 없다.

－형님, 지원할까요?

아크의 귓가에 헤겔의 목소리가 들려왔다.

새삼스럽지만 스퀴드가 쉬지 않고 분출(?)되는 구멍 위의 상공. 거기에는 언제든지 주포와 기관포로 융단폭격을 쏟아부을 준비가 되어 있는 실버스타가 떠 있었다.

사실 이런 전투는 할 필요도 없는 것이다.

"아직이다."

그러나 아크는 고개를 저었다.

그리고 이퀄라이저에서 빛이 뿜어져 나오는 순간!

"카프레 검술 3식! 갤럭시 소드!"

검광이 수십 개로 분산되며 회오리를 일으켰다.

뒤이어 실로 무지막지한 장면이 펼쳐졌다. 검기의 회오리
가 들이치자 새까맣게 모여 있던 스쿼드들이 마치 믹서기에
갈리는 것처럼 갈가리 찢어져 흩어진 것이다.

-우오오오! 역시 사장님!

헐떡이며 스쿼드와 싸우던 직원들이 환호성을 터뜨렸다.

이것이 바로 사장의 위엄!

-현재 적용되는 업무 공유-II(NPC 전용) 효과
엘라인(소드 익스퍼러) : 검의 공격 속도 8% 증가.
베라드(디스트럭터) : 헤비 웨폰의 공격력 8% 증가.
랄프(블레이더) : 검의 공격 속도 8% 증가.
칼리벤(스나이퍼) : 저격 시 명중률 15% 증가.
쿠파(어설트) : 돌격 소총 계열의 공격력 8% 증가.
헤드로(레인저) : 회피 5% 증가. 폭발물, 소형 화기의 공격력 5% 증가……

-현 부대에 '통솔'이 적용되고 있습니다.
《부대장 아크(통솔 50) : 명령 수행률 +10%, 부상 회복 속도 +10%》

뭐 이런 것도 사장의 위엄이지만…….

역시 사장의 카리스마는 실력으로 보여 주는 것!

일격에 20여 마리를—뭐 이미 생명력이 빠져 있기는 했지만— 어육으로 만들자 스퀴드들의 눈에도 아크가 대단해 보이기는 한 모양이다.

슈슈슈슈! 슈슈슈슈!

스퀴드들이 일제히 방향을 틀어 아크에게 몰려들었다.

-햣! 형님이 위험하다! 저지해라!

친위대원들이 화들짝 놀라 포화를 뿜었지만 이미 스퀴드는 하나의 거대한 덩어리! 외각의 스퀴드들이 툭툭 떨어졌지만 본체는 총격을 무시하고 아크를 뒤덮었다.

-이런 젠장! 헤겔, 당장…….

당황한 밀란이 실버스타에 지원 요청을 할 때였다.

콰콰콰콰! 퍼펑-!

연이은 폭음이 울리며 스퀴드 떼의 위쪽이 돌기처럼 솟아올랐다. 그리고 폭발하듯이 사방으로 튕겨 나가며 스퀴드 사이로 날아오르는 사람은 아크! 그러자 스퀴드 떼가 아크를 쫓아 위쪽으로 확 솟아 올라왔다.

"오랜만에 실력 발휘 좀 해 볼까?"

아크가 이퀄라이저를 고쳐 잡으며 씨익 웃었다.

다음 순간, 아크의 몸이 마치 먹이를 노리고 날아드는 새처럼 엄청난 속도로 움직이며 스퀴드 사이를 비행했다. 그때마다 연이어 터져 나오는 백색 섬광!

아크는 스퀴드와 공중전을 펼치고 있는 것이다.

"너희들만 날 수 있는 게 아니라고."

아크가 에어보드조차 없이 우주를 비행할 수 있는 이유는 크라켄 덕분이었다.

아니, 정확히 말하면 그때 얻은 세포 조직.

그 세포에서 추출한 DNA로 만든 믹스 업을 통해 아크의 '우주 유영' 스킬이 '우주 비행'으로 업그레이드되어 우주 공간이라면 어디라도 스퀴드처럼 자유자재로 날아다닐 수 있는 능력을 얻은 것이다.

같은 조건이라면!

"피어싱! 체인 어택!"

콰콰콰콰! 퍼펑! 콰지지지!

아니, 공간을 무한대로 사용할 수 있다면! 레벨 50~60대의 스퀴드 따위는 아크의 상대가 될 리가 없었다.

아크가 스퀴드 사이를 종횡무진! 압도적인 실력을 선보이자 친위대원들도 활기가 샘솟는 표정으로 공세를 펼치기 시작했다. 전사 3인방은 아크처럼 자유롭게 비행하지는 못했지

만 분사장치를 이용해 허공에서 스쿼드와 격돌했다.

총기병들은 이들을 엄호하며 탄막을 펼쳤고, 스나이퍼는 대미지를 입고 도망치는 스쿼드를 원 샷 원 킬!

그렇게 장장 30분.

구멍 주위는 오징어 시체로 뒤덮였다.

─베라드, 쿠파, 콘세드, 라벤의 레벨이 올랐습니다!

뒤이어 떠오르는 반가운 메시지.

새삼스럽지만 아크가 실버스타의 화력 지원을 받지 않은 이유가 이것이다.

실버스타의 기관포, 아니, 주포라면 스쿼드 따위는 한 방에 전멸시킬 수 있다. 그러나 원래 전차나 우주선의 병기로 적을 처치하면 경험치는 5~10%밖에 들어오지 않는다.

반면 스쿼드의 레벨은 고작 50~60.

그냥 잡아도 레벨 90대의 친위대원들에게는 쥐똥만 한 경험치다. 하물며 실버스타로 잡으면 흔적도 남지 않으리라. 때문에 직접 싸우는 방법을 택한 것이다. 그리고 쥐똥만 한 경험치라도 숫자가 숫자다 보니 몇몇 대원의 레벨이 올라갔다.

'크라켄이 없는 게 아쉽지만……'

생각보다 많이 증식한 스쿼드를 보고 살짝 기대했지만 크라켄은 없었다.

보스급 몬스터는 한 번 잡히면 리젠까지 상당한 시간이 걸리기 때문이다. 뿐만 아니라 리젠되는 장소도 랜덤.

크라켄은 스퀴드의 대빵쯤 되는 몬스터라 스퀴드가 서식하는 곳에서만 리젠되지만 장소는 여러 서식지 중 랜덤으로 정해지는 것이다.

좋은 아이템을 떨구는 몬스터가 리젠되는 장소에서 죽치고 앉아 사냥하는 '알박기'를 방지하기 위한 시스템.

'뭐 목적은 그게 아니니까.'

아크가 E-3026을 다시 찾은 목적!

다시 말하지만 그건 이전에 이 구멍 속에서 찾은 물건을 회수하기 위해서였다. 그 물건이란 바로…….

'있다!'

스퀴드를 정리한 직후.

지하로 내려온 아크의 입가에 뿌듯한 미소가 번졌다.

아크의 우주복에서 비추는 라이트에 윤곽을 드러내는 거대한 그림자는 폐선. 오래전, 아마도 크라켄에 습격당해 파괴된 것으로 보이는 우주선의 잔해였다.

아니, 원래 이 지하에는 그런 잔해가 모여 있었지만 아크가 발견한 것은 평범한 잔해가 아니었다.

보기에는 평범한 잔해로 보이지만…….

땅-! 땅-! 땅-!

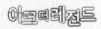

-'야금술'을 사용해 금속 성분을 조사했습니다.
이 금속은 일반적으로 알려진 어떤 금속과도 성분이 다릅니다.
※당신이 파악한 고대 외계문명의 지식(무라트)으로 인해 금속에 대한 단편
  적인 지식을 얻었습니다. 이 잔해는 고대 문명 무라트의 우주선이었던 것
  같습니다.

그때 야금술로 알아낸 정보였다.

이게 바로 아크가 E-2036을 다시 찾은 이유!

당시 크라켄이 막고 있던 지하의 가장 깊은 곳, 그곳에는 비록 스퀴드의 체액에 녹아 뼈대밖에 남아 있지 않았지만 무라트의 우주선 잔해가 숨겨져 있었던 것이다.

'생각해 보면 그동안 까먹고 있던 게 천만다행이야.'

그때는 이곳에서 찾은 다른 우주선의 잔해만으로 실버스타를 수리했었다. 때문에 실버스타를 개조할 때 꼭 같은 재질의 금속이 필요하다는 사실을 모르고 있었다.

그래서 처음 발견했을 때는 그냥 인양해서 팔아먹을 생각이었다. 그런데 그 뒤로 계속 사건에 휘말려 잊고 있다가 개조 얘기를 들은 뒤에야 생각난 것이다.

'잔해에 불과하지만 어쨌든 무라트의 우주선! 재질은 실버스타와 같은 것이다! 다시 말해 이 잔해를 인양하면 굳이 큰돈을 들이지 않아도 실버스타를 개조할 수 있다는 말이다!'

그때 팔아먹었다면 땅을 치고 후회했으리라.

"자, 서둘러라!"

아크가 대원들을 돌아보며 말했다.

"여기서 적당한 크기로 분해해서 실버스타로 옮겨 싣는다!"

솔직히 마음 같아서는 앵커에 걸고 그대로 인양해 가지고 가고 싶었다. 그러나 뼈대뿐이라고는 하나 우주선을 앵커로 연결하면 워프를 할 수 없었다. 뿐만 아니라 너덜너덜해진 선체가 우주풍宇宙風 따위에 부서져 유실될 위험도 있었다.

치이이이이! 위이이잉!

그리하여 선체 분해 작업 실시!

무라트 우주선의 잔해는 잘게 나뉘어 실버스타의 창고에 쌓여갔다. 그렇게 적재량 150톤의 창고를 가득 채울 때까지 걸린 시간은 꼬박 10시간. 그러고도 아직 E-2036의 지하에는 2배가 넘는 잔해가 남아 있었다.

'이건 일단 다음을 위해 남게 두고……'

"자, 이제 이큘러스로!"

실버스타가 은빛 섬광이 되어 우주를 가로질렀다.

"애들 가르치기가 나날이 힘들어지네요."

"누가 아니랍니까."

"생각해 보면 옛날이 좋았어요."

"네, 적어도 그때 학생들은 선생을 존중하기라도 했죠. 아무리 막나가는 학생이라도 선생에게 덤비는 일은 흔치 않았어요."

"맞습니다. 그런데 요즘은 학생들은 그게 없어요. 얼마 전에 기사 봤습니까? 학생이 선생을 패서 입원시켰답니다. 그게 말이 됩니까? 말이? 아니, 학부모들이 더 문제죠. 학부모가 학교까지 찾아와 수업 중인 선생에게 욕하고 주먹질하는 건 이제 기삿거리도 안 되지 않습니까? 이러니 애들이 뭘 보고 배우겠냐 이겁니다."

"음, 심각하죠."

탁자에 둘러앉은 20여 명이 동시에 한숨을 불었다.

30대에서 50대까지, 남녀 골고루 섞인 이들은 모두 현직 교사들이었다. 서울 경기 지역 교직원을 대상으로 하는 세미나에 참석했다가 뒤풀이로 모여 있는 것이다.

그러나 직업이 직업이다 보니 대화는 자연스럽게 학교 문제로 흐르고 있었다.

"이런 세태가 다 그놈의 TV니 게임이니 하는 것들 때문입니다. TV에서는 연일 자극적인 영상만 내보내고, 게임이라는 건 결국 폭력 아닙니까? 종일 이런 것만 보고 들으니 학생들도 물들어 갈 수밖에 없죠. 특히 10대는 뭐든 생각 없이 받아들이는 나이 아닙니까?"

"폭력도 폭력이지만 중독이 더 문제예요."

"네, 저도 게임을 나쁘게만 생각하지 않습니다. 꼭 부정적인 측면만 있다고는 할 수 없으니까. 문제는 요즘 아이들이 거기에 너무 몰입된다는 점입니다."

"맞아요."

"저희 반에도 그런 학생이 여러 명 있어요. 적당히 즐기면 저도 좋다고 생각해요. 하지만 게임을 시작하고 갑자기 성적이 뚝 떨어지거나 아예 학교에 나오지 않는 아이들도 적지 않아요. 일부러 찾아가 설득도 해 봤지만 그런 아이들에게는 말도 통하지 않더라고요."

"작정하고 중독되게 만든 거니까."

"그런 게임을 만드는 어른들에게도 잘못이 있어요."

"맞습니다. 더 이상 사태가 악화되는 것을 막기 위해 우리 교직원들도 뭔가 해야 합니다. 문화체육관광부에 청원을 넣어 아예 학생들은 게임을 하지 못하는 법을 만들어 달라든지."

"그게 되면 우리가 왜 이 고생을 하겠습니까?"

"하아, 정말 방법이 없을까요?"

"우리는 교사지 신이 아닙니다. 세상이 이런 식으로 변해 버린 걸 우리가 어쩌겠습니까? 그저 우리 자리에서 최선을 다하는 수밖에 없죠."

'……최선?'

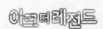

그 말에 반응하듯 한 사내가 고개를 들어 올렸다.

이 자리에 앉아 있는 사람들이 그렇듯 그 역시 서울의 고등학교에 소속된 젊은 교사였다.

이름은 박한길.

군 장교 출신인 아버지가 불의에 굴하지 말고 한길로 가라는 의미로 지어 준 이름이다. 그러나 주변의 교사들이 떠들어 대는 것처럼 작금의 상황은 그리 만만하지 않았다.

나날이 늘어가는 학교 폭력! 게임 중독! 정서적으로 피폐해져 가는 학생들!

그런 현실에 좌절한 적이 한두 번이 아니다.

이에 대해 구구절절이 말하자면 그 역시 밤을 새도 모자랄 지경이다.

그러나 박한길은 말하지 않았다.

교직원들끼리 모여 앉아 이런 푸념을 늘어놓는 것은 그 자체가 포기, 더 이상 아무것도 하지 않겠다는 것과 같은 의미라고 생각하기 때문이다.

'하물며 최선이라니, 대체 무슨 최선을 다했다는 거지?'

교사들은 말한다.

요즘 아이들은 자신들이 이해할 수 없는 세계에 틀어박혀 있다고, 그래서 할 수 있는 일이 없다고.

그러나 박한길은 생각했다.

아이들이 이해할 수 없는 세계에 틀어박혀 있다면, 그 세계로 들어가 데리고 나오면 되는 일이다.

그런 시도조차 해 보지 않고 푸념만 늘어놓으며 대체 무슨 최선을 다했다고 말하는 걸까?

하지만 박한길은 다르다. 아니, 그들은 다르다.

'나는……'

─박 선생님. 멤버가 모였습니다. 5번 회의실입니다.

핸드폰에 문자가 뜬 건 그때였다.

"저는 다른 미팅이 잡혀 있어서 먼저 일어나겠습니다."

아직 입도 안 댄 커피가 그대로 남아 있었지만 박한길은 미련 없이 자리에서 일어났다.

그리고 바로 메시지의 회의실로 향했다.

"어서 오십시오."

회의실에는 이미 3명의 사람이 모여 있었다.

이들 역시 방금 전까지 있던 자리의 사람들처럼 서울 경기 지역의 교직원들이었다. 그러나 이들은 그들과는 다른 교사들이었다. 교육계의 위기니 뭐니 하며 입으로만 최선을 다하는 교사가 아니었다. 말보다 행동으로 최선을 다하는 교사들!

"얘기 많이 나누셨습니까?"

"아니 뭐, 매번 똑같은 말이죠."

박한길은 대수롭지 않게 대답하며 그들을 바라보았다.

회의실에 모인 교사들은 나이도 다르고 재직하는 학교도 달랐다. 그러나 이들에게는 한 가지 공통점이 있었다.

바로 게임.

그것도 요즘 학생들 사이에서 유행처럼 번지는 갤럭시안 이라는 게임을 하고 있다는 것이었다.

시작은 단순한 호기심이었다.

대체 왜 학생들이 갤럭시안에 그렇게까지 빠져드는지.

'재미있군. 이 정도면 어른이라도 빠져들겠어.'

박한길이 갤럭시안에 빠져들기까지도 그리 오랜 시간이 필요하지 않았다. 때문에 당초의 목적을 잃고 어느새 그 역시 유저가 되어 정신없이 게임을 하고 있을 때였다.

한 학부모로부터 연락을 받았다. 아들이 요즘 게임에 빠져 방에만 틀어박혀 있는데 어떻게 해결 방법이 없겠냐는. 그때 박한길의 머릿속에 퍼뜩 이런 생각이 들었다.

'한번 게임을 시작하면 좀처럼 헤어 나오지 못하는 이유는 캐릭터가 성장하기 때문이다. 현실에서는 죽어라 공부해도 성공한다는 보장이 없어. 그리고 설사 성공한다고 해도 그게 10년 뒤가 될지 20년 뒤가 될지는 누구도 모른다. 하지만 게임 세계는 달라. 시간을 투자하는 만큼 강해진다. 그것도 현실과 비교도 할 수 없는 속도로.'

박한길은 이미 게임에 빠지는 학생을 이해하고 있었다.

그 역시 게임에 빠지게 되었으니까.

하지만!

'그래도 게임은 게임. 현실과는 다르다. 그리고 아이들이 앞으로 살아가야 하는 세계는 게임 속이 아니라 현실이야. 나는 교사로서 아이들을 현실로 이끌어야 할 책임이 있다. 만약 아이들이 끝까지 현실을 거부한다면…… 깨닫게 해 주는 수밖에 없지. 그것이 얼마나 허무한 것인지를! 그 세계에서 쌓아 올린 것을 내 손으로 부숴서라도!'

그때부터 박한길의 게임 인생은 180도로 달라졌다.

게임에 빠져 문제아가 된 학생들을 면담해 알아낸 정보로 게임 속에서 그들을 찾아내 척살! 척살! 척살! 게임을 접을 때까지 추적하며 척살하기 시작한 것이다.

……효과가 있었다.

박한길에게 찍힌 아이들은 하나둘 학교로 돌아오기 시작했다. 박한길이 자신과 같은 생각을 가진 교사들이 있음을 알게 된 것은 그맘때쯤이었다.

서로의 신분을 알게 되자 말은 필요 없었다.

만남과 동시에 동맹 결성! 그것이 바로 저스티스 버스터 Justice buster! 바로 박한길이 소속된 컴퍼니의 탄생이었다. 그리고 이들이 게임 속에서 하는 일은 당연히!

"지난달의 성과는 어땠습니까?"

"여기 있습니다."

굵은 인상의 교사가 쪽지를 내밀었다.

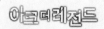

《이달의 처살 대상자》

실버메이든(◆본명 : 김아름 ◆죄명 : 부모님께 학원을 다닌다는 거
        짓말을 하고 밤 12시까지 PC방을 전전하며 게임에 빠져
        있음 ◆상태 : 심각 ◆의뢰 : 어머니)
결과 : 보름간 세 번 처살, 우주선 파괴
꼬꼬냥(◆본명 : 박세레나 ◆죄명 : 게임을 시작한 이후 빈번하게
        조퇴와 무단결석 반복, 개별 상담을 통해 훈화했지만 소용없
        음 ◆상태 : 심각 ◆의뢰 : 담임)
결과 : 한 번 처살, 근거지 파괴.
레이든(◆본명 : 최근영 ◆죄명 : 주변 친구들을 게임에 끌어들이
        며…….

게임에 빠져 교사와 부모 속을 썩이는 학생들에 대한 정의
의 철퇴! OTL 상태로 만들어 게임을 접게 만드는 일이었다.
'……이런 게 최선이지!'
박한길이 씨익 웃으며 입을 열었다.
"이번 달도 성과가 괜찮군요."
"뭐 어려운 일도 아닙니다. 학생들은 의외로 순진한 구석
이 있지 않습니까. 개별 면담을 하며 적당히 맞장구쳐 주면
캐릭터 이름이나 위치, 심지어 자신의 약점까지 읊어 대니까
요. 그런 정보까지 가지고 박살 내지 못하면 저스티스 버스

터의 멤버가 아니죠."

"후후후, 그리 말하니 꼭 악당 같습니다."

"사실 악당이죠. 어떤 이유든 이런 일을 하면 카오틱이 될 수밖에 없으니까요."

"하지만 우리의 결의는 어디까지나 정의를 위해서!"

"물론이죠, 정의를 위해서!"

교사들이 진지한 표정으로 대답했다.

방식은 좀 황당해도 이들은 진심 100퍼! 진지한 것이다.

"그런데 이번에는 무슨 일로 멤버를 모두 소집하셨습니까?"

"그게…… 모두의 힘을 빌릴 일이 생겼습니다."

"모두?"

박한길의 말에 교사들이 놀란 표정이 되었다.

다시 말하지만 이들은 게임 폐인이 된 학생들을 OTL로 만들기 위해 게임을 하는 사람들이다. 그건 폐인 소리를 들을 만한 학생들 이상의 실력을 가지고 있다는 뜻.

그리고 박한길은 그런 실력자들 중에서도 최강이다.

그들의 업무(?) 특성상 게임 속에서는 카오틱이 되어 항상 평의회나 바운티헌터에게 쫓기는 신세지만, 박한길은 되레 평의회의 추적대나 바운티헌터를 박살 내며 유유자적할 정도로 강한 유저인 것이다. 때문에 다른 조직원을 도와주는 일은 있어도 도움을 받은 적이 없었다.

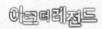

그런 그가 도움이 필요하다고 말하는 것이다.

"대체 누구입니까? 그 학생이?"

"학생은 아닙니다."

"학생이 아니라고요? 그런데 왜……?"

"그 유저의 이름은 아크!"

박한길의 말에 교사들이 고개를 갸웃거렸다.

"아크? 아크라면……."

"그렇습니다. 여러분도 이제는 어엿한 게이머니 한 번쯤은 들어 봤을 겁니다. 뉴월드라는 게임에서 '신'이라고까지 불리는 전설의 게이머. 바로 그 아크입니다."

"알고 있습니다. 하지만 왜 그 아크가 척살 대상에 오른 겁니까? 아니, 우리가 하는 게임은 갤럭시안입니다. 제가 듣기로 아크는 갤럭시안을 하지 않는다고 하던데요?"

"아니, 그가 틀림없습니다."

박한길이 고개를 저으며 대답했다.

"이건 제 정보망을 통해 들어온 확실한 정보입니다. 제가 여러분을 소집한 이유가 그것입니다. 물론 그는 학생이 아닙니다. 하지만 게이머라면 누구나 알고 있는 유저죠. 여러분도 개별 면담을 할 때 한 번쯤은 들어 보지 않았습니까? 지금 공부하지 않으면 사회에 나가서 후회한다. 게임에 빠져 봐야 아무것도 남는 게 없다. 그런 우리들의 말에 아크는 게임 하나로 돈도 엄청 벌고 대기업 이사까지 됐다는 발칙한 대답을 하는 학생들을!"

"아! 있어요! 있어!"

"바로 그게 아크를 척살해야 하는 이유입니다."

박한길이 번뜩이는 눈으로 말을 이었다.

"물론 게임이 다 나쁘다고 할 수는 없습니다. 적당히 즐기면 도움이 되는 부분도 있겠죠. 그리고 아크라는 사람처럼 사회적으로 성공할 수 있을지도 모릅니다."

"네, 저희도 그래서 면담할 때 말문이 막히기도 하죠."

"하지만 그건 그야말로 만분의 일. 연예인이 되겠다고 하는 것보다 더 허황된 꿈입니다. 그럼에도 아이들이 그런 허황된 꿈에 사로잡혀 있는 것은 아크라는 유저 때문입니다. 말하자면 악의 축! 그러니 우리가 증명하는 겁니다. 아크도 결국 평범한 유저에 불과하다는 것을. 뉴월드에서는 운이 좋아 돈과 명예를 얻을 수 있었지만 그런 방식이 어디에서나 통하지 않는다는 것을. 저는 그것으로 게임에 중독된 학생들에게 경종을 울릴 수 있다고 믿습니다."

"과연……!"

"우리 손으로 아이들의 우상을 박살 내 헛된 꿈이었음을 알게 해 주자는 것인가!"

"사실을 말하자면 저는 이미 아크와 어느 정도 악연이 있습니다. 때문에 혼자 놈을 상대할 생각이었지요. 하지만 호크라는 유저를 통해 '그' 아크라는 사실을 알게 되어 여러분의 힘

을 빌리려는 겁니다. 어찌 됐든 전설이라는 단어가 붙을 정도의 유저니 만전을 기하기 위함도 있지만 아이들의 환상을 깨기 위해서는 철저하게 짓밟을 필요가 있기 때문입니다."

"무슨 말인지 알겠습니다."

"아크를 처단한다고 당장 아이들이 게임을 접고 학업에 전념하지는 않겠지만 장기적으로 생각하면 무의미하지는 않겠군요. 적어도 학생들을 설득할 때라도 도움이 될 테니까."

교사들이 긍정적인 반응을 보였다.

그런 그들에게 상대가 전설의 게이머로 불리는 아크라는 사실은 그리 중요해 보이지 않았다.

그만큼 실력에 자신이 있다는 의미였다.

"그런데 정확히 어떤 방식으로 놈을 공략할 생각입니까?"

"놈은 개척지와 은하연방의 경계에 영지 혹성을 가지고 있습니다. 그리고 지금은 그 혹성 개발에 사활을 걸고 있죠. 그런 놈에게 치명상을 입히는 방법은 하나, 영지 혹성을 재건하기 힘들 정도의 타격을 입히면 놈이라도 두 번 다시 일어나지 못할 겁니다."

"그 혹성의 이름은?"

"이큘러스!"

박한길이 쩌렁쩌렁한 목소리로 대답했다.

그러자 나머지 멤버가 벌떡 일어나 고개를 끄덕였다.

"알겠습니다. 그런 대의를 위해서라면 저스티스 버스터의 맹약에 따라 전력을 모아 협조해 드리겠습니다. 모든 것은 학교와 학생의 미래를 위해!"

'됐다! 이제 네놈은……'

이에 박한길이 주먹을 불끈 쥐었을 때였다.

"아, 그런데 공격을 좀 늦추면 안 되겠습니까? 저희 학교는 2주 뒤부터 기말고사라……."

"그러고 보니 저희도 이달 말에 교육부 감사가 있어서……."

"제가 맡은 반도 기말고사가 코앞이에요."

"아……."

그들은 교사들이었다!

그리하여 불가피한 사정으로 일정을 조정해 D-day는 한 달 뒤로! 그러나 그 정도는 그리 큰 문제가 아니었다.

'후후후! 상관없어. 그래 봐야 아크 자식의 명줄이 한 달 더 늘어난 것뿐이다. 네가 '그' 아크라는 사실이 밝혀진 이상 결코 저스티스 버스터의 철퇴를 피할 수는 없어. 이 몸의 눈에 띈 것이 네놈의 가장 큰 실수였음을 깨닫게 해 주마. 기다려라, 아크! 악의 축! 이큘러스를 박살 내고 네놈의 비참한 모습을 각종 사이트에 대문짝만 하게 실어 주지!'

박한길, 다른 세계의 이름은 칼리였다.

그리고 그의 목표는 이큘러스!

SPACE 6. 흉탄에 쓰러지다

"후후후!"

아크는 뿌듯했다.

그리고 뿌듯함을 여과 없이 얼굴로 표현하고 있었다. 말하자면 잘난 척을 하고 있는 것이다.

그럴 만한 이유가 있었다.

'어떠냐? 여기가 이 몸의 영지 혹성이다!'

지금, 실버스타에서 아크가 내려다보는 곳은 이큘러스!

뭐 아직 개발을 시작한 지 얼마 되지 않아 완공되어 있는 건물은 달랑 CC(컨트롤 센터) 하나뿐이었지만, 그것만으로도 이전에 왔을 때와는 분위기가 전혀 달랐다.

완공된 CC는 올림픽 주경기장만 한 규모. 거기에 돔Dome

형태의 CC 외부는 SF틱 한 분위기를 팍팍 풍기는 기기가 다닥다닥 붙어 있었다.

일단 그런 것이 중심에 떡하니 자리 잡고 있으니 뭔가 본격적이라는 느낌이다. 그뿐이 아니다. CC 주위에는 한꺼번에 5개의 대형 건물이 세워지고 있었다.

뚱땅! 뚱땅! 위이이잉! 쿵! 쿵!

수백 미터 상공까지 들려오는 공사장의 소음.

아크에게는 그 공사 현장과 소음이 걸 그룹의 안무와 노래보다 달콤하게 느껴졌다. 당연하다. 지금 공사 중인 건물들은 자원 채취에 필요한 시설물들. 이 건물들이 완공되면 드디어 본격적인 자원 채취가 시작되는 것이다.

'그리고 돈을 버는 일만 남은 거지!'

그러나 아크가 대놓고 뻐기는 표정을 짓는 이유는 따로 있었다. 실버스타의 창가에서 눈을 동그랗게 뜨고 이큘러스를 내려다보는 여자, 제피 때문이다.

아크는 잊지 않고 있었다.

처음 T-20으로 데려갔을 때, 이 여자가 코딱지만 한 타운이라는 둥, 이 정도 타운을 가지고 있는 유저는 널리고 널렸다는 둥 지껄였던 싸가지없는 말을.

T-20은 문자 그대로 아크가 목숨을 담보로 쟁취한 땅이다. 그리고 삽 하나만 가지고 개발을 시작해 장장 수개월에 걸쳐 허허벌판을 어엿한 타운으로 성장시킨, 아크의 역사

그 자체인 것이다.

그런데 코딱지? 널리고 널려?

그때는 일일이 대꾸하기도 싫어 넘어갔지만 솔직히 울컥했다. 아니, 상처받았다!

그러나 아무리 제피라도 이큘러스를 앞에 두고 코딱지니, 널리고 널렸다느니 하는 헛소리는 하지 못하리라.

그건 지금 제피의 표정만 봐도 알 수 있었다.

이큘러스에 도착했을 때부터 말 한마디 못 하고 멍하니 바라만 보고 있는 것이다.

왠지 이겼다(?)는 기분이 든다.

"후후후! 어때? 내 영지는 T−20만이 아니라고. 여기가 이 몸의 영지 혹성이다. 3등급 자원 혹성. 너도 명색이 엔지니어니 그게 얼마나 굉장한 것인지는 알겠지? 할 말 있냐?"

"아니, 누가 뭐래요?"

씨익 웃으며 돌아보자 제피가 입술을 삐죽였다.

왠지 졌다(?)는 표정이다.

뭐랄까, 제피를 만난 이후로 가장 마음에 드는 표정이다.

"그런데 여기가 정말 당신의 영지 혹성이에요? 등기 이전까지 확실히 된?"

"당연하지. 100% 이 몸의 영지 혹성이다."

아크가 우쭐한 표정으로 대답했다.

"못 믿겠다면 실무자를 소개시켜 주지. 헤겔, CC 옆에 착

룩시켜라."

"넵, 형님!"

그리하여 CC 옆에 안착.

대원들을 데리고 밖으로 나갔을 때였다.

실버스타가 착륙하기가 무섭게 CC에서 한 사내가 뛰어나왔다. 그는 이큘러스의 책임자 레피드. 사장의 방문에 하던 일까지 중단하고 영접하기 위해 뛰어오는 것이리라.

"자식, 뭘 저렇게까지…… 제피, 소개하마. 저 녀석이…….."

아크가 우쭐한 표정으로 제피를 돌아볼 때였다.

"아크! 너! 이 자식!"

느닷없는 레피드의 이단옆차기!

생각지도 못했던 레피드의 기습(?)에 아크는 그대로 수 미터를 날아가 바닥에 처박혔다. 그리고 대大자로 뻗어 황망한 표정으로 하늘을 올려다보다가 발딱 일어나며 소리쳤다.

"뭐, 뭐, 밑도 끝도 없이 이게 뭐 하는 짓이야!"

"내가 할 소리다, 이 자식아!"

레피드가 와락 멱살을 움켜쥐었다.

"대체 뭐 하자는 짓이야? 저 건물들은 다 뭐냐고!"

"건물이라니? 무슨 건물?"

"네 눈은 장식이냐? 안 보여? 지금 공사하고 있는 건물 말이야!"

"밑도 끝도 없이 뭔 소리야? 저 건물들이 뭐? 위에서 보니

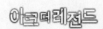

문제없이 공사하고 있구먼. 아니, 그보다 왜 저 건물을 나한테 물어? 네가 여기 책임자잖아!"

"그러니까 묻는 거다, 이 자식아!"

레피드가 아크를 짤짤 흔들어 대며 소리쳤다.

"왜 네놈 멋대로 저런 건물을 들여놓는 거냐고! 저것 때문에……."

"에? 뭔 소리야? 내 멋대로라니?"

"발뺌해도 소용없어!"

"아니! 아니! 발뺌이 아니라! 정말 무슨 말인지 모른다고! 그러니까, 아, 젠장! 그만 좀 흔들어! 멀미난다고! 그러니까 난 네가 무슨 말을 하는지 하나도 모르겠다니까! 내 맘대로 건물을 들여놓다니? 그럼 저게 네가 짓고 있는 게 아니란 말이야? 대체 왜?"

"네가……."

"여! 아크, 왔나?"

레피드가 울컥한 표정으로 말할 때였다.

경쾌한 목소리와 함께 CC에서 한 무리의 사람들이 몰려나왔다. 레피드에게 짤짤 흔들리며 고개를 돌린 아크의 얼굴에 당혹감이 번졌다.

CC에서 나온 사람들은 슌과 데일리, 카달. 이큘러스 개발을 위해 마틴 후작에게 지원 받은 혹성 개발 전문 NPC들이었다. 그런데 지금은 거기에 1명이 더 추가되어 있었다.

아니, 정확히 말하면 2명이지만 일단 아크의 시선을 사로잡은 사람은 1명이었다.

"어? 마틴 후작님?"

숨 들을 거느리고 다가오는 사람은 마틴 후작.

아크는 그가 이큘러스에 와 있으리라고는 상상도 못 했다.

"오늘 아침에 그 일을 상의하기 위해 T-20에 들렀는데 자네는 먼저 이큘러스로 출발했다더군. 그래서 먼저 와 있을 줄 알고 스타게이트로 날아왔는데 이제야 도착하다니, 어디 다른 곳에 들른 모양이군. 그래도 다행이야. 다른 업무도 있고 해서 얼굴도 못 보고 돌아가야 하나 싶었는데."

"저를 찾았다고요? 무슨 일로?"

"무슨 일이라니? 뻔하지 않은가? 공사 문제지."

"공사 문제? 무슨 공사요?"

"뭐냐? 그 반응은? 그새 잊어먹은 건가?"

"대체 무슨……."

아크의 머릿속에 '!'가 떠오른 것은 그때였다.

노블리스-II를 타고 이스타나로 돌아올 때의 일이었다.

마틴 후작은 쉬라바스티를 습격한 생명의 나무 조직원이 사이보그 병사를 나쿠마로 만든 기술을 파악하기 위해 아슐라트, 라마, 평의회. 은하연방을 포함한 4강의 연구소를 이큘러스에 세우기로 합의를 보았다는 말을 한 적이 있었다.

"그럼 혹시 저 건물들은……?"

"연구소지."

마틴 후작이 끄덕였다.

동시에 레피드가 다시 아크를 짤짤 흔들어 대며 소리쳤다.

"거봐! 이 자식아! 네가 한 짓이잖아!"

그제야 아크도 이해했다, 레피드가 왜 열 받는지.

새삼스럽지만 영지 혹성이라고 마구잡이로 건물을 지을 수 있는 것은 아니었다.

-Construction Lv.1 : 컨트롤 센터.

-Construction Lv.2 : 우주 항구, 자원 탐색기-I, 자원 채취소-I.

-Construction Lv.3 : 자원 정제소-I, 자원 창고-I, 자원 창고-II, 자원 채취소-II……

이런 식으로 순서가 정해져 있는 것이다.

다시 말해 Construction Lv.1의 컨트롤 센터를 지어야 Construction Lv.2에 속해 있는 건물을 지을 수 있게 되고, 그게 완공된 뒤에야 Construction Lv.3 건물을 지을 수 있다.

뭐 성장 밸런스를 유지하기 위한 시스템이겠지만.

지금이 넉넉한 아크로서는 답답하기 짝이 없는 일이었다.

그러나 CC 건설을 시작한 지도 벌써 일주일. 어제 드디어 CC가 완공되어 Construction Lv.2의 건물을 지을 수 있게 되었다. 그리고 Construction Lv.2 건물을 지으면 본격적인 자원 채취가 시작되는 것이다.

당연히 레피드는 바로 건설을 시작할 생각이었지만!

투앙! 투앙! 투앙!

다짜고짜 CC 주변에 떨어지는 건물의 골조!

지금 CC 주변에서 착착 진행되는 공사가 이 골조의 시설물이었다. 그러나 이건 레피드가 신청한 게 아니었다. 방금 전 마틴 후작이 말한 4강의 연구소였던 것이다.

여기서 문제는…….

영지 혹성에서 동시에 지을 수 있는 건물은 최대 5개라는 점이다. 그리고…….

-특수 시설로 연구소 건설이 진행 중입니다.
《은하연방 연구소 : 완공까지 남은 시간 14일 12시간 43분.》
《라마 연구소 : 완공까지 남은 시간 14일 12시간 43분.》
《아술라트 연구소 : 완공까지 남은 시간…….》

연구소 건설 시간은 무려 15일!

다시 말해 보름 동안 다른 건물은 착공조차 못 한다는 말이다. 연구소 때문에 정작 수익을 올릴 수 있는 시설물 건축은 보름 뒤로 밀려났다는 뜻.

덕분에 새로운 문제가 생겼으니…….

"이제 어쩔 거냐? 그저께 CC가 곧 완공된다는 메일을 투

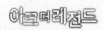

자자들에게 전했다. 그리고 Construction Lv.2 건물의 착공을 시작하면 늦어도 보름 안에는 자원 채취를 시작해 수익을 낼 수 있다는 내용까지 첨부했단 말이다! 그런데 연구소라니? 장난하냐? 저딴 연구소! 100개가 있어도 소용없어! 쓸모없다고 저딴 건물!"

"아니, 그렇게 말하면 곤란하지."

"후작님은 참견하지 마십시오! 이건 우리 문제입니다!"

"아, 그렇지. 계속하게."

레피드가 시뻘건 눈으로 돌아보자 마틴 후작이 얼른 물러났다. 레피드! 돌아 버리니 무섭다, 이 자식!

그러나 아크도 할 말은 있었다.

"나도 생각 없이 받아들인 게 아니야! 다 그럴 만한 이유가 있었다고! 게다가 공짜도 아니야! 혹시 못 들었어? 연구소를 짓는 대가로 라마와 아슐라트, 평의회에서 이큘러스에서 생산되는 자원을 매달 100톤씩 구매해 주기로 했어, 그것도 20%나 높은 가격으로!"

"말귀를 못 알아듣는군."

레피드가 입술을 일그러뜨리며 말했다.

"연구소를 짓는 걸 가지고 뭐라는 게 아니다. 왜 그런 결정을 너 혼자! 귀찮은 일은 몽땅 나에게 떠맡긴 주제에 왜 그런 중대한 문제는 한마디 상의도 없이 결정하느냐는 말이다. 게다가 결정했으면 연락이라도 해 줘야 할 거 아니야? 네놈 때문에 개발이 보름이나 밀렸다고! 사업이 장난이냐? 이제 투자자들에게는 뭐라고 설명할 거냐? 대체 왜 말 한마디 안 한 거야? 앙?"

"그게⋯⋯."

아크도 말할 생각이었다.

그러나 그 직후에 가인을 만나는 바람에 까먹고 있었다.

아크가 머리를 긁적이자 레피드가 대강 알겠다는 듯이 고개를 끄덕였다.

"그래, 역시 그 머리통이 문제였군. 그럴 줄 알았어. 항상 네 어깨에 붙어 있는 그 쓸모없는 물건이 문제지. 내 실수야. 진즉에 그 머리통에 바람구멍을 뚫어 놨어야 했어. 환기가 잘되면 그 머리통의 성능도 좀 나아지겠지."

그리고 빙긋 웃으며 권총을 뽑아 드는 것이었다.

"죽어! 보통은 죽는다고! 아니, 100% 죽는다고! 머리에 구멍 뚫리면! 그리고 연구소를 짓는다고 필요한 건물을 하나도 못 짓는 것도 아니잖아! 연구소는 4개! 하나는 지을 수 있잖아! 아니, 짓고 있지? 짓고 있잖아! 하나라도! 아니, 하나씩이나!"

"저거 말이냐?"

아크의 말에 레피드가 근처의 건물을 가리켰다.

그때 마틴 후작이 곤혹스러운 표정으로 입을 열었다.

"저건 내 지시로 지어지는 건물이네. 이런 상황이라 좀 미

안하지만…… 저것도 이큘러스의 개발과는 전혀 상관없는, 말하자면 내 취미용 건물이라고 할까…….”

“에? 마틴 후작님의?”

“노블리스에서 말했지 않나?”

듣고 보니 말한 적이 있기는 하다.

4강이 20% 높은 가격으로 매달 100톤의 자원을 구입해 주기로 했다는 말을 한 직후, 이참에 마틴 후작도 이큘러스에 사적인 건물 하나 지으면 안 되겠냐고.

그래서 대답했다, OK라고.

기분이 좋았으니까! 널리고 널린 게 땅이니 그 정도는 문제 될 게 없다고 생각했으니까! 그게 설마 당장 짓겠다는 말이라고는 생각하지 못했던 것이다.

게다가…….

-Military use.

Caution! Dangerous!

뭐냐? 저 대문짝만하게 쓰여 있는 붉은 글자는?

“뭡니까? 저건? 취미용 건물이라면서요?”

“아! 역시 좀 문제가 되려나?”

“당연하죠!”

“알겠네. 어이, 슌.”

마틴 후작이 돌아보자 슌이 님프의 통신기를 작동시켰다.
그리고 작업자들에게 뭔가 지시하자…….

~~Military use.~~
~~Caution! Dangerous!~~

순식간에 문제가 해결되었다!
아니, 해결될 리가 있나? 저딴 걸로!
"대체 뭐 하자는 겁니까? 문제는 그게 아니잖아요! 군사
용? 위험? 글자만 지운다고 될 일이 아니잖아요! 아니, 더
수상하다고요! 남의 영지 혹성에 떡하니 저런 수상한 건물을
세우다니! 저게 어딜 봐서 취미용 건물이냐고요!"
"그렇게 말해 봤자…… 저런 게 내 취미라 말이네."
"그래서? 대체 저게 뭔데요?"
"군사기밀이네."
"취미가 군사기밀? 장난하십니까!"
"내가 할 말이다!"
레피드가 아크의 관자놀이에 총구를 들이대며 말했다.
"이 상황을 투자자들에게 어떻게 설명할 생각이냐? 아니,
네 덕분에 거짓말을 한 셈이 돼 버린 나를 먼저 설득해야겠지.
납득할 만한 대답을 생각해 내는 데 3초 주겠다. 3…….."
"아, 아니, 진정해! 그러니까…….."

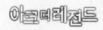

아크가 허둥대며 마틴 후작을 돌아보았다.

"아! 그러고 보니 저녁에 회의가 있는 걸 잊고 있었군. 그럼 난 이만."

마틴 후작은 쌩 깠다!

"2……."

그리고 시시각각 다가오는 위기!

"잠깐만요!"

결국 아크가 변사체로 변하기 직전, 누군가 레피드의 앞을 가로막았다. 그러나 아크가 믿고 있던 친위대원이 아니었다.

의외로 그, 아니, 그녀는 제피였다.

제피가 나서자 레피드가 누구냐는 눈빛으로 아크를 바라보았다. 이에 아크가 얼른 소개했다.

"아! 그렇지. 넌 처음 보지? 제피라는 신입사원이다."

"신입사원?"

"그래, 신입사원! 그것도 박사 학위를 6개가 가지고 있는 엔지니어라고! 봤지? 나도 놀고 있었던 게 아니야! 네 부담을 덜어 주기 위한 인재를 모으고 있었다고! 어이, 제피. 내가 얘기했었지? 이 녀석이 이큘러스의 책임자 레피드다. 인사해."

"흐음……."

아크의 말에 제피가 레피드를 위아래로 훑어보았다.

그리고 미간을 찡그리며 대뜸 물었다.

"이 사람, 당신의 부하 직원이라면서요? 그런데 왜 머리에 총까지 들이대는데 꼼짝도 못 하는 거죠? 혹시 이 사람이 당신보다 강해요?"

"뭐? 무슨……."

아크가 어이없는 표정을 지었다.

레피드가 아크보다 강하냐니? 이 무슨 뚱딴지란 말인가?

레피드는 이미 수년 전에 뉴월드에서 아크에게 박살이 난 경력을 가진 유저다. 뭐 꼭 그래서는 아니지만 현재도 전투력만으로 따지면 레피드는 아크의 상대가 되지 못했다.

그러나 인간관계는 꼭 힘의 우열에 의해서만 정해지는 것은 아니다. 뭣보다 아크는 레피드에게 약간의 죄책감을 가지고 있었다. 아크의 잘못은 아니었지만, 결과적으로는 뉴월드 시절에 레피드는 아크로 인해 몇 달이나 의식불명에 빠진 적이 있으니까. 그리고 지금까지도 당시의 후유증으로 다리를 절고 있는 것이다.

아크가 레피드 앞에서만큼은 약한 모습을 보이는 이유가 그 때문이었다. 뭐 레피드가 워낙 깐깐한 스타일이기도 했지만. 무서워서 그런 것은 아닌 것이다! 하지만…….

"……맞아."

잠시 머리를 굴리던 아크가 짐짓 한숨을 불어 내며 말을 이었다.

"난 내 실력에 자부심을 가지고 있어. 누구와 싸워도 절대

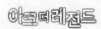

지지 않을. 그건 너도 G-1000과 싸우는 것을 봤으니 알고 있겠지? 하지만 딱 하나 예외가 있지. 그게 바로 이 사내! 레피드다. 비록 사정이 있어서 내 직원으로 있지만 그건 레피드가 나보다 약해서가 아니야. 레피드는 내가 아는 한 최강의 사내다. 무적이란 이 남자를 위해 존재하는 말이지."

"뭔 소리야? 얼렁뚱땅 넘어갈 생각이라면……."

"좋아요!"

레피드가 인상을 찌푸리며 입을 열 때였다.

제피가 불쑥 레피드에게 다가서더니 씨익 웃으며 말했다.

"이제부터 당신은 내 거예요!"

정말이지 밑도 끝도 없는 폭탄선언!

느닷없이 펼쳐지는 황당한 시추에이션에 당사자인 레피드는 어버버! 빙 둘러서서 지켜보던 친위대원들도 어버버!

황당함에 할 말을 잃었지만 단 1명!

씨익 웃으며 주먹을 움켜쥐는 사람이 있었다.

'Yes! Yes! Yeeees!'

바로 아크였다.

레피드나 친위대원들은 뭔가 착각하는 모양이지만 아크는 알고 있었다.

애초에 제피가 다크에덴에 위장 취업(?)을 한 이유는 아크 때문이다. 그녀가 개발에 참여한, 최강의 안드로이드라고 믿어 의심치 않던 G-1000을 쓰러뜨린 아크의 강함을 연구하기 위해서. 다시 말해 그녀가 아크에게 관심을 보이는 이유는 단 하나, 강하기 때문이라는 말이다.

물론 아크는 제피의 관심이 달갑지 않았다.

호시탐탐 자신의 몸—해부—을 노리는 여자의 관심이 달가울 리가 없었다. 때문에 이 여자의 부담스러운 관심—해부—을 어떻게 다른 곳으로 돌려야 하나 고민하고 있었는데 마침 적당한 상대가 나타난 것이다.

레피드!

아크가 레피드를 한껏 띄워 준 이유가 그것이다. 이 부담스러운 여자의 관심을 레피드에게 떠넘기기 위해서!

결과는 보다시피!

'후후후! 됐다, 됐어! 레피드 녀석, 완전 넋이 나갔군. 무리도 아니지. 느닷없이 여자에게 그런 소리를 들었으니. 뭐 그게 레피드가 생각하는 그런 의미는 아니라는 것쯤은 곧 알게 되겠지만 상관없어. 레피드의 성격상 설사 해부를 당하는 한이 있어도 제 입으로 나보다 약하다는 말은 하지 못할 거야. 따라서 이제 나는 자유!'

"뭐래? 이 여자가!"

앙칼진 목소리가 들려온 것은 그때였다.

그와 함께 무시무시한 표정을 지으며 제피 앞을 가로막은 사람은 카야였다. 좀 전에 마틴 후작이 CC에서 나올 때 뜻밖의 사람이 1명 더 있다고 했던 것이 바로 그녀, 카야였다.

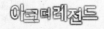

내심 흐뭇한 미소를 짓고 있던 아크는 그제야 고개를 갸웃거리며 물었다.

"뭐야? 너는 왜 여기서 얼쩡거리는 거야?"

"내가 못 올 데 왔어? 나도 엄연히 이큘러스의 투자자라고! 게다가 공짜로 온 것도 아니야! 제대로 스타게이트 비용도 내고 왔다고! 뭐 잘못됐어?"

"아니, 그냥 물어본 건데 왜 성질이야?"

"내가 성질 안 나게 됐어?"

카야가 팩 고개를 돌리며 소리쳤다.

"나는 말이지! 그러니까…… 아니, 됐어! 내가 왜 네 질문에 일일이 대답해야 하는데! 그보다 이 여자는 대체 뭐야? 뭔데 갑자기 나타나서 레피드를 내 거니 마니 하는 거야?"

"그러는 당신은 뭔데요? 저 사람이 당신 거라도 돼요?"

"뭐? 내, 내 거라니? 그런……."

"제피 말대로 다. 네가 나설 일이 아니야."

제피의 반격에 카야가 당황한 표정으로 떠듬거리자 레피드가 나섰다. 움찔한 카야가 성난 표정으로 돌아보았다.

"뭐?"

"입은 나도 있어. 따질 일이 있으면 내가 따진다. 네가 나설 이유가 없잖아."

"이…… 이…… 바보 자식아!"

"왜 그렇게 되는 건데?"

"몰라! 바보 자식! 그냥 죽어 버려!"

레피드가 어리둥절한 표정으로 되묻자 카야가 버럭 소리치며 뛰어갔다. 그러나 레피드는 머리 위로 '?'만 열나게 띄워 댈 뿐이었다. 그건 아크도 마찬가지였다.

'저 녀석은 또 왜 저래?'

그러나 아무래도 상관없다.

중요한 것은 이로써 제피를 레피드에게 떠넘겼다는 것!

아크가 씨익 웃으며 얼렁뚱땅 분위기를 정리했다.

"자, 자, 됐으니 신경 쓰지 마. 저 녀석이 이상한 짓을 하는 게 어디 하루 이틀이냐? 그리고 가 봤자 이쿨러스지. 그러니 이제 앞으로 할 일이나 의논해 보자고."

"아, 그러고 보니……."

그때 레피드가 퍼뜩 고개를 들어 올리며 말했다.

"1이다, 이 망할 자식아!"

"응? 1이라니?"

아크가 갸웃거리며 돌아보는 순간!

탕-!

"아우! 젠장!"

아크가 구시렁거리며 이마를 문질렀다.

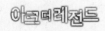

그러다가 울컥한 눈으로 레피드를 돌아보았다.

"이거 보여? 아직도 얼얼하다고 이거!"

아크가 붉게 물든 이마를 탁탁 쳐 보이며 소리쳤다.

그렇다. 방금 전 격발된 총은 레피드의 '악마가 봉인된 권총'. 그리고 그 탄환이 박힌 곳은 지금 아크가 탁탁 치는 이마 정중앙이었다.

그래도 다행히, 아니, 당연한 일이지만 아크는 총알 한 방에 피를 토하고 죽어 버리지는 않았다. 하지만…….

"말했을 텐데? 쏘겠다고."

"그렇다고 진짜 쏘냐? 그것도 스킬까지 발동시켜서?"

새삼스럽지만 아크는 캡슐의 페인 수치를 0으로 낮춰 놓지 않았다. 맞았을 때 어느 정도 통증이 느껴지는 편이 전투에 몰입하는 데 좀 더 도움이 되기 때문이다.

그렇다고 무식하게 100%로 설정했다는 말은 아니다.

아크는 이명룡처럼 고통을 즐기는 변태(?)도 아닐뿐더러, 지나친 통증은 오히려 몰입에 방해되기 때문에 그저 따끔한 수준인 20% 정도로 설정해 두고 있었다.

……실수였다!

'설마 이런 스킬이 있을 줄이야!'

―흉탄兇彈에 적중됐습니다!

탄환에 맞았을 때 떠오른 메시지!

설마 진짜 쏠 거라고도 생각하지 못했지만, 이런 스킬이 있으리라고는 정말 상상도 못 했다.

고통 증폭 ×10이라니!

그런 말도 안 되는 스킬이 있을 거라고 누가 상상했겠는가? 그런데 있었다! 게다가 맞았다! 그것도 바로 옆에서!

'20%×10=200%'의 통증을 주는 탄환을!

"대체 이딴 스킬은 어디서 배운 거야?"

"되더군. 어떤 놈에게 한 방 꼭 제대로 먹여 주고 싶다는 집념을 불태우다 보니."

"정말 머리에 구멍이 뚫리는 줄 알았다고!"

"뚫을 생각이었다."

"하! 그러셔? 그거 참 아쉽겠군. 빌어먹을! 야, 인마! 그걸 말이라고 하냐? 말이 나왔으니 말이지만 내가 뭘 그렇게 잘못했냐? 다 잘돼 보자고 한 일이잖아! 그리고 투자자들도 별다른 불만 없이 받아들였고!"

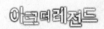

아크가 더 열 받는 이유가 이것이다.

— 투자자께 변경 사항을 전해 드립니다.

이큘러스는 CC의 완공 이후 바로 우주항과 자원 탐색기 등의 생산 시설을 증설할 예정이었습니다. 그러나 예기치 못한 사정으로 인해 라마와 아슐라트, 평의회의 연구소를 우선적으로 건설하게 되었습니다. 이에 생산 설비의 시공이 늦어져 실질적인 수입을 창출하는 시기는 불가피하게 미뤄질 수밖에 없게 되었습니다. 그러나 차후, 생산 시설이 정상적으로 가동되면 라마와 아슐라트, 평의회에 시세의 120% 가격으로 매달 100톤의 자원을 납품하는 계약을 체결했습니다. 이는 예정보다 높은 수입을 꾸준히 …….

피격 사건 직후, 아크는 이런 내용의 메일을 투자자들에게 배포했다.

이에 대한 투자자들의 반응은 No problem.

당연하다. 시일이 좀 늦어지는 대신 매달 300톤의 자원에 대해서는 20%의 추가 수입이 들어온다. 게다가 시일이 늦어지는 이유도 은하 4강의 연구소가 들어서기 때문이다. 어찌 됐든 이큘러스의 발전에 도움이 되는 일인 것이다.

그런데 맞았다!

그것도 악의를 꾹꾹 눌러 담은 '흉탄'에 이마 정중앙을!

그때 아크는 정말 머리에 구멍이 뚫리는 줄 알았다. 아니,

지금도 만지기가 무서울 정도로 욱신거리는 것이다.

그러나 레피드는 반성하는 기미도 보이지 않았다.

"너는 아직도 뭐가 문제인지 모르는군."

레피드가 짜증스러운 표정으로 아크를 돌아보며 말했다.

"문제는 네놈이 이큘러스의 책임자랍시고 앉혀 놓은 나와 한마디 상의도 없이 그런 결정을 했다는 것이다. 그리고 더 큰 잘못은 그런 결정을 내게 알리지도 않았다는 점이지."

"말했잖아! 깜빡한 거라고! 그럴 수 있잖아!"

"나도 말했을 텐데? 그래서 쐈다고. 두 번 다시 깜빡하지 않도록 네 머리통에 확실하게 새겨 넣어 주기 위해서. 아 팠다니 다행이군. 이제 같은 실수는 안 할 테니까. 뭐 기왕이면 아예 구멍이 뚫리는 편이 더 확실하겠지만."

"너 말이지……."

"형님, 목표 지점에 도착했습니다!"

헤겔이 아크를 돌아보며 소리친 것은 그때였다.

"쳇! 나중에 얘기하자."

아크가 퉁명스럽게 말하며 고개를 돌렸다.

뭐 잘못이 없다고는 할 수 없지만 그래도 레피드는 사원, 아크는 사장이다.

사원이 사장의 머리에 총알을 박아 넣다니? 말이 되는가?

정말이지 지금 마음 같아서는 당장이라도 이퀄라이저를 뽑아 들고 작살을 내고 싶었다. 그러나 아크는 참았다. 겨우

떠넘긴 제피가 바로 옆에서 흥미진진하게 둘을 바라보고 있기도 했지만…….

"저기가 문제의 장소인가?"

아크가 창 너머의 돌산을 바라보며 중얼거렸다.

여기서 잠시 설명하자면, 현재 이큘러스는 4개의 연구소와 마틴 후작의 취미용(?) 건물이 들어서는 바람에 정작 개발 관련 시설 증축은 정지되어 있는 상태였다.

그러나 그게 아무것도 할 일이 없다는 의미는 아니었다.

CC가 존재하기 때문이다.

본래 CC는 T-20의 관리 사무소와 같은 기능을 가진 건물이다. 주요 기능은 Construction에 속해 있는 생산 시설을 관리하고 동력을 보급하는 것이지만 관리 사무소에 방역, 연구등의 부가 설비가 붙어 있는 것처럼, CC 역시 독립적으로 자원탐사와 채취를 할 수 있는 설비가 붙어 있었다.

단지 유효 범위가 좁을 뿐.

그러니까 Construction Lv.2의 '자원 탐색기-I'을 건설하면 CC를 중심으로 반경 500킬로미터, 다시 말해 1,000킬로미터 범위 내의 자원을 탐색할 수 있다.

그리고 '자원 채취소-I'을 건설하면 그곳에서 하루에 20~30톤의 자원을 채취할 수 있게 되는 것이다.

반면 CC만으로 탐색 가능한 범위는 200킬로미터. 그리고 자원 채취 시설—일종의 SCV 같은 기계—을 풀가동시켜도 하루에 5톤의 자원도 채취하지 못한다.

　때문에 제대로 설비를 갖추지 못한 상태에서의 자원 채취는 큰 의미가 없었다.

　'하지만…….'

　─일반적으로 자원이 있는 장소는 90% 이상 우주 몬스터가 서식한다고 보면 됩니다. 인류가 자원으로 사용하는 금속이나 에너지는 독특한 파장을 발산하는데, 대체로 몬스터들은 그런 파장에 끌려 그 지역에 둥지를 트는 경우가 많기 때문입니다. 당연히 이런 몬스터들은 자원 채취에 방해가 되는 존재들이죠. 시설물을 파괴할 뿐만 아니라, 아예 자원 채취 로봇을 따라와 CC를 습격하는 경우도 있습니다. 때문에 본격적인 자원 채취에 앞서 먼저 해당 지역을 조사해 몬스터를 섬멸하는 작업이 선행돼야 합니다.

　자원 관리 전문가 데일리의 말이었다.

　다시 말해 무턱대고 시설만 때려 짓는다고 자원 채취가 되는 것은 아니라는 말이다.

　아크가 CC의 완공에 맞춰 친위대와 함께 이큘러스로 온 이유가 그것. 본격적인 생산에 앞서 자원 매장지에 서식하는 몬스터를 청소하기 위해서였다.

　그런 점에서 보자면 Construction Lv.2의 건물을 당장

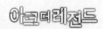

짓지 못한다 해서 일정이 크게 늦춰진다고는 할 수 없었다.

당장 자원 채취소를 지어도 먼저 몬스터를 정리하는 작업을 해야 하니까.

그리고 CC로 확인한 자원 매장지는 세 곳!

그중 하나가 바로 지금 아크가 보고 있는 돌산이었다. 그리고…….

"헤겔, 광학 스캐너로 주변 지형을 조사해라."

아크의 명령에 실버스타의 외부 도어가 개방되며 광학 스캐너가 쏟아져 나왔다. 그리고 돌산으로 날아가자 모니터에 주변의 지형이 입체 영상으로 떠올랐다.

동시에 무수히 떠오르는 붉은 점!

"세상에 공짜로 얻어지는 것은 없다는 말이겠지."

이 붉은 점이 자원 매장지에 서식하는 몬스터들이었다.

'일단 첫 번째는 이 몬스터들을 청소해 두는 것!'

그러나 친위대원들을 데려온 이유가 그것만은 아니었다.

'예전에도 그랬지만 앞으로도 친위대는 다크에덴의 중심이다. 하지만 T-20에 너무 오래 방치해 둬서 나와 레벨 차이가 너무 벌어져 있어.'

타운에 놔둬도 민원이나 컴퍼니 퀘스트에 동원되면 경험치는 올라간다. 그러나 아크가 직접 데리고 다니는 것에 비하면 거의 멈춰 있는 수준.

반면 아크는 외출(?)할 때마다 쭉쭉 레벨을 올려서 친위대와 이제 60레벨 이상 차이가 벌어져 있었다. 더 이상 차이가 벌어지면 정작 필요할 때는 도움이 되지 않으리라.

그러니 지금!

더 늦기 전에 렙업을 시켜 놔야 할 필요가 있었다.

그렇다면 마구잡이 사냥보다는 어차피 해야 할 일을 하면서 레벨을 올리는 편이 낫다. 바로 여기! 이큘러스에서!

아크가 몸을 일으키며 대원들을 돌아보았다.

"모두 준비해라! 일이다!"

"옛써!"

대원들은 이미 완전무장 상태!

이제 본격적인 이큘러스 개발 작업이 시작되었다!

SPACE 7. 진격 앞으로!

"형님."

칼리벤이 돌아보았다.

아크는 고개를 끄덕이며 시선을 모았다.

검붉은 바위에 뒤덮인 돌산, 300미터가량 떨어진 가파른 경사에 떼 지어 몰려다니는 몬스터들이 눈에 들어왔다.

전체적인 생김새는 고릴라와 비슷했다. 그러나 팔이 4개나 붙어 있었고 머리나 상체 여기저기가 갑옷을 두른 것처럼 돌로 덮여 있었다.

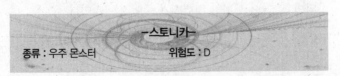

—스토니카—

종류 : 우주 몬스터　　　　　위험도 : D

간만에 발동하는 '투시' 효과.

투시는 자체적인 데이터베이스로 몬스터의 정보를 파악하
는 능력이다. 돌려 말하면 미리 등록된 데이터베이스에 없는
몬스터는 파악하지 못한다는 말이다.

그러나 이런 경우, 반대로 아크가 알아낸 몬스터 정보를
데이터베이스에 등록시켜 약간의 보너스 경험치를 받을 수
있었다. 그건 이미 등록된 몬스터도 마찬가지다.

투시는 같은 종류의 몬스터를 많이 상대할수록 더 많은 추
가 정보를 얻을 수 있다. 그 추가 정보가 데이터베이스에 등
록되면 그 역시 보너스 경험치가 주어지는 것이다.

'처음에는 그저 몬스터의 정보를 알아내는 스킬인지 알
았지만……'

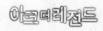

새로운 몬스터를 찾으면 보너스 경험치!

기존의 몬스터라도 많이 사냥하면 또 보너스 경험치!

결국 투시는 새로운 몬스터를 찾아내거나 한 종류의 몬스터를 꾸준히 사냥하면 보너스 경험치를 주는, 일종의 추가 보상을 얻기 위한 스킬이라고 할 수 있었다.

아니, 뭐 어쨌든!

'레벨은 100~120인가?'

친위대의 평균 레벨은 90대.

숫자도 스토니카가 2배 이상 되니 벅찬 상대였다.

'하지만 스토니카는 자원 매장지에서 가장 많이 서식하는 몬스터. 게다가 레벨 100~120이면 이스타나에서는 높은 편이지만 미개발 혹성에서는 그리 높은 편도 아니야. 이제 스토니카 정도는 너끈히 상대할 수 있는 수준이 되지 못한다면 자원 개발은 물론 개척지에 동행하기도 힘들어져. 이번 기회에 빡 세게 단련시키는 수밖에 없다.'

"……시작해라."

아크가 스토니카 2마리에 징표를 찍으며 명령했다.

동시에 저격총을 들어 올리는 스나이퍼 칼리벤과 베럴!

투퉁–! 투퉁–!

육중한 총성이 울리자 징표가 박혀 있는 스토니카의 머리에서 피가 뿜어졌다.

그게 전투의 시작이었다.

어슬렁거리며 돌이나 주워 먹던 스토니카들이 일제히 아크 일행을 향해 고개를 돌렸다. 그리고 괴성을 질러 대며 돌진!

쿠콰콰콰콰! 쿠콰콰콰콰!

20여 마리의 스토니카가 몰려오자 돌산이 진동하며 굉음이 울렸다. 그러나 아크는 동요하지 않았다.

혼자 사냥할 때는 좀 흥분하는 편이 전의를 고취시키는 데 도움이 되지만 부대를 지휘할 때는 냉정을 유지해야 한다.

"거리 200미터!"

"조준 상태를 유지하며 대기하라!"

"거리 150미터!"

"아니, 아직이다. 대기!"

"100미터! 형님!"

"좋아! 지금이다! 전체 공격!"

발포 명령이 떨어진 것은 놈들이 지척까지 돌진해 왔을 때였다. 동시에 불을 뿜는 친위대원들의 총구!

시커먼 탄연을 뿜어 올리며 탄환이 쏟아 내자 징표가 찍혀 있던 2마리의 스토니카의 몸에서 쉴 새 없이 불똥이 튀어 올랐다. 그리고 순식간에 몸이 너덜너덜하게 변하며 달려오던 자세 그대로 바닥에 머리를 처박았다.

아크는 바로 다른 스토니카의 머리에 징표를 박았다.

투투투투! 투투투투! 투퉁–! 투퉁–!

곧바로 이어지는 집중 포화!

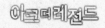

집단 전투의 꽃이라고 불리는 일점사다.

그러나 일점사도 명중률이 높지 않으면 의미가 없다.

아크가 100미터 거리까지 대기시킨 이유가 그것. 현재 친위대원들이 70% 이상의 명중률을 유지할 수 있는 최대 사거리가 100미터 안쪽이었다.

그 이상 거리의 사격은 탄환 낭비! 스킬 낭비!

'이제 무턱대고 싸우는 방식은 안 돼. 친위대원들도 레벨 90이 넘었다. 그만큼 상대해야 하는 적의 레벨도 높아졌다. 그리고 레벨이 높은 적은 그만큼 상대하기 까다로울 수밖에 없어. 지금부터라도 좀 더 효율적으로 싸우는 법을 몸에 익히지 않으면 안 돼.'

아크의 목표는 두 가지.

하나는 당연히 친위대원의 레벨 업.

그리고 다른 하나는 전술적인 성장이다.

지금까지 친위대는 의욕과 사기만으로 전투를 해 온 감이 있었다. 그리고 검으로 치고받는 중세시대라면 그것만으로 충분했을지도 모른다. 그러나 갤럭시안은 각종 화기를 동원해 싸우는 게임. 때문에 전황은 의욕과 사기보다는 전술이 더 많은 영향을 미칠 수밖에 없었다.

'뭐 사실 나도 전문은 검으로 치고받는 싸움이지만……'

뉴월드의 배경도 중세시대였으니까.

아크 역시 화기를 다루는 전투는 아직 익숙하지 않았다.

도움이 될까 싶어 '무기의 발전', '현대전의 전술' 같은 서적을 찾아보기도 했지만 책은 어디까지나 책. 경험과는 다르다. 실전적인 경험은 실전을 통해서만 배울 수 있는 것이다.

그러나 정말 위기 상황이 닥쳤을 때는 이미 늦는다.

'이건 나를 위한 훈련이기도 하다!'

투투투투! 투투투투! 투퉁-! 투퉁-!

그러는 사이에도 친위대원들은 쉬지 않고 포화를 뿜었다.

그때마다 1마리, 1마리, 괴성을 질러 대며 몰려오는 스토니카가 피를 뿜으며 쓰러졌다. 그러나 살의에 찬 스토니카 무리를 저지하기에는 화력이 턱없이 부족했다.

'역시 중화기병을 보강하는 편이 좋겠군.'

광역에 높은 대미지를 입히는 RPG, 로켓 발사기 따위의 무기를 다루는 중화기병은 다수의 적을 상대할 때는 물론 보스전에서도 이견이 없는 최강의 딜러다.

뭐 절망적인 연사 속도 탓에 단독 행동은 무리지만 부대 단위의 전투에서는 필수라고 해도 좋을 직업군이었다.

지금까지 쓰러뜨린 스토니카는 4마리.

만약 중화기병이 있었다면 이미 6~7마리를 해치우고 나머지 놈들에게도 적지 않은 대미지를 주었으리라.

그러나 없는 병력을 아쉬워해 봤자 소용없다.

이가 없으면 잇몸!

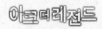

"투척!"

스토니카가 30여 미터까지 접근해 왔을 때! 아크의 명령에 10여 개의 수류탄이 포물선을 그리며 날아갔다.

콰콰콰쾅! 콰콰콰쾅!

그리고 전방에서 치솟아 오르는 불기둥!

수류탄에도 등급이 있다. 1~50레벨까지 사용할 수 있는 수류탄이 있고, 51~100까지 사용하는 수류탄이 있다. 더 높은 레벨의 수류탄이 더 강력한 것은 당연지사.

문제는 그 단위가 50레벨로 나뉘어 있다는 점이다.

1레벨에 수류탄을 사용하면 동렙의 몬스터는 일격에 즉사다. 그러나 레벨 40대에도 같은 수류탄을 써야 한다.

당연히 동렙의 몬스터에 입히는 효과는 미미한 수준.

그런 점에서 볼 때 친위대원들의 수류탄은 그리 효과가 좋다고는 할 수 없었다. 90대 레벨이라 51~100까지 쓸 수 있는 수류탄을 사용하기 때문. 그러나 탄환과 달리 수류탄은 스플래시 효과가 적용되는 무기다.

-대미지 149!

-대미지 21! 대미지 13! 대미지 18…….

직격당할 때 왕창!

그 뒤로 주위에서 폭발하는 다른 수류탄의 스플레시 대미지에 자잘하게 생명력이 깎여 나가는 것이다. 그러나 역시 수류탄의 가장 좋은 점은 적의 돌격을 저지할 수 있다는 것!

동시에 10여 발의 수류탄이 폭발하자 닥돌—닥치고 돌격—하던 스토니카들이 비명을 터뜨리며 우왕좌왕했다.

바로 접근전 병력을 투입할 때다.

"엘라인! 베라드! 랄프!"

"환영난무!"

가장 먼저 뛰어나간 것은 쿠산족 최강의 전사 엘라인!

5개의 분신으로 나뉜 엘라인이 탄환처럼 쏘아져 날아가자 스토니카들의 두꺼운 피부가 쩍 갈라지며 피가 쏟아졌다. 이에 스토니카들이 엘라인에게 몰려들 때였다.

베라드가 해머를 치켜세우며 돌진했다.

"태고의 돌진!"

쿵! 쿵! 쿵! 쿠콰콰콰!

대지를 뒤흔드는 육중한 발걸음!

그런 베라드의 몸은 흐릿한 공룡의 형체가 떠올라 있었다. 마치 투구를 쓴 것처럼 갑각에 뒤덮인 머리에 3개의 뿔이 솟아 있는 공룡, 트리케라톱스였다.

아크도 이번에 새롭게 알게 된 정보가 있었다.

몬스터의 세포 조직에서 DNA를 추출해 사용자의 능력을 올려 주는 믹스 업.

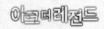

그러나 믹스 업에도 적성이라는 것이 존재했다.

사람에 따라 잘 맞는 DNA가 있고, 맞지 않는 DNA가
있다는 뜻이다. 이걸 알게 된 것은 지저세계에서 입수한 세
포 조직 덕분이다. 지저세계에서 입수한 세포 조직은 티라노
사우루스와 트리케라톱스, 딜로포사우루스 등 종류도 다양
했지만 개수도 50개가 넘었다.

그러나 당시는 전문가인 제이가 토리와 함께 [설계도 : 미
확인]의 기계 제작에 들어가 믹스 업 용액을 만들지 못하다
가 얼마 전에야 작업에 착수. 이큘러스에 도착해서야 스타게
이트를 통해 완성품을 받아 볼 수 있었다.

당연히 아크가 먼저 골고루 주입!

> **-믹스 업에 성공했습니다!**
> 티라노사우루스의 DNA가 성공적으로 융화되었습니다.
> 《티라노사우루스의 DNA에 의해 지능이 15 감소했습니다. 대신 힘이 20
> 상승했습니다.》

> **-믹스 업에 성공했습니다!**
> 트리케라톱스의 DNA가 성공적으로 융화되었습니다.
> 《트리케라톱스의 DNA에 의해 지능이 15 감소했습니다. 대신 돌파력이 10%
> 상승했습니다.》

'……빌어먹을!'

결과는 기대 이하였다.

지능은 포스의 최대치와 스킬에 영향을 주는 스텟이다.

그런데 믹스 업으로 지능이 30이나 감소해 버린 것이다.

그나마 티라노사우루스는 대신 힘을 20 올려 주었지만 트리케라톱스는 돌파력 30. 뭐 없는 것보다는 낫겠지만 지능을 15나 포기하고 얻기에는 아까운 효과였다.

의외로 효과를 본 DNA는 딜로포사우루스. 지저세계에서 가장 약한 공룡이라 기대하지 않았는데 페널티 없이 독 저항력이 15%나 상승했다.

그러나 전체적으로 보면 손해라는 생각이 들었다.

'믹스 업이라고 무턱대고 주사할 게 아니군. 도움이 된다는 보장이 없으니.'

그러나 어떤 효과인지 미리 알고 있다면 얘기가 다르다.

트리케라톱스의 DNA라도 지능보다 돌파력이 중요한 사람이 사용하면 OK. 이에 아크는 친위대에서 돌파력이 필요한 디스트럭터 베라드에게 믹스 업을 주입했을 때였다.

-믹스 업에 성공했습니다!

트리케라톱스의 DNA가 성공적으로 융화되었습니다.

《트리케라톱스의 DNA에 의해 돌파력이 15% 상승했습니다.》

-트리케라톱스의 DNA에 의해 기존의 스킬 중 하나가 상급으로 진화했습니다.

돌진(☆)→태고의 돌진(☆☆☆)

-새로운 스킬(직업 공통☆☆☆)을 익혔습니다.

태고의 돌진(유저, 액티브) : 베라드가 고대의 몬스터 트리케라톱스의 DNA 를 통해 습득한 기술입니다. 트리케라톱스는 머리에 달린 뿔을 이용해 적에게 돌진, 강력한 티렉스에게도 치명상을 입히는 파괴력을 발휘합니다. 베라드는 그런 트리케라톱스의 DNA를 흡수해 고대의 힘에 눈떴습니다. 이제 베라드의 돌진은 티렉스조차 물러서게 만드는 트리케라톱스와 같은 힘을 발휘하게 될 것입니다.

《최대 5명의 적에게 충돌 시 넉백 효과.》

페널티 없이 돌파력 15% 상승!

거기에 돌진이 태고의 돌진으로 업그레이드된 것이다.

아크가 사용했을 때와는 전혀 다른 효과!

'그러고 보니 제이도 믹스 업은 DNA에 따라 잘 맞는 사람이 따로 있다고 했었지. 모든 사람과 잘 결합되는 DNA는 어댑테이션 셀Adaptation Cell 즉, 레어 등급의 세포 조직뿐, 일반이나 매직 등급의 세포 조직은 효과가 미미할 뿐만 아니라

나처럼 되레 손해가 날 수 있는 거였어.'

제이에게 들을 때는 무슨 말인지 잘 이해되지 않았는데 겪어 보니 알겠다.

역시 게임이든 현실이든 경험이 중요한 것이다.

뭐 어쨌든…….

투쾅-!

베라드가 해머를 앞세우고 돌진하자 그 2배나 되는 몸집의 스토니카 5마리가 맥없이 날아가 바닥에 처박혔다.

트리케라톱스의 고대의 돌진 효과!

그러나 몸에 맞는 DNA라고 부작용이 없는 것은 아니었다. 아니, 믹스 업으로 스킬이 업그레이드될 정도의 효과를 얻으면 십중팔구 따라붙는 부작용이 있었다.

DNA가 너무 잘 맞아서!

"우웃! 크와아아아!"

돌진 직후 베라드가 갑자기 비명을 터뜨렸다.

그리고 돌연 몸이 풍선처럼 부풀더니 트리케라톱스로 변해 버렸다. 이게 부작용! 아크가 뮤탈의 DNA로 처음 믹스 업을 했을 때 때때로 뮤탈로 변신했던 것처럼, 베라드도 부작용에 의해 이런 식으로 트리케라톱스로 변해 버리는 것이다.

당시 아크는 이런 부작용 탓에 꽤 고생을 했지만…….

"우하하하! 힘이 넘친다! 다 밟아 주마!"

베라드, 아니, 트리케라톱스가 광소를 터뜨리며 스토니카

무리를 헤집었다. 그때마다 펑펑 날아가는 스토니카. 같은 부작용이라도 허접한 뮤탈과 공룡은 파워부터 다른 것이다.

오히려 부작용을 일으켰을 때가 더 강할 정도!

이런 효과는 베라드만이 아니었다.

엘라인과 베라드, 랄프가 스토니카의 돌진을 막는 사이.

후열의 총기병들은 경사 위쪽으로 뛰어 올라갔다. 난전이 되면 총기병의 전투력은 반감. 때문에 전사들이 스토니카를 붙잡아 둔 사이에 사격 효과에 보너스가 적용되는 고지대로 자리를 옮기기 위해서였다.

"야생의 질주!"

이때 총기병들이 일제히 사용하는 스킬!

–믹스 업에 성공했습니다!
딜로포사우루스의 DNA가 성공적으로 융화되었습니다.
《딜로포사우루스의 DNA에 의해 독에 대한 저항력이 20% 상승했습니다.》

–딜로포사우루스의 DNA에 의해 기존의 스킬 중 하나가 상급으로 진화했습니다.
질주(☆)→야생의 질주(☆☆)

–새로운 스킬(직업 공통☆☆)을 익혔습니다.
야생의 질주(유저, 액티브) : 고대 몬스터 딜로포사우루스를 DNA를 통해 습득한 기술입니다. 딜로포사우루스는 작은 체구의 타조처럼 생긴 공룡입니다. 그런 작은 몸집은 수많은 육식 공룡이 패권을 다투던 고대에는 치명적인 페널티였습니다. 그러나 딜로포사우루스는 어떤 지형에서도 날렵하게 움직일 수 있는 민첩함으로 페널티를 극복했습니다. 그런 딜로포사우루스의 DNA에 의해 보다 빠르고 민첩하게 움직이는 방법을 터득했습니다. 《10분간 이동 속도 +40%》

딜로포사우루스의 믹스 업 효과였다.

본래 원거리 공격수인 스나이퍼나 총기병은 일정 시간 이동 속도를 올리는 '질주'라는 스킬을 가지고 있다. 그게 딜로포사우루스의 믹스 업으로 '야생의 질주'로 업그레이드!

아쉽게도 종족이 다른 쿠파와 칼리벤은 아크처럼 독 저항력이 15% 상승되는 효과밖에 얻지 못했지만 나머지 총기병. 베럴과 헤드로, 라벤, 콘세드는 독 저항력 20%에 '야생의 질주'까지 얻어 10분간 40%나 움직임이 빨라지는 것이다.

물론 이들도 부작용은 있었다.

아직 DNA가 안정되지 않은 상태에서 스킬을 발동시키자 헤드로와 라벤이 딜로포사우루스로 변했다. 때문에 고지대로 이동하고도 총을 사용하지 못했지만.

찍! 찍! 찍! 찍!

입에서 뿜어져 나오는 액체!

순식간에 10여 마리의 스토니카가 푸르뎅뎅하게 변하며 생명력이 깎이기 시작했다. 딜로포사우루스는 입에서 독액

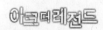

을 발사하는 공룡인 것이다!

'저 녀석도 예전에 비하면 많이 나아졌어.'

아크는 딜로포사우루스 사이에서 기관총을 난사하는 쿠라칸을 바라보았다.

처음 입사했을 때의 쿠라칸은 정말이지 형편없었다.

대체 왜 총기를 선택했는지 이해할 수 없을 정도로 명중률이 절망적이었던 것이다. 그러나 한동안 안 보는 사이에 쿠라칸의 사격술도 이전과 비교할 수 없을 정도—뭐 사실은 총기를 개조해 명중률을 올린 것이지만—로 좋아져 있었다. 그리고 일 대 다수의 전투에서 중기관총의 위력은 절대적!

투콰콰콰! 투콰콰콰!

"우헤헤헤! 맞는다! 맞아! 이 타격감! 이 화끈함! 코끝을 맴도는 짙은 화약 냄새! 이거야말로 남자의 무기! 매일 총을 닦은 보람이 있구나! 우오오오! 울어라, 나의 M-620이여!"

뭐 총만 들면 인격이 변한다는 치명적인 단점이 있기는 하지만. 대미지 양은 쿠라칸이 선두를 차지하고 있었다.

'뭐 이래저래 좀 정신 사납기는 하지만……'

쿵쾅! 쿵쾅! 찍! 찍! 투투투투!

트리케라톱스로 변해 사방으로 들이받는 베라드.

엘라인과 랄프는 그런 베라드를 방패로 삼아 스토니카의 공격을 막으며 검을 휘두른다. 그리고 경사 위에서는 스나이퍼와 총기병의 탄환이 빗발치고 딜로포사우루스로 변한 헤드로와 라벤이 독액을 뿜어낸다.

거기에 광기 어린 난사를 하는 쿠라칸까지!

물론 스토니카들도 만만한 놈들은 아니었다.

고릴라를 닮은 생김새에 몸 여기저기가 석화되어 갑옷처럼 변해 있는 몬스터.

생긴 것처럼 방어력과 체력이 장난이 아닌 것이다.

그러나 매에는 장사 없는 법. 스토니카들은 몇 번이나 돌진을 시도했지만 아크는 그때마다 전사와 총기병, 스나이퍼의 위치를 적절히 바꾸며 반격을 가해 30분 만에 전멸시킬수 있었다.

–엘라인, 밀란, 랄프, 칼리벤, 베럴, 헤드로, 쿠라칸의 레벨이 올랐습니다!

뒤이어 떠오르는 반가운 메시지.

E-3026에서 레벨이 오른 베라드, 쿠파, 콘세드, 라벤을 제외한 나머지 대원들이 모두 1레벨씩 상승했다.

당연히 전리품도 획득!

스토니카의 가죽(재료)
스토니카는 돌을 먹는 습성 탓에 가죽이 일반 몬스터와 비교도 할 수 없이 단단합니다. 때문에 질 좋은 스토니카의 가죽은 아머의 재료로 널리 사용됩니다.

"좋아, 잠시 휴식을 취한 뒤에 다시 진군한다."

그리고 다시 진군.

간단하게 돌산이라고 하지만 규모가 상당했다.

끝에서 끝까지 직선거리로 3킬로미터가 넘는 크기.

거기에 거친 암석으로 이루어진 절벽과 계곡까지 있으니 그냥 정찰만 해도 상당한 시간이 소요되었다.

하물며 몬스터까지 있다면 말할 필요도 없다.

한 번에 적게는 10여 마리. 많게는 20~30마리씩 떼 지어 나타나는 스토니카를 상대하다 보니 외곽 지역을 정리하기도 전에 날이 저물었다.

'아직 초입이고 근처에 실버스타를 대기시켜 놨으니 물러났다가 다시 와도 상관은 없지만 어차피 좀 더 올라가면 되돌아 나오기 힘들다. 그리고 실버스타의 지원을 받을 수도 없다. 그러니 아예 처음부터 실버스타는 없다고 생각하는 편이 나아.'

사실 이렇게 고생할 필요도 없었다.

지금까지 상대한 스토니카들은 실버스타를 이용하면 순식간에 전멸시킬 수도 있었다. 그러나 실버스타의 화력 지원이 가능한 것은 외곽 지대뿐이다.

이 돌산은 에테르가 탐지된 지역.

에너지로 사용되는 에테르가 매장된 이곳에 무턱대고 우주선 급의 화력을 쏟아부으면 자칫 화학반응을 일으켜 일대가 통째로 날아갈 위험이 있는 것이다.

이건 대부분의 자원 매장지에 해당되는 얘기다.

뭐 결국 시스템적으로 우주선을 이용해 쉽게 자원 매장지를 점령하지 못하게 만들기 위한 구실에 불과하겠지만. 설사 그게 가능해도 아크는 실버스타를 동원할 생각이 없었다.

작정하고 친위대를 성장시키기 위해 나선 길이니까.

그리고…….

'어차피 연구소가 완공될 때까지는 자원 탐색기나 채취소도 짓지 못한다.'

……시간이 많으니까!

그러니 불편하더라도 실전처럼.

실제로 오지에서 작전을 수행할 때처럼 진행했다.

"오늘은 여기에서 야영한다. 밀란, 라벤과 콘세드를 데리고 캠프를 설치하라. 칼리벤과 베럴은 가능한 한 넓은 시야를 확보할 수 있는 지역을 찾아 2교대로 주변을 경계하라. 나머지는 3인 1조로 편성해 3교대로 불침번을 선다."

유저든 NPC든 휴식은 필요하다.

그러나 갤럭시안은 유저라도 작전 중에는 접속 종료가 되지 않는다. 과거 벨타나에서 아크가 라마 진영에 고립되었을 때처럼 '동면 가사 상태'로만 전환이 가능할 뿐이다.

이때 주의해야 하는 것은 역시 적의 야습.

그건 몬스터 서식지도 마찬가지였다.

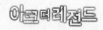

아니나 다를까, 야영을 하는 8시간 사이에 두 번의 습격이 있었다. 그러나 시야가 넓은 스나이퍼를 고지대에 배치하고 불침번을 세운 덕분에 바로 대처! 방심하고 몰려드는 스토니카에게 역공을 펼쳐…….

–대원들이 경험치를 획득했습니다!

……경험치로 바꿔 먹었다.

그리고 날이 밝으면 다시 돌산 탐사를 개시.

다음 날 저녁 무렵에는 외곽 지대의 스토니카를 모두 처리할 수 있었다. 그리고 처리한 스토니카는 경험치와 전리품으로 바뀌어 대원들에게 차곡차곡 쌓여 갔다.

그러나 중심부에 들어서자 상황이 바뀌었다.

쿠콰콰콰콰!

"형님, 낙석입니다!"

"젠장, 저 자식들이 또……!"

아크가 짜증스러운 표정으로 경사 위를 바라보았다.

중심부에 서식하는 스토니카는 평균 레벨이 130대! 거기에 숫자도 30마리 이상일 때가 많았다. 뿐만 아니라 외곽 지대의 놈들보다 전투에 익숙할 뿐만 아니라 지능도 높았다.

외곽의 스토니카들은 야습을 제외하면 대부분 아크 일행이 먼저 기습할 때까지 주위를 어슬렁거릴 뿐이었다. 그러나 중심부의 스토니카는 잠복해 있다가 일행이 근처에 오면 바위 따위를 떨어뜨리며 공세를 퍼붓기도 했다.

"모두 바위 뒤로 몸을 숨겨라!"

아크의 말에 대원들이 잽싸게 바위 뒤로 몸을 날렸다. 그리고 납작 엎드리자 수백 개의 바위가 거친 울림을 일으키며 머리 위로 지나갔다.

그나마 몇 번 경험해 봐서 망정이지 처음에는 몇몇 대원이 바위에 얻어맞아 안면이 뭉개지는 대미지를 입었었다. 그러나 낙석을 피했다고 그런 위험이 없는 것은 아니었다.

카! 쿠와! 크아아아아!

알 수 없는 괴성과 함께 날아드는 짱돌!

중심부의 스토니카들은 돌을 던지는 방법까지 알고 있는 것이다.

온몸이 근육으로 똘똘 뭉친 스토니카의 투석이다.

놈들이 짱돌을 집어 던지자 메이저리그에서도 통할 것 같은 강속구로 변해 파공음을 일으키며 날아왔다.

펑! 펑! 펑!

바위에 맞은 짱돌이 가루가 되어 흩어진다.

어떤 의미에서는 탄환보다 무서운 공격! 다행히 놈들의 제구력은 좋은 편이 아니지만 그래서 더 겁난다! 원래 눈먼 짱돌이 더 무서운 법이니까!

'하지만 문제는 빗발치는 짱돌이 아니다!'

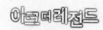

문제는 지형.

놈들이 10여 미터 높이의 암석 위에 진을 치고 있다는 점이다. 이렇게 되면 전사를 돌진시키기 힘들다.

아니, 거구의 베라드는 무리라도 민첩이 높은 엘라인과 랄프라면 거친 암석이라도 빠르게 이동할 수는 있겠지만 빗발치는 짱돌에 노출될 수밖에 없는 것이다.

스토니카들이 숨어 있는 암석이 성벽 역할을 해 주어 스나이퍼나 총기병의 엄호도 받을 수 없다. 수류탄은 말할 것도 없다. 까딱하면 다시 굴러떨어져 자폭할 뿐이다.

그러나 그보다 걱정되는 것은 피로도.

'이곳에 들어온 지도 벌써 나흘째, 낮에는 돌산을 탐사하며 쉬지 않고 싸우고 밤에도 야습에 대비하느라 숙면을 취하지 못하고 있다. 피로가 쌓일 수밖에 없어.'

그리고 피로가 쌓이면 전투력에 영향을 주는 것은 당연지사. 그건 유저나 NPC나 마찬가지였다.

-피로도가 40% 이상 올라갔습니다!

피로도는 신체 능력에 지대한 영향을 미치는 수치입니다. 피로도가 30% 이상 쌓이면 이후 10%씩 축적될 때마다 집중력이 20%씩 감소합니다. 그리고 50%가 넘으면 종합 전투력에 5%씩 페널티가 적용됩니다. 그리고 만의 하나, 100%가 되면 과로사하게 됩니다. 설사 탄환이 빗발치는 전장이라도 때로는 커피 한 잔 마시며 휴식을 취하는 여유가 필요한 것입니다!

〈집중력 20%(-10%) 감소〉

※적응력에 의해 페널티가 50% 감소했습니다.

'할 수 있겠냐! 탄환이 빗발치는 곳에서?'

가끔 느끼는 거지만 갤럭시안의 정보창은 꼭 염장을 지르는 문구가 사족처럼 붙어 있다. 어쨌든 장기간 임무 수행을 할 때 가장 신경 쓰이는 게 바로 이것이다.

피로도 관리.

특히 총기병이 많은 부대는 피로도가 40%를 넘어 집중력이 20%만 감소해도 타격이 크다. 집중력은 총기병의 생명이나 다름없는 명중률에 영향을 미치기 때문이다.

'하지만 이것도 경험이다.'

새삼스럽지만 뭐든 익숙해지기 나름이다.

1킬로미터도 못 뛰는 사람이라도 매일 뛰다 보면 10킬로미터도 뛸 수 있는 법. 같은 상황을 반복하면 아무리 열악한 환경이라도 몸이 적응하는 것이다.

그게 피로도에 의한 페널티가 50% 감소한 이유다.

엘라인과 쿠라칸을 제외한 나머지 대원들은 영하 50도의 혹한 속에서 밤낮 없이 전투와 이리듐 채취에 동원되었던 벨타나의 유배 생활을 경험해 보았다. 덕분에 이미 몸이 피로에 면역이 생겨 버린 것이다.

그로 인한 페널티 감소!

'인정하기 싫지만 명룡이 형의 말이 가끔은 맞는 것도 있단 말이지. 사람은 굴리면 굴릴수록 강해진다는…… 하지만 이제 그것도 슬슬 한계인가?'

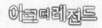

아크는 아직 여유가 있었다.

아직 전력을 다하지 않고 있기 때문이다.

아니, 대원들은 전력을 다하고 있었다. 그러나 지금 이 전장에는 대원들만 있는 것이 아니었다. 아직까지는 직접적으로 전투에 참가하지는 않고 있지만…….

"아크, 언제까지 지켜만 봐야 하는 거냐?"

"여기까지."

레피드의 말에 아크가 씨익 웃으며 대답했다.

그리고 왼팔을 흔들며 소리쳤다.

"바사크! 폭쇄!"

-기다렸습니다, 형님! 우오오오!

바이우스 실드가 바사크로 변하며 기합성을 터뜨렸다.

동시에 바사크의 머리가 송곳처럼 변해 격돌하자 사람만 한 크기의 바위가 튕겨져 올라갔다. 그리고 스토니카들이 숨어 있는 바위와 충돌!

꿍음이 울리며 바위가 흔들렸다.

"나와라! 샤이어! 룬 문자 화이람! 이모탈!"

아크가 양손이 빛에 푸른빛을 발하며 허공에 룬 문자를 새겨 넣은 것은 그때였다.

왼손으로는 거인의 발을 소환하는 화이람! 오른손으로는 마나를 증폭시키는 이모탈! 룬 문자 '샴'에 의해 동시에 발현된 2개의 룬 문자가 합쳐지자 상공에 거대한 마법진이 떠오르며 엄청난 크기의 발이 솟아 나와 돌산을 내리찍었다.

쿠콰콰콰콰콰!

경천동지驚天動地!

문자 그대로 굉음이 울리며 대지가 뒤흔들렸다.

이것이 바로 화이람과 이모탈을 '샴'으로 융합해 탄생한 어스퀘이크! 이미 바사크가 날린 바위에 1차 충격을 받아 스토니카들이 모여 있는 지대는 지반이 불안해진 상태.

그곳을 어스퀘이크로 뒤흔들어 놓으니 흔들리던 암석들이 무너지기 시작했다. 스토니카들과 함께.

따라서 당연히 투석은 무리!

"지금이다! 공격!"

"우와아아아! 이 자식들! 받아라!"

투투투투! 투투투투! 투퉁-! 투퉁-!

산사태처럼 낙석이 쏟아졌지만 이미 대원들은 안전한 바위 뒤에 몸을 숨기고 있던 상황. 대원들은 그 상태에서 앉아 쏴 자세로 전환하며 쏟아지는 스토니카들을 요격하기 시작했다.

그러나 스토니카도 돌산에서 사는 몬스터.

흙더미에 휩쓸려 내려오면서도 용케 몸을 빼내 대원들에게 달려들었다.

쏟아지는 낙석과 괴성을 지르며 달려드는 스토니카.

그리고 탄환을 쏟아 내는 대원들. 일단 속수무책으로 고립

된 상황은 벗어났지만 주변은 난장판으로 변해 버렸다.

"카프레 검술 3식! 갤럭시 소드!"

그때 스토니카들을 휩쓰는 검영의 소용돌이!

그 검영이 채 사라지기도 전에 백색 검광이 번뜩이는 속도로 전장을 가로질렀다.

일단 뻗어 나가면 여지없이 스토니카의 가죽을 베어 내고 피 보라를 일으키는 백색 섬광은 이퀄라이저! 급류처럼 쏟아져 내리는 토사도, 발광하듯이 주먹을 휘두르는 스토니카도 아크를 막을 수는 없었다. 왜냐하면······.

"얼마든지 와라! 돌산이 네놈들의 무대라면, 수라장은 나의 무대다!"

아크가 이퀄라이저를 들어 올리며 소리쳤다.

그렇다! 그것이 아크!

대원들에게는 정석적인 전투법을 훈련시키고 있지만, 정작 아크에게는 정석이라는 것이 없었다. 직감! 그리고 본능!

그것이 아크의 전투법이다.

그리고 뭣보다 짱돌이나 주워 먹는 SF고릴라 따위와는 상대해 온 적의 수준이, 넘어온 수라장의 차원이 다른 것이다.

"피어싱!"

퉁! 콰콰콰콰!

그 수라장의 숫자가 아크의 힘!

"체인 어택!"

콰직! 파지지지!

그때 흘린 피의 양이 아크의 경험치!

도구를 다룬다고 해도 고릴라는 고릴라, 아크의 적수는 되지 않는 것이다. 지금까지는 대원들의 훈련이 주목적이라 웬만해서는 나서지 않고 있…… 빡!

갑자기 불이 번쩍이며 이마가 쪼개지는 통증이 느껴졌다.

아무래도 자아도취에 너무 빠져 있었던 모양이다.

정신없이 검을 휘두르느라 아직 위에 남아 있는 스토니카가 풀 스윙으로 날린 강속구가 이마에 정통으로 박힌 것이다. 휘청거리던 아크가 이를 갈아붙이며 이퀄라이저를 고쳐 잡았다.

"저 자식이 아직 성치도 않은 이마를……!"

그리고 소닉 소드를 날리려는 순간!

"정밀사격!"

탕-! 탕-! 탕-!

낮은 목소리와 함께 울려 퍼지는 총성!

동시에 2구째를 날리기 위해 와인드업을 하던 스토니카의 무릎에서 연속적으로 피가 터져 나왔다. 그리고 중심을 잃고 데굴데굴 아크가 있는 곳으로 굴러떨어졌다.

냉큼 썰고 고개를 돌리자 레피드가 피식 웃으며 말했다.

"아크, 다행이구나, 내가 있어서."

"됐거든? 나도 얼마든지 처리할 수 있었거든?"

"빈 수레가 요란한 법이지."

"하! 지금 나에게 하는 말이냐? 내 발 밑에 뻗어 있는 고릴라 안 보여? 거기서 손가락이 부러지도록 총질해 봐라. 너와 나는 아예 처리하는 고릴라의 단위가 다르거든?"

"그건 끝까지 두고 봐야 알겠지. 기갑무장!"

레피드가 낮게 소리쳤을 때였다.

백팩에서 커다란 캡슐이 솟아올라 복잡하게 회전하며 갑주의 형태로 변환되었다. 그리고 벼락처럼 떨어져 레피드의 몸에 장착되더니 이음새가 조여지며 증기를 뿜어 올렸다.

푸른 광택을 발하는 갑주는 배틀슈트!

"뭐, 뭐야? 너 그거 어디서 났어?"

"샀다!"

위이이잉! 투웅-!

모터 음이 일더니 레피드의 몸이 튕겨 날아갔다.

쏟아지는 토사를 역 주행하며 단숨에 10여 미터를 질주하는 레피드의 배틀슈트! 뒤이어 레피드가 몸을 회전시키자 양쪽 어깨에서 엄청난 속도로 탄환이 빗발쳤다.

불과 2~3미터까지 접근해 쏟아 내는 집중사격!

화들짝 놀라 물러나던 스토니카는 채 몇 걸음도 떼어 놓기 전에 온몸이 벌집으로 변해 굴러떨어졌다.

레피드가 아크를 돌아보며 말했다.

"그런 표정 짓지 마라. 공금으로 산 게 아니니까. 난 너처럼 가난뱅이가 아니거든. 그보다 부지런히 움직이는 게 어때? 이대로는 네 말대로 정말 처리한 고릴라의 단위가 달라질 것 같은데 말이야. 그렇다고 너무 서두르지는 마라. 나도 항상 널 지켜 줄 수는 없으니까."

"됐거든!"

아크가 울컥한 표정으로 소리쳤다.

'빌어먹을! 이 자식, 언제 배틀슈트까지 사 입은 거야?'

아니, 뭐, 레피드 정도 레벨이면 사 입는 게 보통이지만. 아니, 재수 없지만 놈이 부자라는 점을 생각하면 진즉에 사 입었어야 정상이지만 어쨌든!

'하필이면 이럴 때!'

-배틀슈트의 흡수가 진행되고 있습니다.
《흡수율 : 7%······.》

아크의 배틀슈트는 아직도 이 모양.

스쿼드의 레벨이 낮아서인지 E-2036에서 고작 1%. 이큘러스와 와서는 대원들을 훈련시키느라 적극적으로 전투에 참가하지 않아 여전히 7%에 머물러 있었다.

그런데 레피드는 배틀슈트를 떡!

'저 자식은 아직 나보다 레벨이 한참 떨어지지만 배틀슈트를 입었으니 어떻게 될지 몰라. 만약 저 녀석이 정말 나보다

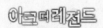

고릴라를 더 때려잡으면…….'

겁나 잘난 척하리라.

며칠 전에는 이마에 흉탄까지 박아 놓은 놈이 눈앞에서 갖은 잘난 척을 하며 갈궈 댄다?

열 받을 거다! 분명 겁나 열 받을 거다!

"나와라, 샤이어! 룬 문자 쿠엠라돈!"

그리하여 전의 100배!

……라기보다는 꽁지에 불붙은 강아지처럼 허둥지둥 쿠엠라돈을 발동시켰다. 그리고 천공에 새겨 놓은 눈동자로 스토니카의 위치를 파악하자마자 바즈라를 던지며 소리쳤다.

"사이코키네시스! 날아라! 이기어검술!"

아크의 비기 이기어검술!

순간 포물선을 그리며 날아가던 바즈라가 허공에 우뚝 멈추더니 맹렬히 회전하며 위쪽의 스토니카를 공격하기 시작했다. 물론 아크도 보고만 있지는 않았다.

토사 사이로 솟아 있는 돌부리를 밟으며 눈에 보이는 스토니카를 닥치는 대로 썰었다.

"소닉 소드! 피어싱! 체인 어택!"

"슬라이드! 연사! 속사!"

레피드 역시 전장을 누비며 탄환을 쏟아부었다.

레피드에게 원거리 공격수의 상식 따위는 통하지 않았다. 멀리 있으면 멀리 있는 대로, 가까이 있으면 아예 품으로 파고들어 순식간에 수십 발의 탄환을 쑤셔 박았다.

그렇게 아크와 레피드가 경쟁적으로 싸워 대자 스토니카의 숫자가 순식간에 줄어들었다.

"우리의 나흘은 대체……."

매번 죽을 둥 살 둥 싸워 온 친위대원들이 허탈할 정도.

그러나 대원들도 곧 정신을 차리고 검을, 해머를, 소총을, 저격총을 들어 올렸다.

분명 대원들은 아크나 레피드에 비하면 아직 실력이 부족했다. 그러나 그들도 처음부터 강했을 리는 없다.

아크와 레피드가 강한 것은 그만큼 많은 수라장 속에서 싸우고, 또 이겨 냈기 때문이다. 그런 점에서 생각하면 대원들은 행운아라고 할 수 있었다.

눈앞에 있으니까.

그들이 목표로 삼는 모습이!

"분명 저것이 검사의 이상형!"

엘라인과 베라드, 랄프가 아크를 바라보았다.

"그리고 저것이 총을 사용하는 유격병의 이상형!"

그리고 총기병과 스나이퍼의 눈은 레피드를 좇고 있었다.

새삼스럽지만 대원들은 아크가 있다는 것만으로도 각종 보너스가 주어지는 '업무 공유-Ⅱ', '사장의 위엄', '통솔', '룬 문자 쿠온'의 효과 덕분에 능력 이상의 힘을 발휘하고 있었다.

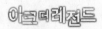

그러나 그 이상으로 대원들을 강하게 만들어 주는 것은 지휘관들이 보여 주는 압도적인 힘! 압도적인 실력!

'형님과 함께라면 무서울 게 없다!'

그리고 그것을 바탕으로 만들어진 믿음이다.

"자! 구경만 하고 있을 때가 아니다! 형님의 뒤를 따라라!"

아크와 레피드의 활약에 자극 받은 대원들이 사기충천해 반격을 시작했다. 반면 둘의 활약에 속수무책으로 당하던 스토니카는 전의마저 잃어버린 상태였다.

전투는 문자 그대로 일방적, 먼저 기습을 시도했던 스토니카들은 제대로 저항도 못 해 보고 전멸되었다.

그러나 전투는 아직 끝나지 않았다.

"훗, 내 승리로군."

"무슨 소리야? 넌 눈이 폼이냐? 내가 3마리 더 많잖아!"

"너야말로 눈은 장식이냐? 이 사체를 봐라. 이 총알구멍은 누가 냈다고 생각하는 거냐? 네가 끼어들기 전에 이미 이놈은 사체나 다름없었다."

"그런 식으로 따지면 너는! 이거! 저거! 조거! 총상보다 검상이 많잖아!"

"천만에 말씀. 자세히 봐라. 급소에 난 상처는 다 총상이다. 정확도에서 앞서 있다는 거지."

"억지 부리지 마!"

"누가 억지를 부리고 있는데?"

스토니카 사체 앞에서 방방 뛰며 싸워 대는 아크와 레피드. 친위대원들의 입에서 한숨이 흘러나왔다.

"우리들의 이상형……."

SPACE 8. 붉은 방문자

군데군데 보랏빛을 발하는 광석이 박혀 있는 동굴.

이 보랏빛의 광석은 오듐. 은하계에서 에테르 다음으로 많이 사용되는 에너지다.

중량 대비 에너지 효율이 낮아 우주선에는 사용되지 않지만, 가격이 저렴하다는 장점이 있어 공장은 대부분 오듐을 사용한다. 덕분에 적당한 매장량만 확보되면 수익성이 좋은 자원이었다.

……대체로 그렇다.

아이템이든 전리품이든 보다 좋은 것에는 보다 강한 몬스터가 붙어 있기 마련.

이곳도 마찬가지였다.

매장량이 제법 되는 곳이라서 그런지 이 지역의 지하는 마치 개미굴처럼 넓고 복잡한 동굴이 뚫려 있었고 애벌레를 닮은 패닉웜이라는 몬스터가 득실거리고 있었다. 어두컴컴한 동굴에 거대한 애벌레 수십 마리가 들끓는 장면은 정말이지…….

그뿐이 아니다.

중심부에는 변태를 마친 애벌레의 성충, 당당하게 위험도 A에 이름을 올린 몬스터 언더킬러도 득실거렸다.

아니, 득실거리고 있었다.

"준비됐습니다."

"좋아, 바로 가동시켜라."

웅웅웅웅! 웅웅웅웅! 웅웅웅웅!

아크의 목소리와 함께 낮은 기계음이 울리며 주위가 밝아졌다.

-《몬스터 라이드》가 가동되었습니다!
대부분의 자원 매장지는 자원에서 생성되는 특수한 파장에 이끌린 몬스터의 서식지가 되는 경우가 많습니다. 몬스터 라이드는 그런 자원의 파장을 중화시켜 몬스터가 몰리는 현상을 억제해 주는 기능을 가지고 있습니다. 단, 이미 자리를 잡은 몬스터를 퇴치해 주지는 못합니다. 깨끗하게 청소한 뒤에 사용해 주십시오.
※주기적으로 관리가 필요합니다.

"여기도 끝났군."

아크가 푸른빛을 발하는 기계를 바라보며 중얼거렸다.

자원 매장지를 채취 가능한 상태로 만드는 방법을 간단하게 설명하자면 이렇다.

자원 매장지 탐색→구석구석 돌아다니며 몬스터 섬멸→적당한 간격으로 몬스터 라이드 설치→10~15일마다 몬스터 라이드 배터리 교체→자원 채취!

그리고 여기까지 포함해 몬스터 라이드를 설치한 매장지는 세 곳.

"오늘까지 21일. 정확히 3주인가?"

스토니카 서식지에 몬스터 라이드를 설치하는 데 걸린 시간은 일주일. 그 뒤에 2곳에 더 설치하는 데도 각각 일주일의 시간이 소요되었다.

그러나 같은 일주일이라도 내용은 달랐다. 스토니카를 처리할 때는 중간부터 아크와 레피드가 참전해야 했다.

"좋아! 다음번에는 확실하게 승부를 내 주겠어!"

"내가 할 소리다."

"실력 차이가 뭔지 보여 주지!"

"그건 나보다 한 마리라도 더 잡고 얘기하시지?"

……그것도 이렇게 적극적으로.

그러나 두 번째는 거의 끝 부분에서만 참전했다. 그리고 세 번째, 패닉울과 언더킬러를 상대할 때는 후위에서 지휘만 했을 뿐, 마지막까지 전투에 직접 뛰어들지는 않았다.

그럼에도 소요된 시간은 똑같은 일주일씩.

'그렇다고 돌산보다 두 번째, 세 번째 장소의 난이도가 더 낮았던 것은 아니다. 전체적인 난이도는 거의 비슷, 아니, 이 던전은 오히려 난이도가 높았어.'

이게 말하는 바는 명확하다.

그만큼 친위대원들이 강해졌다는 의미다.

뭐 당연하다. 싸우면 경험치를 얻고, 경험치가 쌓이면 레벨이 오르니까. 하물며 일단 서식지에 들어서면 몬스터 라이드를 설치할 때까지 야영하며 밤낮 없이 전투를 치러 왔으니 당연히 레벨은 UP! UP! UP! 21일 만에 대부분의 대원이 14레벨 이상을 올릴 수 있었다.

그뿐이 아니다.

대원들이 입고 있는 아머!

이 역시 당연하지만 몬스터를 사냥하면 전리품을 얻는 법이다. 물론 몬스터가 그냥 이런 아머를 떨군 것은 아니었다. 뭐 완제품을 떨구는 경우도 종종 있지만 대부분은 뼈나 가죽 같은 재료 상태의 아이템을 떨군다.

'이러쿵저러쿵해도 제작 관련 스킬을 가진 연구원이 영입되니 쓸모가 많군.'

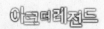

그걸 아머로 만든 사람은 신입사원 제피.

쉬라바스티의 비밀 연구소에서 G−1000이라는 차세대 안드로이드—뭐 아크가 박살 냈지만—를 만들던 엔지니어답게 제피는 어지간한 제작 관련 스킬은 다 탑재(?) 되어 있었다.

그리고 대원들이 모아온 뼈나 가죽을 가지고 CC의 연구실에서 뚝딱! 뚝딱! 파직! 파직!

스토니카 아머(매직)

아이템 타입 : 헤비 아머   **착용 제한** : 레벨 100, 힘 350이상
방어력 : 75   **내구도** : 150/150

광석을 주식으로 삼는 우주 몬스터 스토니카의 가죽을 가공해 만든 아머입니다.

은하계에 서식하는 몬스터는 종류에 따라 어지간한 합금 소재의 방어구보다 뛰어난 방어력을 가진 아머의 재료로 사용되기도 합니다. 또한 가공하기에 따라서는 사용자의 신체 능력을 상승시켜 주는 특별한 효과를 발휘하기도 합니다. 그러나 소재 자체가 워낙 무거워 어느 정도 힘이 받쳐 주지 않으면 입기조차 힘듭니다.

《힘 +10, 체력 +15》

아미라 아머(매직)

아이템 타입 : 라이트 아머   **착용 제한** : 레벨 100, 민첩 300 이상
방어력 : 45   **내구도** : 150/150

미개발 혹성의 계곡에서 많이 서식하는 아미라의 가죽을 가공해 만든 아머입니다.

이런 매직 아머로 바꾸어 주었다.

그사이 레벨 100대를 넘은 대원들은 바로 장비!

레벨 업과 더불어 방어력도 상당히 끌어올릴 수 있었다.

그러나 아크가 강해졌다고 한 것은 단순히 이런 수치적인
부분만 두고 한 말이 아니었다.

단순히 레벨만 올릴 생각이었다면 처음부터 아크가 직접
나서서 빠르게 처리하는 편이 낫다. 공적치에 따라 달라지기
는 하지만 파티 상태라면 어차피 경험치는 모두에게 주어지
니까. 그럼에도 후열로 물러나 있는 이유는 대원들을 훈련시
키기 위해서.

'이큘러스의 자원 매장지를 확보하는 것은 중요하다. 하지
만 나는 이큘러스에만 신경 쓸 수 있는 입장이 아니야. 신기
를 찾고 전직도 해야 한다. 나는 유저. 그게 아니라도 해야
할 일은 많아. 이큘러스를 비우는 시간이 많을 수밖에 없지.
그러니 대원들만으로 자원 매장지를 확보할 수 있는 수준으
로 만들어 두지 않으면 곤란해.'

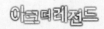

사장이라고 언제까지나 사원의 뒤를 봐줄 수는 없다.

하물며 이제 사원이 50명을 넘었다. 그리고 이큘러스가 좀 더 발전하면 사원도 지금보다 몇 배는 더 필요하리라. 그 많은 사원을 일일이 챙기기는 무리.

곧 아크를 대신할 중간 관리자가 필요한 시기가 오리라.

대원들을 훈련시키는 궁극적인 목표가 그것이다.

아크는 클렘에게 T-20으로 들어오는 컴퍼니 퀘스트를 일임한 것처럼, 친위대원들에게 이큘러스의 자원 매장지 관리를 맡길 생각이었다. 때문에 시간이 걸리더라도 전투를 대원들에게 맡긴 것. 그리고 결과적으로 대원들은 아크의 기대에 부응해 주었다.

"300미터 전방에 다수의 언더킬러 발견."

"100미터 지점에 C-6을 매설하고 저격으로 놈들을 유인한다."

"나머지는 진형을 갖추고 대기."

이제 군이 지시하지 않아도 알아서 척척!

돌산에서처럼 산사태가 일어나는 돌발 상황에도 헤매지 않고 대처했다. 그리고 이제 대원들만으로 오듐 매장지의 몬스터를 일주일 만에 정리할 정도로 성장한 것이다.

물론! 대원들만 성장한 것은 아니었다.

캐릭터 정보창

이름 : 아크(R-02788)   레벨 : 176

종족 : 인간   직업 : 엘림의 계승자

명성 : 40,930

생명력 : 3,900(+565)

정신력 : 1,025(+515)[마나 : 25 포스 : 1,825]

모험치 : 8,760

힘 : 455(+83)   민첩 : 475(+137)

체력 : 665(+118)   지혜 : 40(+33)

지능 : 425(+98)   운 : 45(+28)

통솔 : 74

※칭호 : 피스메이커(힘, 민첩, 체력, 지혜, 지능, 운 +5)

　　　 시공간 돌파자(힘, 민첩, 체력, 지혜, 지능, 운 +10)

　　　 벨타나의 영웅(힘, 민첩, 체력, 지혜, 지능, 운 +3)

　　　 아타마스의 영웅(힘, 민첩, 체력, 지혜, 지능, 운 +5)

　　　 히어로 슬레이어(힘, 민첩, 체력, 지혜, 지능, 운 +5)

※세트 아이템 효과 : (힘, 민첩, 체력 +10, 방어력 +20)

※공헌도 : 은하연방 35,020, 아슐라트 2,500

※소속 : 다크에덴(CEO)

※신체 코팅 : 서바이버

+서바이버 코팅으로 환경 적응력이 50% 상승했습니다.

+서바이버 코팅으로 만복도의 감소속도가 30% 낮아졌습니다.

+서바이버 코팅으로 낙하 대미지를 50% 경감시킬 수 있습니다.

+서바이버 코팅으로 '투시' 효과가 적용되었습니다.

아크는 참전하지 않을 때가 많았다.

그러나 파티를 맺어 놓으면 구경만 해도 경험치를 받는다.

게다가 아크는 파티의 리더. 추가 보너스까지 받아 이큘러

스에서만 7레벨을 올릴 수 있었다.

그리하여 176레벨 달성!

거기에 틈틈이 바사크를 불러내 경험치를 챙긴 덕분에 골렘의 레벨도 80대까지 올려 두었다. 그뿐이 아니다. 후열로 물러나 지휘에 전념하자 50에서 멈춰 있던 '통솔'도 어느새 74가 되어 있었다. 이에 맞춰 '통솔' 효과가 강화된 것은 당연지사.

'이제 뭔가 중심이 잡혀 가는 느낌이야.'

그러나 아직 가야 할 길이 멀다.

많이 성장했다고는 하나 아직 100% 대원들에게 맡기기는 부담된다. 그리고 CC로 찾아낸 자원 매장지는 모두 확보했지만 그게 끝은 아니었다.

"형님, 라이드를 모두 설치했습니다."

"보급품 상황은?"

"수류탄과 C-6은 아직 꽤 남아 있지만 탄환은 거의 소진되었습니다. 각각 탄창 2~3개 정도? 이번에는 좁은 동굴이라 접근전이 많아 아머도 수리가 필요합니다."

"좋아. 일단 데일리에게 오듐 광산에 라이드를 설치했으니 후속 조치를 부탁한다고 미리 연락을 해 놔. 이제 슬슬 시간도 됐으니 우리는 CC로 돌아간다."

"네, 철수!"

쿵! 쿵! 쿵! 쿵!

CC 주위는 아직도 공사판이었다.

그러나 21일 전과 같은 건물의 공사는 아니었다.

4강의 연구소+마틴 후작의 취미용 건물(?)은 일주일 전에 완공! 그러나 아직 은하연방을 제외한 나머지 3강의 연구소는 연구진조차 들어와 있지 않았다.

뭐 입국 절차가 복잡해 늦어진다고 하는데 그런 거야 알 바 아니고, 아크에게 중요한 것은 연구소 건설이 끝났다는 것이다. 그건 Construction Lv.2의 생산 시설을 건설할 수 있게 되었다는 뜻!

-Construction Lv.2의 공사가 진행되고 있습니다.
《우주 항구, 자원 탐색기-I, 자원 채취소-I : 완공까지 남은 시간 2시간 13분.》
※추가로 우주 항구의 부속 시설로 도크가 건설되고 있습니다.

그리하여 바로 공사 시작!

우주 항구, 자원 탐색기-I, 자원 채취소-I를 몽땅 짓기 시작했다.

'마음 같아서는—돈도 충분하니까— 한꺼번에 동시 건설 제한인 5개를 꽉꽉 채워 공사하고 싶지만…….'

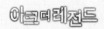

한꺼번에 지을 수 있는 건물은 최대 5개. 그러나 Lv.2 건물은 3개밖에 되지 않는다. 그리고 Lv.2의 건물이 완공돼야 Lv.3 건물을 지을 수 있는 것이다.

'젠장, 막상 돈이 생기니 꽤 번거로운 시스템이군.'

그러나 예외가 있었다.

4강의 연구소처럼 특수 시설로 분류되어 있는 건물이다.

아크가 서둘러 짓고 싶어 하는 건물 하나도 여기에 속해 있었다. 그 건물은 바로 '※'에 적혀 있는 우주 항구의 부속 시설 도크!

'연구소만 아니었어도 도크는 물론 실버스타의 개조도 끝났을 텐데! 뭐가 그리 급하다고 CC가 완공되자마자 연구소를 한꺼번에 때려 지은 거야? 연구원도 준비되지 않았는데! 괜히 서둘러서 엉뚱하게 나만 레피드의 총알에 맞았잖아!'

그러나 이제 와서 분통을 터뜨려 봐야 의미 없다.

'뭐 어쨌든……'

이제 완공까지는 2시간 남짓.

그게 아크가 CC로 돌아온 이유였다.

이큘러스에 자원 개발 시설이 처음으로 완공되는 역사적인 장면을 직접 보기 위해서! 그리고 도크가 완공되자마자 실버스타의 개조를 시작하기 위해서!

"일단 군장을 풀고 쉬어 둬라."

아크가 실버스타에서 내리며 말했다.

그리고 대원들과 함께 CC로 향하자 입구에 레피드가 보였다. 레피드는 세 번째 자원 매장지 확보전에는 참가하지 않았다. 대원들의 실력이 늘어 굳이 레피드까지 참가할 이유가 없기도 했지만, Lv.2 건물이 완공을 앞두고 있었기 때문이다.

사장 이마에 총알을 박아 넣는 놈이라도 이큐러스 책임자니까.

"여, 레피드, 별일 없었지?"

"일 끝내고 돌아온 남편처럼 말하지 마."

"일 끝내고 돌아온 거 맞잖아. 남편은 아니지만."

"반갑지 않아."

"쳇, 누구는? 나도 기왕이면 예쁜 여자가 반겨 주는 편이 백배 낫다고. 아, 이제 여기도 곧 궤도에 오를 테니까 이참에 아예 여자 비서나 뽑아 둘까? 아니지. 굳이 다른 여자를 뽑을 필요도 없지. 그냥 확 이리나를 스카우트해 버려?"

"놀고 있군."

레피드가 콧방귀를 날리며 대꾸했다.

"아직 제대로 시작도 하기 전에 여자부터 끌어들일 생각이나 하는 거냐? 아니, 지금 있는 여자부터 어떻게 좀 해 봐."

"여자? 제피 말이야?"

"아니면 누구겠냐? 빌어먹을, 대체 왜 틈만 나면 날 따라다니는 거야?"

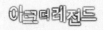

뭐 그야 해부할 기회를 노리는 거겠지.

사실 제피가 얌전히 CC에서 장비품 제작을 하는 이유가 그 때문이다. 새로운 연구 대상 레피드가 CC에 있으니까.

물론 레피드는 아직 제피가 살짝, 아니, 완전히 맛이 간 해부성애자라는 사실은 모르고 있었지만 꽤 스트레스를 받는 모양이다.

"그 여자 때문에 얼마나 귀찮은지 알아? 어디를 가도 졸졸졸. 틈만 나면 졸졸졸. 하루 종일 감시를 받는 기분이라고! 게다가……."

"게다가?"

"카야하고 눈만 마주치면 으르렁거리는 통에 죽겠다고."

"카야? 그 녀석 아직도 여기 있어?"

"몰라. 딴 데 갔다가 다시 온 건지, 계속 여기 있었는지. 어쨌든 신경 쓰여 죽겠다고. 싸우려면 딴 데 가서 치고받든지. 그 여자들은 왜 항상 내 주위에서 그러는 건데?"

"뭐 그야……."

'어라? 그러고 보니 왜지?'

대답하려던 아크가 고개를 갸웃거렸다.

제피가 레피드를 따라다니는 이유는 명확하다.

호시탐탐 기회를 엿보다 아크보다 강하다(?)는 레피드를 해부해 G-2000 같은 안드로이드를 만들 때 자료로 써먹으려는 것이리라. 그런데 카야는? 카야는 왜 이큘러스에서 어슬렁거리며 제피와 투덕거리는 걸까?

투자자로서 개발 상황을 지켜보기 위해서라지만 딱 보면 안다. 그건 구실에 불과하다. 그렇다면…….

'뭐 딱히 할 일이 없나 보지.'

……아크는 바보였다.

거기까지 생각하던 아크가 음흉한 미소를 지었다.

"그런데 뭐야? 너 말하는 거 보니까 은근히 카야 신경 쓴다?"

"신경은 누가 신경을 써? 너는 얼굴에 붙어 있는 건 다 장식이냐? 대체 뭘 들은 거야? 귀찮아 죽겠다고 말했잖아!"

"호오! 발끈하는 걸 보니 더 수상하네? 뭐 좋잖아. 설명회 때 보니까 실물도 꽤 괜찮던데. 너도 한동안 병원 신세 지느라 사귀는 사람은 없을 거 아니야? 그러니 이참에 눈 딱 감고 고백이라도 해 보지그래. 혹시 알아?"

"그냥 죽어라."

"윽! 총은 또 왜 뽑아? 이 자식은 툭하면 총부터 뽑고 난리야? 네가 무슨 연쇄 살인마냐? 게다가 그게 얼마나 아픈 줄 알아? 아직도 총만 보면 이마부터 욱신거린다고! 젠장, 또 그딴 짓을 했단 봐라, 나도 가만히 있지 않겠어!"

"잘됐군. 그러고 보니 너와 제대로 승부를 낸 적이 없었지?"

"어쭈? 정말 해볼래?"

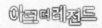

위이이잉-!

그렇게 아크와 레피드가 놀고(?) 있을 때였다.

투명해 보일 정도로 하얀 이큘러스의 상공에 1척의 우주
선이 나타났다.

전체적으로 붉은 빛을 뿜어내는 우주선의 장갑 사이로 비
쳐 보이는 것은 생체조직. 은하계가 아무리 넓어도 이런 형
태의 우주선을 사용하는 종족은 하나뿐이다.

"라마 우주선……!"

"라마의 연구원들이 이제 도착한 모양이군. 아슐라트나
평의회보다 적대국인 라마의 연구진이 먼저 도착하다니, 거
리가 가까워서 그런가?"

"쳇, 승부는 미뤄 두지."

레피드가 총을 집어넣으며 말했다.

어찌 됐든 라마의 연구진은 이큘러스의 손님. 손님 앞에서
총질을 할 수는 없다. 덕분에 일단 싸움을 멈춘 아크와 레피
드가 우주선이 착륙하는 곳으로 다가갔다.

그리고 우주선의 문이 열리는 순간!

-여어, 아크!

생각지도 못했던 사람이 나왔다.

의미심장한 표정으로 바라보는 사람은 바로 붉은학살자!

"어라? 네가 어떻게 여기에?"

-그게…….

"너! 붉은학살자!"

아크의 질문에 붉은학살자가 입을 열려 할 때였다.

갑자기 옆에서 분노에 찬 외침이 들려왔다. 동시에 총을 뽑아 들고 붉은학살자에게 돌진하는 레피드! 그제야 아크의 머릿속에 '!'가 떠올랐다.

새삼스럽지만 붉은학살자의 정체는 김가인.

뭐 아는 거라고는 그 이름밖에 없지만! 그리고 여전히 마음에 들지 않는 놈이지만!

어찌 됐든 잠정적으로 제휴를 맺기로 합의한 유저였다.

그러나 현실에서 김가인을 만나기 전까지 아크는 붉은학살자를 루시퍼라고 생각하고 있었다. 그건 레피드도 마찬가지. 그러나 레피드는 아직 가인을 만난 적이 없었다. 그리고 아크도 아직 가인에 대해 말해 준 적이 없었다.

때문에 레피드는 아직……

"루시퍼!"

분노로 일그러지는 레피드의 눈!

그 눈은 붉은학살자가 루시퍼라고 믿어 의심치 않고 있었다. 이에 당황한 아크가 황급히 레피드를 가로막았다.

"기다려! 저 녀석은 사실……"

탕-! 탕-! 탕-!

-흉탄에 적중됐습니다!

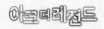

"뭐야?"

아크가 인상을 찌푸리며 붉은학살자를 돌아보았다.

아니, 정확히 말하면 그의 머리 위에 떠오른 문자를 바라보았다.

-#$#$%!##$.

알아볼 수 없는 문자.

그건 특수한 장비품을 사용해 의도적으로 캐릭터 이름을 숨기고 있다는 의미였다. 뭐 이 녀석을 처음 봤을 때부터 그랬으니 새삼스러울 것도 없지만……

"같은 편 하자며? 그런데 이름은 숨기는 거냐?"

-말했을 텐데? 네가 기억하지 못하는 한 나도 나에 대해서는 알려 줄 생각이 없다고.

"알려 줄 생각이 없다? 몰랐군, 그런 걸 제휴라고 하는지."

-착각하지 마라. 내가 알려 주기 싫은 건 나에 대한 정보뿐이다. 말하자면 프라이버시. 제휴라도 프라이버시까지 공유할 이유는 없다. 뭐 필요하다면 네가 나를 기억해 내면 되겠지.

"이름을 보면 내가 기억해 낼지도 모른다는 말이군. 네가 원한이라고 떠들어 대는 뭔가가."

―그야 모르지.

붉은학살자가 팩 고개를 돌리며 대답했다.

"내가 기억해 내기를 바라는 거야? 기억해 내지 않기를 바라는 거야? 어느 쪽이야?"

―글쎄? 솔직히 이제 나도 잘 모르겠군. 끝까지 기억해 내지 못해도 기분 나쁘겠지만, 이제 와서 기억해 내도 기분이 나쁠 것 같군. 아, 참고로 말하자면 밖에서 봤을 때 바로 기억해 냈어도 그리 좋은 추억이 되지는 않았을 거야. 누누이 말하지만 나는 네게 원한이 있으니까.

"그런 주제에 용케 제휴니 뭐니 하는 제안을 했군."

―감정과 비즈니스는 다르니까. 그리고 이제 얼굴은 보여 주잖아. 음, 그렇게 말하니 또 울컥하는군. 네가 나를 알아볼 거라고 생각해서 일부러 하이드 헬멧으로 숨기고 있었던 게 다 뻘짓이었다는 말이니까. 아니, 됐어. 이제 와서 그런 생각을 해 봐야 나만 손해지.

붉은학살자가 고개를 저으며 돌아보았다.

―어쨌든 비즈니스는 비즈니스니 루시퍼에 대한 정보는 약속대로 공유한다. 그리고 경우에 따라서는 다른 도움을 줄 수도 있겠지. 예를 들어 네가 궁지에 몰려 살려 달라고 버둥거릴 때라던가…… 아, 그래. 그때는 기꺼이 손을 빌려주지.

"이미 늦었어, 인마!"

아크가 버럭 소리치며 시뻘게진 이마를 탁탁 쳤다.

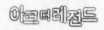

"이거 보여? 봐! 내 이마를 보라고! 총알이 팍 꽂혔다고! 그것도 세 발이나! 이게 얼마나 아픈 줄 알아? 너 때문에 머리통이 통째로 날아가는 줄 알았단 말이야!"

레피드가 쏜 흉탄 자국이다.

그것도 3개! 한 방만 맞아도 정신이 아득해지는 흉탄을 세 발이나 맞은 것이다. 그러나 아크를 돌아 버리게 만드는 것은 그게 붉은학살자를 막아 주다가 입은 부상이라는 점이었다.

의도한 게 아니다!

생각보다 몸이 먼저 반응해 버린 탓이다.

붉은학살자 따위, 총 맞고 뒈지든 말든 신경 쓸 필요 없는 유저라는 생각을 0.1초라도 먼저 했다면! 레피드는 앞에 아크가 있든 말든 방아쇠를 당기는 놈이라는 생각을 0.1초라도 먼저 했다면! 이런 어이없는 부상은 입을 필요도 없었으리라.

"빌어먹을!"

–왜 나를 쳐다보며 욕질이냐? 그게 나 때문이냐? 설명을 안 한 네 탓이지.

"닥쳐, 인마! 애초에 네가…….."

"너나 닥쳐라, 이 자식아. 뭘 잘했다고 큰소리야?"

그때 옆에서 으르렁거리는 소리가 들려왔다.

섬뜩한 빛이 번들거리는 눈으로 아크를 노려보는 사람은

가해자, 레피드였다.

"네놈의 머리통은 대체 어디에 쓰는 물건이냐? 연구소 건도 그렇고, 이번 일도 그렇고. 네놈이 밖에서 무슨 짓을 하고 돌아다니는지는 관심 없지만 이런 일은 말해 줘야 할 거 아니야! 내가 대체 왜 네놈 컴퍼니에 들어와 있다고 생각하는 거냐?"

"음…… 나의 인덕?"

"아직 총알이 남았다. 먹여 줘?"

"알았어! 알았다고! 그놈의 총 좀 작작 꺼내! 젠장, 그래! 좋아! 내가 잘못했다! 내가 머리가 나빠서 깜빡했어! 미안하다! 이제 됐냐?"

"한층 더 살의가 치솟는군."

레피드가 더 열 받는다는 눈빛으로 아크를 노려보았다.

그러나 다행히 난동(?)을 부릴 생각은 없는지 권총은 집어넣었다. 그때 묘한 눈길로 지긋이 레피드를 바라보던 붉은학살자가 눈매를 좁히며 물었다.

-혹시 만난 적이 있나?

"있지."

레피드의 대답에 붉은학살자가 고개를 끄덕였다.

-맞아. 장비품이 바뀌어서 못 알아봤는데 금발을 보니 기억나는군. 아마타스에서 다른 연방군이 퇴각할 때도 끈질기게 달라붙던 병사. 그러고 보니 내가 처음 아크와 싸울 때도 끼어들었었지.

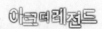

"그래, 그때는 꽤 신세를 졌었지."

레피드가 호전적인 눈길로 바라보며 대답했다.

"하지만 그때와 지금은 달라. 원한다면 어디가 어떻게 달라졌는지 당장이라도 증명해 주지."

–피할 생각은 없지만 지금은 그만두지. 여기는 아마타스 같은 전장도 아니고 나 역시 다른 용건으로 왔으니까. 그렇다고는 해도 설마 네가 아크 밑에 있는 줄은 몰랐군.

"누가 누구 밑에 있다는 거냐?"

–응? 아닌가?

"나는 루시퍼에게 갚아 줘야 할 빚이 있다. 아크와 함께 있는 이유는 그뿐이다. 루시퍼가 정말 갤럭시안에 들어와 있다면 아크를 무시하지는 못할 터. 언젠가 아크 앞에 나타나리라고 생각했다. 그리고 실제로 나타났지. 아니, 나타났다고 생각했다. 그게 누구인지 굳이 내 입으로 말할 필요는 없겠지? 바로 너, 붉은학살자였다."

–루시퍼? 루시퍼를 아나?

붉은학살자가 뭔가 묻는 표정으로 아크를 돌아보았다.

현재 루시퍼를 알고 있는 사람은 꽤 제한적이다. 루시퍼 헌팅 대원이 아니라면 아크나 붉은학살자처럼 국정원에 고용된 게이머들밖에 없는 것이다. 붉은학살자는 레피드가 그들 중 하나냐고 묻고 있는 것이다.

"국정원과는 관계없지만……."

"사사로운 원한이다. 그 이상은 묻지 마라."

레피드가 아크의 말을 끊으며 붉은학살자를 노려보았다. 그러자 잠시 묵묵히 지켜보던 붉은학살자가 고개를 끄덕였다.

-그러지. 본의는 아니었지만 나로 인해 오해가 있다면 사과하마.

"이제 와서 그런 말을 들어도 의미 없지."

마치 팽팽하게 부푼 풍선처럼 일촉즉발의 분위기를 풍기던 레피드가 허탈한 표정으로 어깨를 늘어뜨렸다.

무리도 아니었다. 레피드에게 루시퍼는 증오의 대상, 레피드가 항상 불만을 입에 달고 살면서도 아크와 붙어 있는 이유가 루시퍼 때문이었다. 아크를 쫓아다니는 붉은학살자를 루시퍼로 생각하고 복수의 기회를 엿보고 있었던 것이다.

그런데 그게 오해였음이 밝혀졌다.

당연히 허탈하리라.

그게 문제였다. 사실 아크가 처음 붉은학살자가 가인이었다는 말을 들었을 때 가장 먼저 떠오른 사람은 레피드였다.

레피드가 아크의 컴퍼니에 들어온 이유는 루시퍼를 만나기 위해. 그런데 붉은학살자가 카인으로 밝혀지면서 루시퍼의 행방은 다시 오리무중이 되어 버린 것이다. 그건 레피드가 아크의 컴퍼니에 남아 있을 이유가 없어졌다는 의미이기도 했다.

그러나 아크는 레피드가 필요하다.

이제 레피드는 이큘러스 개발에 없어서는 안 될 존재.

만약 레피드가 컴퍼니를 때려치우면 아크는 당장 투자자 관리조차 못 하는 상황인 것이다.

"그만둘 건 아니지?"

"네놈의 낯짝을 보면 당장이라도 그만두고 싶지만……."

잡아먹을 듯이 노려보던 레피드가 한숨을 불어 내며 고개를 저었다.

"이미 시작한 일을 내팽개칠 수는 없지. 그리고 아직 네가 쓸모없어졌다고 생각하지는 않아. 나도 원한을 품고 있어 잘 알지. 그건 선의의 경쟁 따위가 아니야. 상대를 짓밟지 않고서는 결코 풀 수 없는 것이다. 루시퍼가 승패의 조건으로 내건 궁극적인 목표라는 게 뭐든 너를 짓밟지 않고 승부를 내지는 않겠지. 그러니 분명 놈은 네 앞에 나타난다."

"나를 짓밟기 위해서 말이지."

"걱정 마라. 복수는 내가 해 줄 테니 맘 편히 죽어도 돼."

그러니까 이제 와서 때려치우지는 않겠다는 말이다.

뭐 덕분에 안심했지만…….

"그런데 넌 무슨 일로 온 거야? 여기 은하연방이라고!"

-빨리도 물어보는군. 걱정 마라. 공무니까. 여기 세워진 라마 연구소의 소장으로 취임했다.

"소장? 네가? 왜?"

―말했을 텐데? 이제 너와 난 전략적 제휴 관계다. 좀 더 정확히 말하면 이제 너는 내가 루시퍼를 유인하기 위한 미끼가 된 셈이지. 그러니 당연히 미끼가 보이는 곳에 있어야 하잖아. 그래야 루시퍼가 너를 잡아먹는 순간을 놓치지 않고 낚아챌 수 있을 테니까.

"일단 나는 잡아먹히는 거냐?"

아크가 어이없는 표정으로 중얼거렸다.

이제 와서 얘기하기도 새삼스럽지만 아크는 정말이지 유저 복은 없는 모양이다.

얼마 전에는 호시탐탐 아크를 해부할 기회만 노리는 또라이 같은 여자가 들어오더니 이제 레피드와 붉은학살자는 대놓고 지렁이―미끼― 취급이다.

어째 사람이 많아질수록 지위가 낮아지는 기분이다.

아니, 확실히 낮아지고 있었다!

"하지만 이건 얘기가 다르잖아! 제휴를 맺으면 라마 영역까지 감시망을 넓힐 수 있다며? 그런데 네가 여기로 와 버리면 제휴를 맺은 의미가 없잖아!"

―걱정 마라. 부하들은 대부분 라마에 남겨 두었으니까. 네가 영지 혹성을 얻는 동안 나도 놀고 있지만은 않았어. 정보망을 구축해 두었으니 여기 있어도 라마의 정보는 파악할 수 있다.

"하지만 넌 전사잖아! 전사가 무슨 연구소 소장이야?"

―하! 이거 정말 라마에 대해서는 하나도 모르는군. 원래 라마는 힘 센 놈이 최고다. 나 외에도 지원자가 몇 명 더 있었지만 몽땅 쳐

리하고 내가 취임한 거지. 예전에 우주 마법진을 조사하는 퀘스트도 그런 방법으로 참가한 거다.

"무슨 석기시대도 아니고……."

─뭘 일일이 불평하고 그래? 제휴를 맺기로 했으면 좀 협조적으로 굴어.

"너야말로 착각하는 모양인데, 아직 정식으로 제휴를 맺은 건 아니야. 잊은 건 아니겠지? 제휴를 맺는 데 필요한 조건."

─알지. 내 용건이 그거다.

붉은학살자가 고개를 끄덕이며 대답했다.

─연구진이라도 적대국의 영지 혹성에 상주해야 하는 일이라 입국 절차가 까다롭더군. 뭐 나로서는 다행스러운 일이지. 연구진이 도착하면 한동안 바빠질 테니까. 그러니 그 전에 후딱 해치울 생각으로 먼저 온 거다.

"해치워? 뭘?"

─뭔 말을 들은 거야? 각성 퀘스트 말이다!

아크가 고개를 갸웃거리자 붉은학살자가 짜증 섞인 목소리로 소리쳤다. 그러나 아크가 물어본 것은 그게 아니었다.

"아니, 그게 퀘스트로 얻는 스킬이었어?"

─뭐야? 그것도 모르고 각성 스킬을 배울 수 있는 방법을 알려 달라고 한 거야? 어이가 없군. 그래, 각성 스킬은 퀘스트로 얻는 스킬이다. 그리고 퀘스트를 받기 위해서는 특수한 아이템이 필요하지. 뿐만 아니라 퀘스트를 받아도 수수께끼를 풀지 못하면 목

적지를 찾지도 못한다. 그리고 NPC와의 대화에 따라 분기가 나뉘어서 일일이 말로 설명하기는 복잡해.

"그래서? 같이 가겠다고?"

-할 수 없지.

붉은학살자가 혀를 차며 대답했다.

이에 아크는 잠깐 이 녀석도 의외로 친절한 구석이 있다고 생각할 뻔했지만…….

-그냥 퀘스트 시작 아이템만 던져 주면 몇 날 며칠을 헤매고 돌아와 가짜를 줬네 뭐네 하면서 시비를 걸 게 뻔하니까. 그럴 바에는 차라리 같이 가서 후딱 끝내고 돌아오는 편이 낫지.

……뭐 이런 이유란다.

-그러니 준비해라. 원래는 한눈팔지 않고 진행해도 닷새는 걸리는 퀘스트야. 하지만 퀘스트 진행에 필요한 건 내가 다 준비해 놨으니 나와 동행하면 이삼일이면 될 거야. 라마 연구진이 도착하기 전에 다녀와야 하니 바로 출발해야 시간에 맞출 수 있어.

"이삼일이라……."

아크가 솔깃한 표정으로 중얼거렸다.

닷새가 걸리는 퀘스트를 이삼일 만에 해치울 수 있다.

그리고 보상은 필살기스러운 각성 스킬, 이미 각성 스킬을 배운 유저가 직접 안내까지 해 주겠다는데 뭉그적거릴 이유가 없었다.

한 가지 마음에 걸리는 것은 친위대원들이었다.

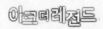

현재 아크는 최대한 빨리 자원 매장지를 확보해 둬야 하는 입장이다. 이제 자원 채취소도 완공됐으니 매장지 확보가 곧 수입으로 직결되는 것이다.

그러나 친위대원들에게만 맡겨 두기에는 아직 불안했다. 그렇다고 이삼일을 그냥 놀릴 수도 없는 일. 때문에 잠시 고민했지만 그 문제는 금세 해결되었다.

그사이에 완공된 자원 탐색기 덕분이다.

-자원 탐색기가 완공되었습니다!
CC 주변 1,000킬로미터 범위의 자원이 탐색되었습니다.
【X-123 Y-258】 자원 : 헬레니움 예상 매장량 : 1,200톤 확보 위험도 : B
【X-241 Y-259】 자원 : 헬레니움 예상 매장량 : 3,700톤 확보 위험도 : S
【X-240 Y-701】 자원 : 에테르 예상 매장량 : 950톤 확보 위험도 : C
【X-503 Y-948】 자원 : 이리듐 예상 매장량 : 560톤 확보 위험도 : D……

이게 자원 탐색기의 기능.

1,000킬로미터 범위의 자원 위치와 매장량까지 파악할 수 있었다.

뭐 범위는 200킬로미터밖에 되지 않지만 여기까지는 CC 의 자원 탐색 기능으로도 확인할 수 있는 정보였다. 그러나 자원 탐색기는 거기에 한 가지 정보가 더 추가되었다.

바로 확보 위험도.

해당 매장지의 지형과 몬스터 등급 따위를 추산해 난이도를 표시해 주는 기능이다. 그 기능으로 이미 확보한 매장지의 위험도를 확인해 보니 C로 되어 있었다.

'세 번째 매장지는 내가 참전하지 않고도 확보했어.'

그러나 100% 대원들의 힘만으로 확보했다고는 하기 힘들었다. 아크가 뒤에서 지휘했고, 그게 아니라도 '업무 공유-II'나 '사장의 위엄' 같은 컴퍼니 스킬과 '통솔'에 의해 각종 보너스가 덕지덕지 붙었으니까.

그러나 대원들만이라면 그런 보너스는 적용되지 않는다. '그런 점을 감안하면 현재 친위대원들이 확보할 수 있는 매장지는 위험도 D 이하. 마침 위험도 D와 F가 하나씩 있으니 F를 먼저 하고 D로 보내면 내가 없어도 충분해. 아니, 매장지 확보는 시간이 꽤 걸리는 작업이니 F지역이 끝나기도 전에 돌아오겠지.'

그러나 문제는 하나 더 있었다.

E-2036에서 자재까지 챙겨 와 실버스타는 개조 대기 상태였다. 그리고 이제 도크도 완성되었다.

때문에 아크는 당장 개조를 시작할 생각이었다.

여기서 문제는 실버스타를 도크에 넣어 버리면 각성 퀘스트 장소까지 이동할 수단이 없어진다는 점이다. 그러나 붉은 학살자도 동행한다니 그 우주선에 동승하면 그만.

"좋아, 쇠뿔도 단김에 빼는 편이 낫지."

-좋아. 바로 승선해라. 아! 그러고 보니……

붉은학살자가 우주선으로 들어가다 문득 생각난 표정으로 돌아보았다.

－전에 물어본다는 걸 깜빡했군. 혹시 발렌시아라는 유저를 아나?

"발렌시아? 네가 그 자식을 어떻게 알아?"

－얼마 전에 반反아크라는 모임에서 만난 적이 있다. 혹시 네 동선을 파악하는 데 도움이 될까 싶어서 나갔는데 발렌시아라는 녀석이 네게 원한이 있는 유저를 모아 오인회라는 조직을 만들고 있더군. 뭐 평소 네 행실을 생각하면 그런 조직이 생기는 것도 무리는 아니지. 아무래도 너는 다른 사람의 원한을 사는 재주가 있는 모양이니까.

"쓸데없는 말은 빼지?"

아크가 울컥한 표정으로 쏘아붙였다.

"그리고 그딴 놈들, 몇 명이 모이든 관심 없어. 그런 게 무서우면 게임 접어야지."

－그 말은 동감이다. 오인회니 뭐니 해 봤자 결국은 패배자들의 모임이니까. 그래서 무시하고 있었는데 좀 신경 쓰이는 이름이 거론되더군.

"신경 쓰이는 이름?"

－호크다.

"호크?"

－그래, 세븐 소드의 호크. 그 호크가 발렌시아의 뒤를 봐주기로 했다더군. 이름도 모르는 어중이떠중이들은 아무래도 상관없지만

호크가 관련되어 있다면 얘기는 달라지지. 그런 말이 괜히 나오지는 않을 터, 대체 호크와 무슨 관계냐? 제휴를 맺게 되면 나도 돌아가는 상황 정도는 알아야 하지 않나?

"그렇게 물어봤자 나도 모르겠다. 무슨 관계인지."

반은 사실이다.

발렌시아야 그렇다 쳐도 아크는 아직 호크가 왜 자신을 적대시하는지 이해할 수 없었다. 아예 대놓고 물어봐도 대답하지 않으니 알 도리가 없지 않은가. 그래도 요즘 좀 잠잠해서 잊고 있었는데 뒤에서 그런 짓을 꾸미고 있을 줄이야.

그러나 새삼스러운 일은 아니었다.

호크는 이미 아크에게 선전포고를 했다. 개척지로 들어오면 박살을 내 주겠다고.

물론 아크도 얌전히 당해 줄 생각은 없었다.

먼저 공격할 생각은 없지만 공격받으면 100배로 갚아 줄 마음의 준비가 되어 있다. 상대가 세븐 소드의 1인이라도. 하물며 고작 호크의 졸개 노릇이나 하는 발렌시아 따위는 신경 쓸 건더기도 없다.

"뭐 됐어. 자세한 얘기는 가면서 해 줄 테니 일단 출발하자고. 어이, 레피드, 넌 어떡할래? 한가하면 같이 가든가. 어차피 Lv.2 건물은 착공을 시작했으니 굳이 여기 남아 있을 필요는 없잖아. 자잘한 문제는 도시 설계 전문인 슌이 알아서 할 거고, Lv.1 정도의 자원 채취소는 퍼거슨과 B에게 맡겨 둬도 이삼일쯤은 괜찮지 않겠어? 너도 무라티우스타에서 호크가 쓰는 거 봤지? 그 각성 스킬이라고. 이런 기회는 흔치 않아."

-왜 네가 생색을 내는 거냐?

아크의 말에 붉은학살자가 울컥하며 말했다.

"그게 어때서? 네가 각성 스킬 퀘스트를 안내해 주는 건 나 때문이잖아. 거기에 레피드가 따라오면 내 덕분에 배우게 되는 셈이니 당연히 내가 생색을 내야지."

-그거야! 그거라고! 네놈의 그런 성격이 적을 만드는 거야!

아크와 붉은학살자가 침을 튀기고 때였다.

"어? 우주선이잖아? 어디 가요? 나도 데려가요!"

CC에서 제피가 뛰어나오며 소리쳤다. 그러자 찜찜한 표정으로 고민하던 레피드가 화들짝 놀라며 몸을 돌려세웠다.

"가자! 당장! 출발해!"

SPACE 9. 각성 퀘스트

익숙한 손놀림으로 벽의 패널을 떼어 냈다.

내부에는 수백 가닥의 전선의 복잡하게 얽혀 있었다.

그러나 전선을 고르는 손길에 망설임 따위는 보이지 않았다. 그리고 이내 몇 개의 전선을 찾아 접촉시켰을 때였다.

파직! 파직! 위이이이잉.

몇 차례 스파크가 튀며 문이 열렸다.

그러나 서두르지 않았다. 아니, 서두르면 안 된다.

'기회는 한 번!'

눈을 감고 머릿속으로 동선을 그려 보았다.

일단 문을 나서면 단 한순간도 망설이거나 멈추면 안 된다. 목적을 달성할 때까지 한 치의 오차도 없는 정밀기계처럼 움직여야 한다. 머릿속에서 수십, 수백 번, 아니 수천 번을 상상하며 동선을 그려 온 것은 이를 위해서였다.

'됐다! 지금이다!'

문을 나가 넓은 보폭으로 복도를 뛰었다.

굵은 파이프가 연결된 복도에는 일정한 간격으로 램프가 붙어 있었다.

중요한 것은 타이밍이다. 이곳의 모든 것은 일정한 시간에 맞춰 움직인다. 그 타이밍과 거리를 가늠하는 데는 일정한 간격으로 배치된 램프가 좋은 기준이 되어 주었다.

'다섯…… 여섯…… 여기다.'

걸음을 멈추고 바닥에 납작 몸을 엎드렸다.

그 위로 서너 가닥의 붉은 광선이 그물처럼 얽히며 스쳐 지나갔다. 몸을 일으켜 다시 달린다. 그리고 몇 개의 램프를 지나쳐 벽에 바짝 몸을 붙이며 기대자 이번에는 천장에서 수직으로 떨어지는 붉은 광선이 코앞을 스쳐 지나갔다.

붉은 광선에 닿으면 그동안의 노력이 수포로 돌아간다.

경비 시스템의 타이밍이 모두 재조정되어 오랜 시간 동안 인내심을 발휘하며 알아낸 정보는 의미가 없어진다.

감각을 칼날처럼 유지해야 한다.

'헉헉헉헉!'

뛰고 구르며 달리기를 몇 분.

드디어 복잡하게 얽힌 통로가 끝나고 넓은 공간이 나타

났다. 경비 시스템이 거미줄처럼 깔려 있는 지역을 벗어난 것이다. 그러나 성취감을 느낄 여유는 없었다. 목적을 달성하지 못하면 얼마나 왔는지는 의미가 없으니까.

잠시 숨을 고르고 모퉁이 너머를 훔쳐보았다.

넓은 공간에 4명의 인영이 흩어져 있다.

'놈들을 모두 처리하기 전에 비상벨이 울리면 모든 게 끝장이다. 그리고 놈들을 처리해도 그것을 찾지 못한다면 결국 마찬가지겠지. 하지만 그건…… 운에 맡기는 수밖에 없겠지. 지금은 오직 놈들을 처리하는 데 집중해야 한다.'

4명의 움직임을 살핀다.

언제 돌발 상황이 벌어질지 모른다.

그런 불안감에 당장이라도 뛰어나가고 싶지만 섣부른 행동은 금물이다. 머릿속으로 끊임없이 되새기는 것처럼 기회는 한 번뿐이다. 그렇게 5분가량 지났을 때였다.

'……!'

4명의 시선이 각기 다른 방향으로 분산되었다.

순간 의식보다 몸이 먼저 반응했다.

조용하게! 그러나 신속하게!

어둠 속에서 쏘아진 화살처럼 소리 없이 모퉁이를 돌아 가장 가까운 거리의 놈에게 달려갔다. 손에 쥔 단봉에 힘을 주자 붉은 검광이 소리 없이 솟아 나왔다.

그러나 아직 놈은 눈치채지 못했다.

놈이 눈치챈 것은 번뜩이며 날아간 붉은 검광이 놈의 뒷덜미에 박혀 든 뒤였다.

그러나 비명은 없었다. 그 전에 손으로 놈의 입을 막으며 그대로 밀어붙여 구석으로 뛰어 들어갔다. 그리고 팔꿈치로 벽에 붙은 놈의 목을 짓누르며 연장질!

'……일단 하나!'

몸을 돌려 다른 놈들을 살펴보았다.

시선이 닿지 않는 곳으로 밀어붙여 처리한 덕분에 아직 다른 놈들은 무슨 일이 벌어졌는지 눈치채지 못했다.

뭐 잠깐 화장실이라도 갔다고 생각하겠지.

아직은 여유가 있다.

넓은 공간에는 여기저기 화물 상자가 쌓여 있었다.

그 화물 상자 위에서 주위를 경계하는 놈이 있다. 넓은 시야를 확보하고 있는 놈이니 먼저 처리해야 할 필요가 있었다. 이에 화물 상자를 엄폐물로 삼으며 접근.

놈이 서 있는 화물 상자 아래로 기어가 뛰어오르며 재빨리 놈의 발목을 움켜쥐고 당겼다. 그리고 굴러떨어지는 놈의 가슴 위에 올라타 앉았다. 놈이 공포에 질린 표정으로 팔을 휘저어 무기를 움켜쥐었다. 그러나 양쪽 무릎으로 팔을, 왼팔로는 목을 짓누르며 검을 내리찍었다.

내리찍었다! 내리찍었다!

'……둘!'

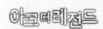

얼굴에 튄 피를 닦아 내며 시선을 돌렸다.

처리한 것도 둘, 남은 것도 둘.

그러나 남은 둘의 위치는 까다로웠다.

사방이 트인 장소에서 불과 10여 미터 간격을 두고 서 있는 것이다. 다른 놈에게 들키지 않고 처리하는 것은 불가능.

'놈들을 처리하기 전에 비상벨이 울린다고 해도 병사들이 오기까지는 최소 5분은 걸린다. 기습으로 치명타를 먹이고 스킬을 쏟아부으면 2분이면 한 놈을 처리할 수 있어. 문제는 다른 한 놈, 일단 경계 태세로 들어가면 그리 쉽게 처리하기는 힘들다. 하지만……'

승산은 있다!

그리고 망설이며 시간을 지체해서 좋을 것은 없다.

같이 경계를 서던 동료 2명이 갑자기 보이지 않는다. 놈들도 슬슬 의심하는 눈치다. 머리 위로 '?'를 띄우며 일정한 간격을 유지하며 다가오고 있는 것이다.

그리고 놈들이 화물 상자 뒤로 돌아 들어왔을 때!

-……시체?

놈이 동료의 시체를 발견하고 움찔했다.

그 위로 시커먼 그림자와 함께 붉은 검광이 떨어진 것은 그때였다. 놈들이 접근하는 사이 화물 상자 위로 올라가 몸을 숙이고 있다가 뛰어내리며 검을 내리찍은 것이다.

-크윽! 무, 무슨?

불의의 기습에 치명상을 입은 놈이 황급히 무기를 들어 올렸다. 곧바로 검을 휘둘러 총구를 쳐 냈지만 방아쇠가 당겨지는 것까지 막을 수는 없었다.

투투투투!

적막을 흔들어 깨우는 총성!

'젠장! 이제 병사들이 움직인다! 내게 남은 시간은 5분!'

"기갑무장!"

백팩에서 솟아오르는 캡슐!

허공에서 퍼즐처럼 회전하다가 떨어져 몸을 감싸는 갑주는 은하연방제製 배틀슈트! 그와 함께 폭발적으로 가속된 붉은 검광이 총구를 돌리는 놈의 몸을 난자했다.

놈이 피를 쏟아 내며 쓰러지기까지는 순식간!

'셋! 나머지 하나!'

─침입자다! 격납고에 적이 들어왔다!

남은 놈은 님프에 대고 악을 쓰며 도망치고 있었다.

'침입자가 아니다! 난 이 빌어먹을 곳을 탈출하고 싶을 뿐이야!'

놈의 뒤를 쫓으며 양팔을 뻗자 백팩의 좌우에서 우지 기관총처럼 생긴 총기가 나와 손에 쥐었다. 동시에 배틀슈트의 발꿈치 부분이 개방되며 한 쌍의 작은 바퀴가 나왔다.

그리고 맹렬히 회전하며 놈을 향해 돌진!

투투투투! 투투투투!

기관총이 불을 뿜자 놈의 등은 순식간에 넝마로 변해 버렸다. 이에 놈이 도주를 포기하고 몸을 돌리며 총기를 들어 올리는 순간, 붉은 검광이 목덜미를 스치며 지나갔다. 벌어진 목에서 피를 뿜어 올리며 휘청거리던 놈이 쓰러졌다.

곧바로 방향을 틀어 놈의 시체로 다가갔다.

'……이놈도 없다!'

가슴이 덜컥 내려앉는 기분이 들었다.

이날을 위해 머릿속으로 수없이 이미지 트레이닝을 해 왔다. 그리고 지금까지는 그대로 진행되었다. 다른 병사가 몰려오기 전에 경비병을 모두 해치운 것이다.

그러나 마지막 단계에서 문제가 생겼다. 이곳을 탈출하는 데 가장 중요한 물건을 찾지 못한 것이다.

-저기다! 침입자다! 쏴라!

투투투투! 투투투투! 투투투투!

그때 입구에서 고함과 총성이 울려 퍼졌다.

황급히 몸을 날려 일단 총격을 피했지만 상황은 절망적이었다. 그의 목적은 이곳을 탈출하는 것. 그러나 그의 우주선은 이곳에 감금되기 전에 파괴되었다.

따라서 그가 이곳을 탈출할 수 있는 유일한 수단은 놈들의 우주선을 탈취하는 방법뿐이다. 바로 여기, 격납고에 늘어서 있는 호넷—소형 전투기—을.

거기에 필요한 것이 열쇠.

'경비병 중 1명이 가지고 있을 거라고 생각했는데…….'

찾지 못했다.

그리고 함선의 병사들이 격납고로 몰려들고 있었다.

상황은 절망적! 이제 남은 선택은 다시 포로가 되든가, 아니면 저항하다 죽는 수밖에 없다. 그러나 이곳의 경비 시스템을 파악하는 데만도 한 달이 넘게 걸렸다. 이대로 잡히면 다시 한 달, 아니, 두 번 다시 기회가 없을지도 모른다.

'그렇다면 차라리…….'

그가 각오를 굳히고 몸을 일으킬 때였다.

문득 뒤쪽의 호넷 내부에서 검은 그림자가 일렁이는 기척이 느껴졌다. 고개를 돌리자 바로 사라졌지만 누군가 숨어 있다는 확신이 들었다.

이에 호넷으로 뛰어 들어갔을 때였다.

작업복을 입은 외계인이 비명을 터뜨리며 머리를 감싸 쥐었다.

─히익! 사, 살려 줘!

그의 입가에 미소가 번졌다. 그리고…….

'찾았다! 역시 있었어!'

─〈호넷─0003〉 마스터 키.

그의 손에는 피에 젖은 열쇠가 쥐였다.

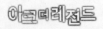

-놈이 호넷에 들어갔다! 도망칠 생각이다! 막아라!

투투투투! 투투투투!

그가 호넷에 들어오자 병사들이 총을 난사하며 뛰어왔다.

꾸물거릴 시간이 없다! 그는 바로 조종석에 앉아 열쇠를 키워 넣고 엔진을 가동시켰다. 그러자 문이 닫히며 쩌렁쩌렁 울리던 총성이 멀리서 들려오는 것처럼 잦아들었다.

이제 준비는 끝났다.

"발진!"

웅웅웅웅! 콰아아아!

폭음과 함께 호넷이 불길을 뿜으며 돌진했다. 그러자 몇 개의 유도등誘導燈이 빠르게 스치는 싶더니 확 넓어졌다.

그리고 창밖으로 보이는 무수한 별빛!

"됐다! 성공이다! 드디어 탈출했다!"

상기된 표정으로 소리치는 사람은 바로 발렌시아!

한 달, 이큘러스에서 발견한 정체불명의 우주선을 추적하다가 포로가 되어 한 달이나 갇혀 있다가 이제야 탈출에 성공한 것이다. 그러나…….

-Lock on! Lock on! Lock on! Lock on…….

"아직은 요격 범위 내입니다."

함선의 함교. 후드 사이로 드러난 백색 눈동자로 모니터

속에서 멀어지는 호넷을 바라보며 말했다. 십자 모양의 표적이 10여 개나 중첩되어 있는 호넷을.

그러나 붉은 눈동자의 사내는 고개를 저었다.

"놔둬라."

"네?"

후드의 사내의 당혹스러운 표정을 지었다.

"하지만 놈은 이곳을 알고 있습니다. 뿐만 아니라 확인해 본 바에 의하면 '그것'의 데이터를 복사한 흔적도 있습니다. 이대로 놈을 놓치기라도 한다면⋯⋯."

"내가 너에게 의견을 물었던가?"

"아, 아니, 하지만⋯⋯."

"내가 왜 저 인간을 잡아 두고 있었다고 생각하는가? 저자에 대한 조사는 이미 모두 끝났다. 그리고 이용할 수 있다는 결론에 도달했지."

"이용이라면 어떤?"

"장기는 사람이 두는 것이다. 때문에 전체 그림을 볼 수 있는 것도 장기를 두는 사람뿐이다. 실제로 장기판을 뛰어다니며 피를 흘리는 것은 장기 말이지만 그들은 전체 그림 따위는 보지 못한다. 심지어 누군가에게 조종되고 있다는 사실도 모른다. 그래서 의미가 있는 것이다. 장기 말이 스스로 생각하고 움직인다면 이미 장기 말이 아니니까. 그런 장기 말은 장기를 두는 사람에게는 그저 불안 요소, 방해물에 지나지 않는다. 그렇다면 처리하는 수밖에 없지. 설사 그게 킹을 보필하는 퀸이라 할지라도."

붉은 눈동자가 후드의 사내에게 향했다.

"그래도 들여다보고 싶은가? 내 머릿속을?"

붉은 눈동자 속에서 피어오르는 진득한 살기가 함교를 짓눌렀다. 후드의 사내가 황급히 고개를 저으며 시선을 피했다.

"아, 아닙니다!"

"그래, 그게 좋을 것이다."

붉은 눈동자의 사내가 옅은 미소를 지으며 끄덕였다.

"인간은 스스로의 의지로 움직여야 한다. 아니, 그렇게 생각하도록 해야 한다. 그 편이 조종하기가 더 쉽지. 과거의 나는 그걸 몰랐다. 하지만 과거의 실수를 거울삼아 성장하는 것은 인간만이 아니야."

─Target lost…….

호넷은 이미 모니터 속에서 사라졌다.

위이이이잉-!

수십 가지 물감을 뒤섞어 놓은 듯한 공간.

이면세계라 불리는 워프 공간을 한 척의 붉은 우주선이 가로지르고 있었다. 측면에 아수라ASURA라는 문구가 적혀 있는 이 우주선은 붉은학살자의 우주선이었다.

"내가 이 우주선을 타게 될 줄이야."

아크가 새삼스러운 눈으로 내부를 둘러보며 중얼거렸다.

임펠투스에서 붉은학살자와 두 번째로 마주쳤을 때, 아크는 아수라와 함대전을 치른 적이 있었다. 그런데 지금은 아수라를 타고 이면세계를 비행하고 있다.

뭐랄까, 정말이지 세상일은 어떻게 될지 모르는 것이라는 생각이 들었다.

뭐 이제 와서 그런 생각을 하는 것도 우습지만.

붉은학살자가 루시퍼가 아니라는 사실이 밝혀졌을 때 이미 아크의 머릿속은 뒤죽박죽이 되었다. 그동안 속았다고 생각하면 솔직히 아직 울컥한 감정이 남아 있지만 그래도 붉은학살자도 도움이 되는 면도 있었다. 바로……

-이거다.

이큘러스를 나온 직후.

붉은학살자가 캡슐에 밀봉된 메모리 칩을 건네주었다.

-암시장. 그것도 고대 아이템만 취급하는 암상인을 통해서만 구할 수 있는 메모리 칩이지. 이게 각성 스킬을 얻을 수 있는 퀘스트 시작 아이템이다. 하지만 돈만 있다고 구할 수 있는 게 아니야. 먼

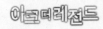

저 암상인이 주는 자잘한 퀘스트를 몇 개 완료해야 받을 수 있어. 내가 좀 늦은 이유가 그거다. 이건 1회용이라 이전에 내가 퀘스트를 받았던 메모리 칩은 없어졌다. 그래서 하나 더 구해 온 거야. 암시장 출입 자격을 얻는 절차도 복잡하고, 암상인이 주는 퀘스트도 꽤 복잡하거든. 무슨 말인지 알겠냐? 나, 꽤 고생했다고.

그러거나 말거나.

"한 번밖에 사용하지 못한다고? 그럼 레피드는?"

ㅡ퀘스트를 공유하면 돼. 한 번 퀘스트를 완료한 사람은 안 되지만 아직 한 적이 없으면 공유가 되지. 그건 이미 확인했으니 걱정하지 않아도 돼. 단, 레벨 제한이 있지. 어이, 레피드. 지금 120은 넘었겠지?

"뭐."

레피드가 끄덕였다.

레피드는 아직 붉은학살자가 탐탁지 않은 눈치였다.

하긴 얼마 전까지 루시퍼라고 믿고 있던 놈이 갑자기 평범한 유저로 커밍아웃을 해 버렸으니 이래저래 심사가 복잡하기는 하리라. 하지만 어쨌든 지금은 문자 그대로 같은 배ㅡ우주선ㅡ를 탄 사이. 이제 와서 새삼스럽게 불쾌감을 드러내지는 않았다.

뭐 어쨌든!

―전사들이여!

지금 우리는 위기에……

그들의…… 혹성과 종족을 넘어…… 모두의 위기다.

……전사들에게 고하노라…… 힘을 모아 주기 바란다…… 그러나…… 모든 종족은 그만의 잠재 능력이…… 준비해 두었다…… 분연히 일어서는 자…… 시련을 넘어 각성하라…… 그리고…… 오라…… 너희들을 위해서…… 위대한 군신軍神의 혹성…… X-6345 Y-4524…… 이 메시지는 적의 손에 들어가는 것을 방지하기 위해 5초 후에……

메모리 칩을 님프에 연결하자 메시지가 떠올랐다.

다음 순간, 메모리 칩이 시커먼 연기와 함께 타들어 가며 퀘스트 정보창이 떠올랐다.

《고대의 부름》

당신은 우연히 오래된 메모리 칩을 손에 넣었습니다.

메모리 칩에는 누군가가 보내는 메시지가 기록되어 있었습니다. 그러나 너무 많은 부분이 훼손되어 전체 내용을 알아보는 건 힘들었습니다. 단편적인 정보만으로 추측할 수 있는 것은 그게 누군가가 불특정 다수, 그러니까 전사에게 보내는 메시지라는 것입니다. 그리고 어떤 위협으로부터 도움을 받기 위해 수신자들의 잠재 능력을 깨워 주는 '무언가'를 준비해 두었다는 정도입니다. 그게 뭔지는 아직 알 수 없습니다. 게다가 무슨 위험이 도사리고 있는지도 알 수 없습니다. 그러나 당신은 개척자입니다. 그동안 쌓은 역량을 동원하면 은하계에 숨겨진 또 다른 비밀을 알아낼 수 있을지도 모릅니다.

※퀘스트 제한 : 레벨 120

'하! 이래서 1회용이라고 했던 거군.'

아크가 시커멓게 변한 메모리 칩을 바라보았다.

아무것도 모르고 메모리 칩을 연결했다면 꽤나 당황했으리라. 퀘스트 정보창에는 메시지에 적혀 있는 좌표가 기록되어 있지 않으니까. 받아 적어 놓거나, 바로 기억해 두지 못했다면 메모리 칩을 얻는 퀘스트부터 다시 시작해야 한다는 말이다. 방심할 수 없는 퀘스트.

그러나 아크는 방심해도 상관없다.

이미 퀘스트를 완료한 붉은학살자가 있으니까. 하지만……

"이 퀘스트는 목적지를 찾는 것도 꽤 힘들다고 하지 않았어? 수수께끼니 뭐니 했잖아? 하지만 메시지에 떡하니 좌표가 적혀 있는데?"

-그게 너 같은 초짜를 헤매게 만드는 함정이다.

"함정?"

-그래, 그 좌표에는 아무것도 없다. 근처에 작은 소혹성이 몇 개 있지만 찾을 수 있는 건 몇 줌 되지도 않는 광석 찌꺼기뿐이지.

"아하!"

그 말에 아크가 히죽 웃으며 붉은학살자를 바라보았다.

붉은학살자의 눈살이 찌푸려졌다.

-뭐냐? 그 괴상한 표정은?

"아니, 광석 찌꺼기밖에 없는 소혹성이라니, 마치 가 본 사람처럼 얘기해서 말이야. 물론 나 같은 초짜가 아닌 붉은학살자 님께서 그랬을 리는 없겠지만. 뭐 당연히 한눈에 함정인지 팍 알아챘겠지. 그래서? 한눈에 팍 알아본 진짜 좌표가 어딘데?"

―…….

붉은학살자가 똥 씹은 표정으로 아크를 노려보았다.

그러나 그것도 잠시, 아무 일도 없다는 듯―화내면 진다고 생각한 모양이다―이 말을 이었다.

―……단서는 메모리 칩이었다. 그 메모리 칩은 내부 데이터가 유실될 정도로 오래된 물건, 그게 제대로 된 좌표를 찾는 열쇠였지.

지금 유저들이 사용하는 은하지도는 4강 체제가 구축되고 만들어진 것.

그 이전 시대에는 당연히 좌표를 계산하는 방법이 달랐다.

그래도 은하계 중심지역은 현재와 거의 차이가 없지만 변경 지역은 오차가 심할 수밖에 없었다.

하물며 은하계의 지도다.

불과 1이라도 실제 거리는 수만, 수십만 킬로미터!

고대 좌표만 가지고 찾아가면 당연히 헤맬 수밖에 없었다.

붉은학살자가 알아낸 게 바로 이것.

그리고 고대 좌표로 다시 계산해 찾은 장소가 바로!

웅웅웅웅! 파지지지!

끝없이 이어질 것 같던 이면세계가 돌연 스파크에 뒤덮이며 갈라졌다. 그리고 길게 갈라진 공간 너머로 붉은 빛이 감

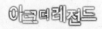

도는 혹성이 모습을 드러냈다.

-여기다.

붉은학살자가 몸을 돌리며 말했다.

그의 시선이 향한 붉은 혹성이 바로 메시지가 가리키는 장소. 개척지 경계에 위치한 이큘러스에서도 장장 17시간이나 걸리는 은하계 구석에 자리 잡은 혹성은 놀랍게도 태양계의 행성 중 하나인 마르스, 화성이었다.

'설마 목적지가 화성일 줄이야……'

-그래, 화성. 로마 신화의 군신 이름을 딴 마르스. 메시지에 적혀 있던 위대한 군신의 혹성이라는 게 바로 저 마르스를 가리키는 말이었다.

아크가 놀란 표정을 짓자 붉은학살자가 우쭐한 표정을 지으며 설명했다.

아닌 게 아니라 좀 의외이기는 했다.

R-14에서 창밖으로 지구를 본 적은 있지만 이스타나로 간 뒤로는 태양계 따위는 까맣게 잊고 있었으니까. 하물며 퀘스트를 하기 위해 다시 태양계에 오게 될 줄은 몰랐다. 그러나 이제 와서 지구든 화성이든 무슨 상관이 있겠는가?

"뭘 잘난 척하고 있어? 너도 엄청 헤맸다며?"

-뭐? 누가? 내가? 웃기는 소리!

"하! 뭐 좋아. 그렇다고 치지. 알았으니 안내나 해."

-쳇! 하나부터 열까지 마음에 드는 구석이 없군. 어이, 케이커,

좌표 알지? 거기 착륙해.

카인이 삐친 표정으로 말하자 아수라가 대기권—화성에
도 대기권이 있었다!—을 돌파해 화성에 착륙했다.

–《고대의 부름》 퀘스트를 레피드 님과 공유했습니다.

이에 아크는 퀘스트를 공유하고 하선!

'흠, 뭐 이런 거겠지.'

아수라가 착륙한 지역에는 작은 마을이 자리 잡고 있었다.

마치 불모지에 버려진 마을처럼 빈티가 줄줄 흐르는 촌락
이다. 그리고 허공에 약간 뜬 상태로 둥둥 떠다니는 해파리
같은 외계 종족. 흔히 말하는 화성인이다.

뭐랄까, 새삼 SF 게임이라는 생각이 든다.

화성에 내리자 붉은학살자가 여행 가이드처럼 설명했다.

–내가 조사한 바에 의하면 원래 화성도 오래전에는 꽤 번성했다
고 하더군. 그런데 자원이 바닥난 이후 대부분의 화성인이 태양계
밖으로 이주해 지금은 보다시피. 원래 여기에 도착하면 이 촌락의
화성인들과 대화하며 정보를 모아야 하지만…….

물론 친절해서가 아니다.

제가 얼마나 많이 아는지, 그리고 제 덕분에 아크와 레피
드가 얼마나 많은 절차를 생략하고 편하게 퀘스트를 진행하
는지를 어필하기 위한 설명 시간이었다.

그러나 아크는 그딴 데 허비할 시간 따위는 없었다.

"계속 똑같은 소리 할래?"

─……저 건물에 있는 화성인과 얘기하면 돼. 그 NPC에게 받아야 하는 물건이 있으니까. 키워드는 고대 신전이다. 무슨 말인지 알지?

"오케이."

아크는 레피드와 함께 바로 건물로 들어갔다.

그러자 꽤 나이가 많아 보이는 해파리가 슬쩍 고개를 들어 올리며 말했다.

─호오, 이런 변경까지 외계인이 찾아오다니 별일이군.

화성인에게 이런 말을 들으니 좀 웃긴다.

아크는 적당히 상대하며 얘기를 나누다가 본론을 꺼냈다.

"우연히 이곳에 고대 신전 같은 것이 있다는 말을 들었습니다. 혹시 들어 보셨습니까?"

─고대 신전이라…… 음, 역시…… 가끔 찾아오는 외계인들은 대부분 그걸 찾지. 물론 들은 적이 있네. 아주 오래전 위기에 처한 은하계를 구하기 위해 위대한 신께서 만들었다고 전해지는 신전. 그 신전에 들어가 신이 부여하는 시련을 이겨 낸 자는 잠들어 있던 힘을 깨워 위대한 전사가 될 수 있다고 전해지지.

"신전에 들어가는 데 필요한 증표 같은 것이 있습니까?"

─응? 자네가 그걸 어찌 아는가?

화성인이 눈을 동그랗게 뜨며 되물었다.

뭐 붉은학살자에게 들었으니까.

물론 곧이곧대로 얘기할 필요는 없었다.

-음, 어디서 소문을 들은 모양이군. 그래, 맞네. 아까 하던 얘기 말인데, 사실 신전이 어디에 있는지는 나도 모르네. 그저 전해져 내려오는 말을 들었을 뿐이지. 위대한 신의 형상이 있는 곳에 신전의 입구가 있다고. 그리고 그 신전에 들어가기 위해서는 우리들만이 찾을 수 있는 벨로나라는 특수한 광석이 필요하지. 마침 내가 몇 개 가지고 있네. 고대 신전을 찾는다면 필요하겠지. 하지만 그냥 줄 수는 없네.

"뭘 하면 됩니까?"

-대화가 빨라서 좋군.

화성인이 고개를 끄덕이며 말했다.

-이 주변에는 얼마 남지 않은 우리 종족을 위협하는 흉포한 몬스터가 많이 서식하네. 카라스라는 놈들이지. 일단 그놈들을 쓰러뜨리고 증거로 송곳니를 모아 오게. 일단 한 사람당 20개씩. 그만한 역량조차 안 된다면 신전을 찾아도 소용없을 테니.

그리고 떠오르는 정보창.

《고대의 부름》 퀘스트가 갱신되었습니다.
고대 신전을 찾아 화성에 온 당신에게 한 화성인이 카락스의……

그러나 아크는 다 읽지도 않고 밖으로 나갔다.

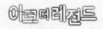

읽을 필요가 없었다. 이전에 왔을 때 붉은학살자는 신전을 찾으며 꽤 오래 헤매는 동안 카라스를 엄청 잡아 퀘스트를 완료하고도 송곳니가 꽤 많이 남아 있었다.

-20개씩이지? 받아.

그리하여 밖에서 대기하던 가이드에게 받아…….

"다녀왔습니다."

나온 지 1분도 안 되어 다시 Come back!

송곳니를 들이밀어 화성인의 눈을 이따만 하게 만들어 주었다.

-오오! 이럴 수가! 카라스를 이렇게 빨리 잡고 돌아오다니! 순간 이동을 한다 해도 이렇게 빨리 카라스의 송곳니를 모아 오는 것은 절대 불가능한 일이지만! 뭐…… 아무래도 상관없지. 좋아, 자네들은 자격을 증명했네. 그러니 약속대로 벨로나를 넘겨주지. 수고했네.

-퀘스트 아이템 〈벨로나〉를 입수했습니다!

그리고 퀘스트 아이템 Get!

사실 아크는 이런 식의 게임 방식을 싫어한다.

아니, 지긋지긋하다. 뭐든지 원하는 대로 슥슥! 착착! 생각대로 진행되는 것은 뉴월드에서 질리도록 경험해 본 것이다.

뉴월드에서 아크는 '신'이니까!

그러나 아예 다른 세계에 와서 일일이 발품을 팔며 살다 보니 이런 쾌속 진행도 신선한 재미가 있었다.

'가끔은 택시—고레벨 유저와 함께 다니며 쉽게 레벨을 올리거나 퀘스트를 깨는 것—도 나쁘지 않군. 특히 이것저것 할 일이 많을 때는.'

"어이, 여기는 끝났다."

—벨로나는 확실히 챙겼지? 자, 그럼 이제…….

아크가 다시 밖으로 나오자 붉은학살자가 촌락 밖에 펼쳐진 넓은 적색 평원을 바라보았다.

한번 갱신했지만 진짜 퀘스트는 이제부터 시작이다.

끝도 없이 펼쳐진 저 넓은 대지에서 화성인에게 전설로만 전해져 내려오는 신전을 찾아내야 하는 것이다.

수많은 우주 몬스터가 득실대는 곳에서. 때문에 아크와 레피드, 붉은학살자는 그때부터 쉴 새 없이 나타나는 몬스터와 밤낮 없이 피 말리는 전투를 반복…….

—여기다!

……할 필요는 전혀 없었다.

그런 고생은 이미 붉은학살자 혼자 할 만큼 했다.

백팩에서 카락스의 송곳니가 괜히 자동판매기처럼 나온 게 아닌 것이다. 덕분에 아크와 레피드는 중간 과정 생략하고 아수라를 타고 비행, 불과 몇 분 만에 400킬로미터의 거리를 주파해 목적지에 도착할 수 있었다.

"저게 화성인이 말한 신의 형상……."

아크가 눈매를 좁히며 창밖을 내려다보았다.

아수라 아래에는 지면이 수십 미터 높이로 솟아 올라와 있었다. 아마 아래에서 봤다면 그냥 산봉우리로밖에 보이지 않았으리라. 그러나 상공에서 내려다보니 완전히 다른 모습으로 보였다. 사람의 얼굴, 윤곽과 명암이 완전한 사람 얼굴 모양을 만들어 내고 있었던 것이다.

화성의 인면人面 바위.

그곳이 최종 목적지인 것이다.

-내가 안내할 수 있는 곳은 여기까지다.

붉은학살자가 인면 바위를 가리키며 말했다.

-고대 신전으로 들어가는 입구는 저 인면 바위의 이마 부근에 있다. 하지만 입구를 찾아도 벨로나를 가지고 있지 않으면 아무런 의미가 없지. 이마 부근을 찾아보면 무슨 마법진 같은 문양이 있고 중앙에 구멍이 뚫려 있는데, 거기에 벨로나를 끼워 넣어야 신전 내부로 공간 이동되기 때문이다. 하지만 한번 들어갔던 사람은 벨로나를 가지고 있어도 들어가지 못해.

"안에는 뭐가 있지?"

레피드가 붉은학살자를 돌아보며 물었다. 그러자 막힘없이 대답하던 붉은학살자가 이번에는 고개를 저었다.

-그건 내 얘기를 들어도 별로 도움이 안 될 거다. 이 퀘스트를

깨고 나서 아는 유저에게 알려 줬는데, 나중에 들어 보니 유저마다 겪은 상황은 모두 다르더군. 들어가자마자 거대한 보스 몬스터와 싸웠다는 사람도 있고, 몬스터는 나오지 않았지만 함정이 엄청 깔려 있어서 몇 시간 동안 헤맸다는 사람도 있고.

"들어갈 때마다 달라지는 건가?"

-깜빡하고 말을 안 했는데 저 신전은 한 사람씩밖에 들어가지 못한다. 일단 벨로나를 끼워 넣을 수 있는 구멍이 하나밖에 없으니까. 그리고 파티 상태라도 일단 들어가면 나올 때까지 만나지 못한다고 하더군. 그러니 신전 내부가 바뀐다기보다는 전송되는 장소가 다른 것 같다.

"어쩌냐?"

아크가 씨익 웃으며 레피드를 돌아보았다.

"여기부터는 혼자 가야 한다네? 살아나올 수 있겠냐? 겁나면 관두든가."

"까불지 마라. 적어도 네놈보다는 먼저 나올 테니."

레피드가 레일을 타고 먼저 내려갔다.

그리고 붉은학살자가 말한 마법진을 찾아 벨로나를 끼워 넣자 빛에 휩싸이며 사라졌다.

-다녀와라. 솔직히 네가 하는 짓을 보고 있으면 내버리고 가고 싶지만 약속은 약속이니 기다려 주지. 하지만 너무 오래 기다리게 하지는 마라. 정말 내버리고 가는 수가 있으니까.

뒤이어 아크도 붉은학살자의 환송(?)을 받으며 레일을 타

고 내려왔다.

그리고 레퍼드처럼 인면 바위의 이마 부근으로 이동하자 바닥에 뚫린 작은 구멍 주위로 원형 마법진이 그려져 있었다. 아크가 미간을 좁히며 당혹성을 터뜨린 것은 그때였다.

"어? 뭐야? 혹시 이거……."

마법진은 크게 네 부분으로 나뉘어 있었다.

그런데 각각의 위치에 새겨져 있는 문자의 형태는 전혀 달랐다. 그중 세 부분의 문자는 처음 보는 형태였지만 하나, 우측 상단에 새겨져 있는 문자는 눈에 익었다. 마치 고대 이집트의 유적지에서 발견되는 것 같은 형태의 문자!

"무라트? 이건 무라트 문자잖아?"

"흠……."

타투인의 연방 사령부.

그 한쪽에 자리 잡은 회의실에 10여 명의 귀족이 모여 있었다. 이들은 내무부장관 쥬벨 후작을 주축으로 하는 내정파 귀족들이었다. 그러나 같은 일파의 귀족들이 모여 있다고 하기에는 분위기가 무겁기 짝이 없었다.

하나같이 심각한 표정으로 이마를 짚거나, 혼자만의 생각에 잠겨 때때로 한숨을 불어 내고 있었다.

하염없이 이어지던 침묵을 깬 사람은 쥬벨 후작이었다.

"제대로 확인은 해 본 건가?"

"물론입니다."

백발의 귀족이 힘없이 끄덕였다.

"사건 직후에 벨테란 공작께서 직접 나서서 산업 단지를 봉쇄하고 수백 명의 전문 인력을 동원해 샅샅이 뒤졌습니다. 하지만 찾지 못했습니다."

"정의남이라는 놈은?"

"물론 마테우스로 보내지기 전에 필터를 통해 신체검사를 마치고 소지품도 모두 압수했습니다. 하지만 거기에도 없었습니다. 혹시 몰라 디스크를 내놓으면 형량을 절반으로 줄여주겠다는 제안까지 했지만 전혀 모르는 눈치였습니다."

"그럼 그게 어디 갔단 말인가?"

쥬벨 후작이 울컥한 표정으로 소리쳤다.

사건의 발단은 한 달 전 시델린 인근에서 무장 집단이 4대 기업 중 하나인 헬리온 계열의 산업 단지를 무력 점거하면서 시작되었다. 아니, 정확히 말하면 그 사건이 끝난 다음이 문제였다.

그 사건에는 내정파 귀족들도 모르고 있던 문제가 숨겨져 있었던 것이다. 쥬벨 후작과 내정파 귀족들도 그 사실을 알게 된 것은 사건이 정리되고 한참이 지나서였다.

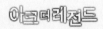

—디스크가 사라졌다.

연방의 막후 실력자.

벨테란 공작이 보내 온 메시지였다.

단지 그뿐이었지만 쥬벨 후작과 내정파 귀족들은 비명을 터뜨릴 뻔했다.

새삼스럽지만 세상은 그리 깨끗한 곳이 아니다.

특히 힘 있는 자들이 그렇다. 설사 깨끗하다고 해도 권력이든 돈이든 '힘'이라는 것을 한번 손에 쥐게 되면 변질될 수밖에 없는 것이 세상이다. 그리고 그런 자들은 원래 무리를 짓는 법이다.

당연하다.

그것이 좀 더 쉽게, 더 많은 힘을 손에 넣을 수 있는 방법이니까. 그런 면에서 보면 쥬벨 후작과 내정파 귀족들은 그야말로 모범생(?)이었다.

귀족의 지위를 이용해 각종 이권에 개입하며 세를 불려 온 것이다. 그리고 그런 은밀한 거래를 가장 많이 주고받은 곳이 헬리온. 아직 창립한 지 얼마 되지 않은 헬리온이 4대 기업으로 성장할 수 있는 비결이 바로 이것이었다.

창립주인 벨테란 공작은 정계를 은퇴한 이후에도 여전히 막강한 영향력을 행사해 쥬벨 후작과 내정파 귀족을 포섭, 헬리온의 성장에 밑거름으로 삼아 온 것이다.

물론 공짜는 아니었다.

쥬벨 후작과 내정파 귀족들은 그만한 보상을 받았다.

사라졌다는 디스크가 바로 그것이었다. 그동안 쥬벨 후작과 내정파 귀족들이 헬리온을 위해 각종 비리를 저지르고 받은 보상이 적혀 있는 장부.

절대 세상에 나와서는 안 되는 비밀 장부다.

그런데 그게 점거 사건 직후에 감쪽같이 사라져 버린 것이다. 쥬벨 후작과 내정파 귀족들 입장에서 뜨악할 사건!

"대체 왜 그게 거기에 있었단 말이냐!"

"저희도 사건이 끝난 뒤에야 알았습니다. 그 산업 단지는 헬리온이 불법 자금을 관리하기 위해 분리시킨 회사였습니다. 당시 산업 단지의 사장인 모레이가 이례적으로 빠르게 형이 확정되어 스탈라에 수감된 게 그 때문이었습니다. 벨테란 공작님이 입을 막은 거죠."

"빌어먹을! 그렇다면 진즉에 귀띔이라도 해 주던가!"

"벨테란 공작님도 설마 디스크가 사라지리라고는 생각하지 못했겠지요. 그리고 공작님 입장에서는 사실 디스크가 우리 손에 들어와도 곤란하기는 마찬가지 아닙니까?"

"마틴 후작의 손에 들어가는 것은 괜찮고 말인가?"

쥬벨 후작이 얼굴을 일그러뜨리며 되물었다.

지금 가장 큰 문제는 바로 이것이었다. 당시 점거 사건을 해결한 사람은 아크. 그리고 아크는 마틴 후작의 심복이나

다름없는, 아니, 심복이다. 따라서 최악의 경우 디스크가 마틴 후작의 손에 넘어갔을지도 모른다는 말이다.

'이건 라이오스사와 함께 S-20에 장난을 쳤을 때와는 상황이 달라. 4대 기업의 하나인 헬리온과 나, 그리고 대부분의 내정파 귀족들이 연루되어 있는 일이다. 만약 마틴 후작이 이미 디스크를 손에 넣고 내용까지 파악해 버린다면…….'

마틴 후작은 우주 마법진을 조사하는 임무에서 아크가 가져온 반물질—사실은 미스타라니움이었지만—을 독점해 이미 막강한 영향력을 발휘하고 있었다.

그런데 쥬벨 후작과 내정파 귀족의 약점까지 그의 손에 들어가게 된다면 어찌 될지는 불 보듯 뻔한 일.

'……내정파는 끝장이다!'

"아직 속단하기에는 이릅니다."

"네, 당시 점거 사건을 해결한 것은 아크만이 아닙니다. 모레이가 시델린에서 고용했던 용병들도 있습니다. 어쩌면 디스크는 그들의 손에 있을지도 모릅니다."

이슈람과 휘하의 루시퍼 헌팅 대원들이다.

디스크를 그들이 가지고 있다면 그나마 다행이지만…….

"그들도 행방을 알 수 없기는 마찬가지 아닌가!"

……그들은 달리고 있었다.

T-20을 향해! 군가를 부르며! 근육질의 스머프들과!

"그리고 설사 디스크가 용병들의 손에 있다 해도 안심할

수는 없다. 아니, 그럴 바에는 차라리 마틴 후작이 나아. 그
라면 최소한 타협의 여지라도 있으니까. 하지만 다른 사람의
손에 의해 세상에 공표된다면 우리는 끝장이다. 무슨 말인지
알겠나? 지금 우리의 심장이 누구인지도 모르는 사람 손에
들어가 있다는 말이다! 뭔가 방법을 찾지 않으면⋯⋯."

위이이잉.

쥬벨 후작이 시뻘건 얼굴로 소리칠 때였다.

갑자기 회의실 문이 열리며 두 사내가 들어섰다.

이에 눈살을 찌푸리며 고개를 돌리던 쥬벨 후작이 그 사내
의 얼굴을 확인하고 움찔하며 입을 다물었다.

"곤란한 일이라도 있습니까?"

옅은 미소를 지으며 주위를 둘러보는 사내.

그는 한동안 평의회에도 모습을 드러내지 않던 호크였다.
그리고 다른 1명은⋯⋯.

"혹시 아크나 마틴 후작과 관련된 일이라면 저와 이 친구
가 도움이 될지도 모르겠군요."

호크가 눈짓을 보내자 사내가 고개를 숙이며 말했다.

"⋯⋯발렌시아라고 합니다."

우주 개척지 외곽의 이름 없는 혹성.

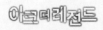

은하지도에도 나와 있지 않은 이 혹성에는 외부에서 봐서는 절대 찾을 수 없는 도시가 하나 숨겨져 있었다. 정식 명칭 없이 블랙시티Black City라는 이름으로 불리는 도시.

일명 카오틱이라고 불리는 범죄자들이 모이는 도시였다.

그러나 이름처럼 어두침침한 분위기의 도시는 아니었다. 오히려 그 반대, 규모는 그리 크지 않지만 도시는 무수한 불빛에 화려하게 물들어 있었다. 그리고 악당들이 모이는 곳이라고 여기저기에서 피가 난무하는 살육이 벌어지는 것도 아니었다.

범죄자에게는 범죄자의 규칙이 존재하는 법.

뭐 눈에 띄지 않는 으슥한 골목에서는 무슨 일이 벌어지는지 알 수 없지만, 일단 겉보기에는 다른 도시와 다름없이 평온한 분위기다.

웅성웅성, 웅성웅성.

그러나 지금 블랙시티의 중앙광장은 사정이 달랐다.

머리 위에 붉은 아이디가 붙어 있는 수백 명의 카오틱이 모여 떠들어 대는 바람에 정신이 하나도 없었다. 그 이유는 바로 방금 전에 광장에 붙은 게시물 때문이다.

- 악당들에게 알린다!

어이, 너희들! 이런 곳에 처박혀서 심심하지 않냐?

나는 심심하다. 매일 똑같은 곳에 드나드는 것도 지겹고, 허접한 놈들 우주선이나 터는 것도 지겹다. 그래서 이참에 화끈한 일을 하나 벌여 볼까 한다.

너희도 아크라는 이름은 들어 봤지?

그래, '그' 아크다. 전설의 게이머니 뭐니 하며 목에 힘주고 다니는 놈.

나는 그놈이 마음에 안 든다. 몬스터나 때려잡다가 운 좋게 좋은 장비품을 얻어 어쩌어찌 제일 강해졌다고 잘난 척하는 놈이 전설은 무슨 얼어 죽을 놈의 전설이냐? 같은 게이머인데 누구는 페인이라고 손가락질 받고 누구는 성공했다고 박수를 받고. 너희들은 배알도 꼴리지 않냐? 나는 꼴린다. 엄청 배알이 꼴린다는 말이다!

그래서 해 버리기로 했다.

놈이 은하연방에 가지고 있는 영지 혹성 이칼러스를 박살 내기로 했다는 말이다.

그리고 은하계의 모든 개척자들에게 보여 주겠다, 놈의 명성이라는 것도 한 꺼풀 벗겨 보면 운 좋은 게이머에 지나지 않는다는 것을.

동참하고 싶은 놈은 내일 정오까지 이곳에 모여라.

너놈들을 전설을 깨부순 게이머들로 만들어 줄 테니.

흔히 보는 구인 광고였다.

블랙시티에 모여드는 카오틱은 대부분 해적.

그리고 해적은 원래 산업재해(?)가 많은 직업이다.

매일 작은 마을을 습격하고 평의회의 추격대나 바운티 헌

터를 상대해야 하니 선원이 죽어 나가는 것은 일상. 때문에 항상 중앙광장에는 선원을 보충하기 위한 구인 광고가 넘쳐 날 수밖에 없었다.

그러나 이번은 다르다.

게시물에서 타깃으로 지목된 유저는 아크!

"뭐야? 아크라니? 설마 진짜 '그' 아크를 말하는 거야?"

"그렇다고 적혀 있잖아."

"아니, 그래도. 글로벌엑서스에서 공식적으로 아크는 갤럭시안에 없다고 했잖아."

"나도 들었어. 이거 혹시 뭔가 착각한 거 아니야?"

"뭐 그럴 가능성이 높지만……."

유저들이 웅성거리는 이유는 그것만이 아니었다.

문제는 이들이 공격하겠다고 선포한 것이 단순히 우주선이 아니라 영지 혹성이라는 점이다. 아무리 맛이 간 해적이라도 여간해서는 영지, 아니, 개척지의 하이브도 약탈하지 않는다. 성공률이 낮기 때문이다. 그런데 개척지도 아니고 은하연방 영내의 영지 혹성이라니?

아마 다른 때라면 장난으로 웃어넘겼을 것이다.

그러나 웃어넘길 수가 없었다.

-참가자 : 장보고, 아리온, 유진…….

게시판 아래에 적혀 있는 이름들.

"장보고라면 그 무지막지한 해적이잖아? 일단 한번 찍히면 상대가 게임을 접을 때까지 몇 달이라도 따라다니며 끝장을 보고야 만다는."

"아리온도 있어!"

"TOP 50 랭킹 38위로 입성해서 현재 22위까지 올라간 그 용병이야! 그러고 보니 아리온도 한번 찍힌 상대는 우주 끝까지 쫓아가서 박살을 내 놓는다는 소문이 있지. 얼마 전에 용병 생활을 청산하고 해적이 되었다고 하더니 그 녀석도 참가하는 건가?"

"유진도 있어. 엄청난 병기로 무장한 전함을 2척이나 끌고 다니는 해적. 얼마 전에 유진이 변경의 작은 하이브를 습격했는데, 정말 풀포기 하나 남기지 않고 쓸었다더군. 그때 당한 유저는 고딩이었는데 결국 그날로 게임 접고 학원을 4개나 다닌대."

"섬뜩하군."

주변의 유저들이 몸서리쳤다.

"저런 놈들이 하는 말이니 정말 은하연방의 영지 혹성이라도 해 버릴지도 몰라."

"그렇겠지. 하필이면 저런 독한 놈들에게 찍히다니, 아크가 진짜 '그' 아크인지 어떤지는 모르겠지만 재수 제대로 털렸군."

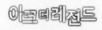

"그러게. 하다못해 저 녀석만 없었어도 승산이 있었겠지만……."

유저들이 고개를 절레절레 흔들며 게시물을 바라보았다. 그 끝 부분에는 한 사람의 이름이 더 붙어 있었다. 다크시티는 물론 개척지 전역에 악명을 떨치는 대해적의 이름이.

그는 바로…….

-……칼리.

"저 녀석은 원래 좀 세다 싶으면 일단 박살부터 내고 보는 녀석이라고. 아마 이번 일도 저 녀석이 주동자겠지. 안됐어, 그 아크라는 녀석. 왜 하필 오해하기 쉬운 이름을 써서."

여기저기에서 혀 차는 소리가 들려왔다.

to be continued

200평 초대형 24시 만화방

📖 수원시청점

로데오거리   ●농협

●CGV   ⑧ 수원시청역 8번출구

24시 만화방 **3F**   ●홍콩반점

TEL : 031-226-3771
수원시 팔달구 인계동 1041-11 3층 24시 만화방

수면실 (침대식) ── 사우나석

2인석 ── 샤워실

세탁기 ── 신간100%

📖 의정부점

의정부역 ④   흥선지하도
⑤
◀서울방향
진성약국   던킨도넛츠
24시 만화방 3F

TEL : 031-856-3971
경기도 의정부시 의정부동 197-13 3층

📖 안양점

●안양역   육교
◀관악역   명학역▶
농협
24시 만화방 2F
안양일번가

TEL : 031-466-3771
경기도 안양시 안양동 674-163 공룡고기건물 2층

📖 주안점

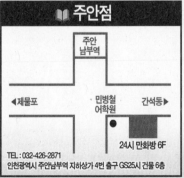

주안 남부역
◀제물포   민병철 어학원   간석동▶
24시 만화방 6F

TEL : 032-426-2871
인천광역시 주안남부역 지하상가 4번 출구 GS25시 건물 6층

📖 안산점

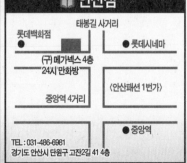

롯데백화점   태봉길 사거리   ●롯데시네마
(구)메가넥스 4층
24시 만화방
중앙로 4거리   〈안산패션 1번가〉
●중앙역

TEL : 031-486-6961
경기도 안산시 단원구 고잔2길 41 4층

이해날 장편소설

의사

Doctor

자칭 다이내믹 천재 의사 무진!
신의 의술에 도전하다!

어린 시절부터 슈퍼맨을 꿈꾼 무진
남을 돕는 정의의 사도가 되려고 노력하지만
실상은 돈 없고 빽도 없는 모자란 얼간이!
남들에게 비난받아도 늘 다이내믹한 인생을 바라는데!

그런 그의 앞에 금발을 찰랑이며 나타난 미녀 의사!
무진만 볼 수 있고 들을 수 있는
귀신의 몸으로 그에게 의술을 가르치는데……

신들린 듯한 의술의 고스트 닥터 이무진!
귀신에게 받은 능력으로 정의를 행하라!

ROK MEDIA
벽사 장편소설
퇴역용병
엔터테인먼트
CIA마저 두려워하는 용병 팀, 흰토끼!
그들이 벌이는 덕질에 저격당하다!
용병 활동 중 미래 컴퓨터가 몸에 흡수된 제임스
은퇴 후 동료들과 함께 엔터테인먼트를 차리다!
미래의 지식으로 천재 작곡가가 된 제임스는
우락부락한 몸매로 여가수에게 섹시 안무를 강습하고
특훈을 받은 원더우먼 역할의 여배우는
슈퍼맨도 때려잡게 생겼다?
여배우에게 껄떡댄다고 상원 의원조차 암살하려던 그들이
걸 그룹에 빠져 한국으로 가려 하자
CIA는 발 벗고 나서서 도와주는데……
전장의 스페셜리스트들, 연예계로 몰려온다!